我们阅读
WOMENYUEDU
魅丽文化 花火工作室

想见你，拥抱你

Wanna See You ···
···Wanna Hug You

四个隐 著

江苏凤凰文艺出版社
JIANGSU PHOENIX LITERATURE AND ART PUBLISHING

图书在版编目（CIP）数据

想见你，拥抱你 / 四个隐著 . -- 南京 : 江苏凤凰
文艺出版社 , 2021.11
ISBN 978-7-5594-5353-2

Ⅰ . ①想… Ⅱ . ①四… Ⅲ . ①长篇小说 - 中国 - 当代
Ⅳ . ① I247.5

中国版本图书馆 CIP 数据核字 (2020) 第 216902 号

想见你，拥抱你

四个隐 著

出版统筹 曾英姿
责任编辑 张 倩
特约编辑 朵 爷 王小明
装帧设计 苏 荼 曹文琦
出版发行 江苏凤凰文艺出版社
南京市中央路 165 号，邮编： 210009
网 址 http://www.jswenyi.con
印 刷 人民今典印务有限公司
开 本 880mm × 1230mm 1/32
印 张 9.5
字 数 262 千字
版 次 2021 年 11 月第 1 版
印 次 2021 年 11 月第 1 次印刷
书 号 ISBN 978-7-5594-5353-2
定 价 45.00 元

目录

Contents

第一章
001 不是冤家不聚头

第二章
018 无法同甘但共苦

第三章
033 命运共同体

第四章
051 交个朋友吧

第五章
068 小心翼翼，如履薄冰

第六章
085 不如快乐一些

第七章
109 喜欢浮出水面

第八章
129 他们不同，却彼此爱慕

第九章
147 打捞沉默的真心

第十章
164 暗恋，像生了一场无形的病

第十一章
182 祝我们梦想成真

第十二章
200 我们一无所有

第十三章
222 生日快乐啊

第十四章
238 我们还有一辈子

第十五章
261 悄无声息的青春

第十六章
281 我不会放弃你

第一章
不是冤家不聚头

她回忆起这件事，就像溺入一个酒缸，燥热窒息、眩晕至极。

阮清言好像从来不曾这么高兴过。

她高考惊喜地考上名校——汉博，在这个梦寐以求的暑假，又获得父母的特许，一个人出来旅行。考上汉博金融系是她的梦，一个人旅行也是她的梦。两个梦发生在一起，未免太过梦幻，让她每天醒来，都会恍惚片刻，确认一遍这一切是不是真的。

今天，她来到华岭大峡谷，准备蹦极。

蹦极是她人生愿望清单里必有的一项，从高空坠落，恐惧惊叫，拼命挣扎又无济于事，仿佛死过一次。

她想让以前的自己，死在这里。

大峡谷风景很好，阮清言边走边看，呼吸着原生态的空气。她穿着轻薄的T恤，踏着舒适的登山鞋，高兴之余甩甩手，像一个在公园里无所事事又对生活充满热忱的老年人。

华岭大峡谷的蹦极很有名，蹦极的跳台修在玻璃桥上，垂直高度270米。

她对数字没什么概念，只知道这高度绝对够惊险刺激，蹦下去绝对够极限，讲出去绝对够面子。

甚至在没蹦极之前，她便和朋友讲了这件事。

眼看玻璃桥越来越近，她感到自己呼吸急促，心跳加速。为了缓解紧张的情绪，她在路上蹦了一下，又甩了甩手，可是不起作用，手依旧是又冰又麻的。

她面无表情，愣愣地往前走，这是她从小养成的习惯。父亲阮守信告诉她，如果感到害怕，那就更不要停下，停下来无济于事，而往前走会更快结束恐惧。

转眼，她来到蹦极台，买好票，办完手续，站在一边排队等待。

她站在队伍里，看着前面的人一个又一个地消失在悬崖边。

悬崖下的云雾散去的时候，工作人员问："姑娘，你不跳吗？"

阮清言惊讶："我在排队呀！"

工作人员讪讪地笑："排到头了，该你了！"

阮清言回神，刚刚跳下去的那个人是她前面最后一个，那人已经脱下装备，走出蹦极台七八米远，这里只剩下她一个了。

阮清言：“好，我跳。”

工作人员拿着装备靠近，准备给她穿上，她后退一步，比出一个“五”的手势：“等等！”

工作人员哭笑不得，这样的游客，他见多了，反正接近下班时间，也没有新的游客来。“行吧，你准备好了，就叫我。”工作人员不慌不忙地坐在小凳子上，喝起茶。

阮清言想了想，上前道：“大哥，你陪我跳，可以吗？”

工作人员摇头。

阮清言又说：“我知道，陪跳服务要加钱，多少？”

工作人员抱怨道：“姑娘，不是钱的问题，你也看到了，今天就我一个人上班，我陪你跳下去，谁把咱们拉上来啊？”

阮清言觉得也是，一个人跳就一个人跳吧！她心一横，走到悬崖边试探性地一望，差点儿屁滚尿流地退回来。

工作人员见状道：“姑娘，害怕就甭跳了，别为难自个儿啊！”

要来这里蹦极的事已经宣扬出去，蹦极也早就写进人生愿望清单，现在脚已迈到悬崖边上，退回去绝对后悔，她是真的渴望纵身一跃啊！

她多想有人陪着她一起跳。

这时，工作人员抬手指向远处：“那边有个人，你问问他愿不愿意陪你跳。”

顺着方向望去，她看见一个男生举着相机站在玻璃桥上，正在拍照。

阮清言迟疑着，要不……试试吧。她迈着碎步走过去，走到男生的背后。

阮清言：“嘿！”

男生穿着复古风格的格子衬衫，举着相机对着远处的风景，一动不动。

阮清言：“打扰了！”

男生转过身，面无表情地看着阮清言。

阮清言一愣，故作轻松道：“你好，我很想蹦极，你、你想不想啊？要不咱们一起……”

男生抬眸看了一眼不远处的蹦极台，挑眉道：“一起？”

阮清言:“对对对,就是……”她突然有些尴尬,比画着抱住的姿势,“两个人一起蹦那种。”

气氛顿时有些诡异和暧昧。

男生盯着她看,忽而低笑:“你是害怕吧?”

阮清言一下被揭穿,脸很红,可又不想承认。大概这副样子有些可怜,男生收敛得逞的笑意,正色道:“好啊,我陪你跳。不过……”

阮清言:“放心放心,我不会让你白白陪我跳的!”

这句话他听得有点儿刺耳,脸色也沉下来,好像他在图什么似的。

他冷声道:“为什么找个人一起跳下去就不怕了?高度没有变,下坠的速度和失重感都是一样的,我不懂。”

阮清言蹙眉,想把“黑夜里小朋友抱着巨大的布偶,黑夜并没有因此亮一点儿,但小朋友因为抱着布偶就不那么害怕黑夜”的道理说给他听,可张嘴却是:“我知道我的要求有些无理,所以什么条件我都……”

男生仿佛被气到了:“有偿。”

阮清言:“成交!”

接下来,他们一起出现在蹦极台上,工作人员暧昧地笑着,向阮清言比了个大拇指。

工作人员过来,将双人跳的装备给他们穿上。

“你们抱紧一点儿。”工作人员说。

他俩互瞅一眼,又别开脸去。

“你们这样,让我怎么绑?”工作人员的脾气上来了。

男生勉为其难地抱紧阮清言,被抱住的那一刻,阮清言感受到死亡的味道,感叹自己花钱造的什么孽。

“准备好了啊,我数三、二、一。”工作人员站在悬崖边,两只手放在男生的背部,作势要推。

“啊——”阮清言尖叫。

叫到中途,阮清言发现自己还在原地,男生和工作人员沉默着……由于实在是深切地感受到即将来临的恐惧,她之前垂下的手,转移到男生的肩膀上,无力又难为情地搭着。

终于，他们跳了。

失重状态下，阮清言疯狂地尖叫，她搭在男生肩膀上的手，猛然变得有力，抓在男生肩膀和脖子的连接处，身子不断地往下坠，她的手越抓越紧。她所有的恐惧、不安、歇斯底里，通通发泄在那两只手上。她感觉不到自己的存在，除了那两只汇聚浑身气血的手。

他们直直地坠下最深处，在最接近死亡的那一刻，弹簧绳结实地一拽，把他们从死亡的边缘拉了回来。世界晃荡片刻后，静止了。

“哈哈——”阮清言狂笑。

整个峡谷都是她仿佛历经劫难而大难不死的狂笑。

她回过神，却看见一张苍白、死人般的脸，安详地在自己面前。

他为什么还闭着眼睛？

阮清言推他，叫他，他没有任何反应。

就像这万籁俱寂、深邃恐怖的大峡谷，没有一点儿回声。

阮清言大喊：“救命啊，快拉我们上去——”

景区的救护车火速赶到现场，急救医生下的诊断是：该男子脖子处的大动脉被外力压迫，导致短暂性脑供血不足，失去意识。

通俗点儿来说：阮清言把他掐昏了。

在一番吸氧抢救过后，男生渐渐苏醒过来。

阮清言扑过去：“你醒了！”

男生无力地看了一眼阮清言，又看了一眼墙上的红十字，明白过来是怎么回事。他挣扎着坐起来，阮清言去扶他：“对不起，我赔偿你的损失！陪跳的钱、医疗费、精神损失费，我都赔！”

这时，有小护士低声八卦道：“原来不是情侣啊……陪跳？为了这点儿钱，犯得着吗？”

“真是天下之大，无奇不有啊……”

男生推开阮清言，凶狠地掀开被子，迈下腿要走，却一脚踢到自己的包。他把相机仔细地检查了一下，装进包里。

阮清言见他不理人，有些着急：“相机，我赔你一台佳能最新款的相机也行！”

男生将包甩在背上，一脸“我怎么沦落至此”的疲倦和悲悯。

他厌恶地说：“同学，这并不能抹杀你带给我的痛苦记忆。”

阮清言愣了，不知道他想怎样。之前说好的“有偿”嘛！她还是从鳄鱼皮钱包里，抽出两张百元钞票。

男生看都没看一眼，走掉了。

阮清言没再追出去。

天色渐晚，华岭大峡谷升起磅礴的雾气。北方的雾比南方来得凶猛，深沉的夜雾，伸出爪牙，四面来袭。

作为渝州人，阮清言怕北方这气势汹汹、仿佛吞噬一切的雾。她草草收拾行装，赶回酒店，有点儿落荒而逃的意思。

离开华岭大峡谷，阮清言送不出去的两百块钱还搁在鳄鱼皮钱包里，她以前从不用这种钱包，这种钱包是暴发户最爱的款式，父亲偏要买来送给她——恰好又证明了她家是暴发户。

不过，虽然她家成为暴发户已经有些年月，一家人却没把习惯和思想观念转变过来，过日子依然精打细算，对钱依然锱铢必较。

比如高中毕业这趟旅行，阮清言处处花着“应该”花的钱，“不应该”花的钱，一分没花。家里有钱以后，她只是会把“应该”花的钱的这个范畴，任性地扩大一些，却依然被框在“应该”和“不应该”的框里。在玻璃桥上，她对男生的“有偿”，是她旅行中唯一“不应该”花的钱。

尽管这样，她还是受到了男生鄙视暴发户那般的待遇。

转眼，旅行结束。

出发去大学报到的前两天，阮清言在家反复确认行李。虽说现在购物方便，没有哪样是缺了买不到的。但像她这种没有安全感的人，不把行李箱里里外外地整理个三四遍，是不会罢休的。从小她就很怕丢东西，父亲阮守信让她觉得，弄丢东西是一件十分可怕且不被原谅的事情。记得有一次放学，她挤在小卖部前和别人抢五毛钱一支的雪糕。雪糕她倒是抢到了，新买的花伞却被忘在摊子上，最终丢失了。她回到家，阮守信也不骂她，只是遇到下雨天再也不准她带伞去学校。

“你以为家里的钱是大风刮来的？有本事，你自己挣钱，把伞买回来。”阮守信阴着脸，当着街坊邻居的面说。

那时，她十二岁。

在无数小孩的成长过程中，似乎总逃不掉家长一个唱红脸、一个唱白脸的命运。当阮清言听话地顶着雨点离开家的时候，母亲温芳总会撑伞护着她到学校，并塞给她一包水果软糖。

那真是一段恍若隔世的时光啊……阮清言回想起自己的童年来，嘴角就会泛起一丝冰冷咸涩的雨水和水果软糖混杂的味道。

陷入回忆的阮清言，正拿着一件新毛衣发愣。突然手机铃声大作，来电人：顾凡超。

顾凡超以体育特招生的资格，也即将去首城的大学报到。

“干什么？”阮清言接起电话。

“来看我打比赛。”对方大声道，仿佛有阳光钻进耳朵。

顾凡超和阮清言……姑且算是青梅竹马吧！两人的父亲是高中兼大学同学，学生时代的他们格外投缘，亲如手足。尽管两人毕业后的人生方向大相径庭，一个早早下海经商成为发家致富的“创一代”，一个成了拿死工资吃饭的高级技术工，两家人的关系却没有丝毫疏离，顾凡超的妈妈还认了阮清言做干女儿。

“亭亭玉立的女孩子，我喜欢，男孩子太调皮了！”顾妈妈看着阮清言欢喜地说。

由于顾凡超实在太过调皮，精力太过旺盛，八岁刚过，就被顾爸爸扔进了青少年足球训练营，现在的他已经是一名U20青年队优秀的足球前锋。

顾凡超说的比赛在下午，正是阳光烤人的时候。

“忙着收拾行李，没空呀！”阮清言将毛衣重新叠好放进行李箱。拒绝顾凡超，她向来都是手起刀落。

“得了吧，就那点儿行李，你要翻来覆去收拾多少遍啊？这些臭毛病，你得改改，不然大学的室友会笑话你的。”顾凡超真心实意地建议，一语命中阮清言的死穴。

阮清言浑身上下都长着面子，最怕人笑话她了。

“呸。”阮清言立即挂掉了电话。

比赛开始前，她准时出现在了最前排的观众席里，准确地说，是和一群顾凡超的女球迷挤在了一起。绿茵场上，顾凡超积极地拼抢，场下女球迷们花痴般的助威声不断。

其中有两名女生的窃窃私语声，以每秒340米的速度传进了阮清言的耳朵——

“看见了吗？”

“哎呀，小声点儿，看见了。”

“她和超超到底是什么关系呀，又来看他打比赛？”

“长得……倒和超超差不多好看。”

“我知道了！他们一定是亲兄妹！”

这句话仿佛巨石从天而降，砸得阮清言头晕眼花。她大大方方地站起来，将收款二维码展示一圈，说道：“实不相瞒，我是顾凡超的债主，今天又来追债了，你们要不要帮他还点儿，让他安心比赛？”

女球迷们直愣愣地看了看阮清言，旋即转过头，当无事发生过。

阮清言被太阳烤得认为自己有五分熟的时候，裁判终于吹响了比赛结束的哨声。回家的路上，顾凡超和她进了一家常去的冷饮店。

“说吧，就知道你有事。”阮清言蔫蔫地吸着冷饮道。

顾凡超挤着浓眉大眼，嘿嘿一笑道：“你到汉博大学报到之后，帮我做一件事。”

“什么？”

“加入汉博大学足球队。”

“扫厕所？”

“打扫更衣室也可以。”

阮清言安静地盯着对面的人，竟然觉得分外有趣。她眨眨眼睛点点头，表示愿闻其详。

顾凡超要去报到的景华大学与汉博大学仅一街之隔，两校素来是名校中的一对冤家。恩怨史犹如一款打了鸡血的程序，随着一代又一代的学生毕业而不断更新迭代。两校不光在学术、招生和教育资源方面竞争激烈，在强调素质教育、体育强国的今天，足球作为国内着重发展的体育大项目，两校更是打得不可开交。

顾凡超凑近道："你加入以后，随便弄点儿谁首发、谁替补的消息给我，就可以了。"

"加入之后，我也是闭眼玩家，信息量有限……"阮清言说完，懒洋洋地靠在椅背上，态度暧昧不明。

顾凡超则当她答应了。

阮清言没想到，脚还没踏入首城那片热土，暗流已开始涌动。

从南方的渝州，到北方的首城，有两千多千米。

抵达首城的当天，妖风大作，天上黑压压一片云，被风吹得像不停翻滚的海浪。阮清言拖着行李站在机场门口，感觉自己下一秒就要被风吹得"哗哗"响的广告牌砸中。

她耳边回响着飞机上看的粤语老片里的搞怪台词："我好害怕。"

从今以后，她大概要独自一人面对很多事了，天空"哗哗"降下的倾盆大雨，算是给阮清言一番初来乍到的洗礼吧！

"到了吗？"温芳在电话里问。

"到了。"

"凡超开学晚一点儿，等他去了，你们好相互照顾。"

"妈，我知道了。"

收了线，阮清言抢到一辆的士，被敲诈两百多块钱后顺利抵达了学校。

宿舍是四人间，阮清言来得最早，选了个靠窗的床位。她马不停蹄地逛着校园，吃著名的汉博一食堂的鹌鹑蛋红烧肉。等餐的时候，前面有个背影一动不动，复古风格的格子衬衫，由于反射光线太强，看得她有点儿头晕目眩。

她忽然觉得自己之前是见过这件衣服的。

新生报到，人实在是多，整个一食堂人山人海，简直吵翻天了。取好餐，阮清言一个箭步抢到了座位，刚将餐盘放好，抬头便见格子衬衫上方一张见过的脸。

这张脸的主人也在盯着她。

仿佛一颗玻璃弹珠，从华岭大峡谷的蹦极台出发，一路滚过山坡、溪流、人行道，绕过车轮、下水道，最后不偏不倚地落进首城一棵榕树下的洞里，见鬼般巧了。

——是明明愉快地答应提供陪跳服务，却因意外晕倒性情大变，不要一分钱，目光陡然凶狠的男生。

远处有人喊："林朔，等会儿一起去超市买生活用品吗？"

男生轻轻点头，淡淡地笑了笑。

他叫林朔呀！阮清言暗自想。她一边吃红烧肉，一边不经意地打量对方，感觉他比上次见的时候更深沉了，像有一团乌云顶在头上。她刚这么觉得，油滑的鹌鹑蛋被筷子夹飞了出去，竟然落进对方的碗里。

阮清言急中生智，倒也真诚："同学，上次我不是故意掐你的，对不起，我诚挚地向你道歉！而现在出现在你眼前的这颗鹌鹑蛋，含有丰富的蛋白质、脑磷脂、卵磷脂、维生素A、维生素B_2，你……补补营养？"

林朔放下筷子，面无表情地道："现在是陪吃服务吗？"

见对方不领情，阮清言操起筷子想把鹌鹑蛋夹回来，无奈食堂师傅可能煮菜时油放得多，她老是夹不稳。她的筷子跟着鹌鹑蛋"游"遍了他的餐盘。

"我还吃吗？"林朔看着乱糟糟的饭菜，冷冷地问。

阮清言累了，挫败感让她毛躁得很："随你。"

林朔立马操起筷子把鹌鹑蛋砸进了旁边的垃圾桶。

阮清言难以置信于他竟然有一双巧手。

可是，一颗鹌鹑蛋有什么错？阮清言最烦浪费粮食的人。她用下巴点了点对方，挑衅道："我叫阮清言，清清楚楚的清，言出必行的言，以后请不要欺负没长手、没长脚的鹌鹑蛋，看你总是一脸苦大仇深的样子，有什么，冲我来行吗？"

林朔没理她，端起餐盘走远，"哐、哐"两声，把饭菜倒进了更大的垃圾桶里。

造孽。

阮清言报复性地把米饭往嘴里扒，谁知盘中餐，粒粒皆辛苦，为什么这个用着旧相机、看上去缺钱的人会不懂呢？

开学两周后，一次宿舍卧谈会。阮清言想不到林朔会如此之快地成为女生口中谈论的对象，打开的方式虽有点儿另类，但也算女生们舌尖上的座上客了。

黑暗中——

床位在门口的罗玉洁突然惊叫一声，道："啊，今天我路过动物医学系的解剖室，看见两个男生在……一个在闷闷地用拳头砸墙，一个倚在旁边小心地安慰！"

空气很妙地安静了几秒。

方兰和冉晓云八卦地问道："怎么回事？说详细点儿！"

阮清言翻了个身，掖了掖被子，北方的初秋真的有点儿凉。

罗玉洁激动地还原现场："砸墙的那个男生还挺好看的，他一拳一拳地砸在墙上，那阵势看着都疼，可他脸上淡淡的，面无表情，眼睛又通红通红的，像一条可怜的小狼狗！倚在旁边的男生呢！双手抱胸，低沉地说——林梭，坚强点儿。"

"林朔？"阮清言脱口而出。

"你认识？"室友问。

阮清言望着黑漆漆的天花板，顿了顿道："我知道翘舌的、四声的林朔，平舌的、一声的那个我不知道。"

"翘舌的林朔长得好看吗？"罗玉洁问。

"好看。"阮清言老实地答，她向来是个尊重事实真相的孩子。

罗玉洁补充："靠墙的男生有点儿口音。"

"那很可能是同一个人哟！"方兰冷静地侧卧着分析道，"你那个林朔是动物医学系的吗？"

阮清言的心"咯噔"一下："什么叫'我那个林朔'呀，那人我知道，但不认识，不知道他是什么系的。"

"知道，但不认识"，这六个字从阮清言的嘴里溜出来的时候，她觉得怪怪的，就像有根软绵绵的毛线头躺在心里，在风的吹拂下一动一动的，有点儿痒。想着想着，她眼前浮现出林朔面无表情、一下一下砸墙壁的画面，莫名其妙地笑了出来。

据罗玉洁讲，男生砸墙与被调剂到动物医学系当兽医，与梦想的经管学院金融系差距太大有关，也与和同学打赌第二次上解剖课一定不吐，结果输掉半个月生活费有关……

大手笔啊！阮清言想。

回想他将满盘的饭菜倒进垃圾桶的行为，阮清言觉得他是能出此大手笔的人。

转眼，校道两旁的银杏树开始泛黄，偶尔有两三片叶子会先于季节飘落下来，被伤春悲秋的女生捡来当书签。

别人捡叶子，阮清言动筷子。

自从上次夹鹌鹑蛋丢尽中国人的脸之后，阮清言经常会将鹌鹑蛋红烧肉打包回来，独自坐在书桌前，像练武功般，练习如何用筷子夹鹌鹑蛋。

罗玉洁感叹道："清言，你这么喜欢这个菜啊！"

阮清言屏息凝神，夹住一颗鹌鹑蛋："不喜欢啊！买着练手。"

没多久，她就胖了五斤。

第一个发现她长胖的人是顾凡超。那天，他约她出来说加入汉博校足球队的事。

工作日的汉堡王有些冷清，阮清言坐在窗边搅着吃不完的草莓圣代，一脸"我胖了"的忧愁。顾凡超蹙着浓眉，一边违心地说她胖了也可爱，一边催促她去应聘汉博大学足球队行政助理的职务。看着他晃在眼前的招聘启事，她没信心地说："可是他们只招一个耶！"

"嘿，行政谁都能干，足球队那些人都看脸。"

做大一新计划的时候，阮清言就下定了自己赚零花钱的决心，这大概是她和其他"富二代"最明显的区别。眼前应聘足球队行政助理的工作，确实是赚零花钱的绝好机会。

经顾凡超一催，怕失败被人笑的阮清言，终于郑重地点了点头。

面试那天，阮清言套上旧牛仔裤，穿上白衬衣，外搭校服外套，塑造出一种麻利、能干、接地气的青春形象。与其说塑造，不如说是接近七年前的自己——最真实的自己。

一进等候区，阮清言发现果然有不少人前来应聘，目光扫视而过，她发现一位男生同样穿上了校服。

——林朔。

他总能在她发现他的时候，也发现她。

阮清言迎着他警惕锐利的眼神，一屁股在对面坐下。

因为应聘的人实在多，协助招聘的学长宣布改为“群面”，六人一组，阮清言和林朔被分到了同一组——先是自我介绍，说明加入汉博足球队的初衷，再根据一个球队面临的日常管理问题进行讨论。

阮清言是善于临场发挥的选手，最后就她和精心准备过的林朔留下了。学长让他们喝口水等等，他去和老师再商量一下。

狭小的办公室里，阮清言和林朔面对面而坐，空气温热而混浊。

“你骗人的吧！”阮清言眼睛盯着桌面的纹路说，“想通过卖苦情，得到这份报酬不错的工作。”

林朔轻轻咽下口水：“你才骗人的吧，热爱足球？刚刚有人聊起各大联赛，你好像一窍不通呢！”

阮清言眯眼笑。

林朔是土生土长的首城人，妈妈原本是做生意的，在业内是颇有名气的女企业家，这一年来突然就赔光了家底。

林母婉拒了那些灾难过后伸来的援手，更不肯向任何人借一分钱，林朔也从一个衣食无忧的公子哥，变成了省吃俭用的穷学生。

如此情况下，林朔被调剂专业后，林母建议儿子复读，但考虑到花费，他还是咬牙来到了动物医学系报到。

此般境地又如何，他有他的打算。

没错，面试的时候，林朔声情并茂地讲述了自己的悲惨遭遇，淋漓尽致地展示了对这份工作的渴求，也十分顺利地激起了阮清言的战斗欲，让她表现优异，一同被留到了现在。

墙上的分针“嘀嗒、嘀嗒”地走着，林朔突然道：“阮清言，没记错的话，前两次咱们遇到，都是我走人了事，但这次你休想，这份工作应该给真正爱足球的人，而不是为了钱的人。如果有必要，我会揭穿你的。”

眼看两人又要呛起声来，门被推开了，学长喜笑颜开地走来公布最后的结果，他表示汉博临时加入新比赛，事务跟着变多，老师决定把他们都留下。

真是个天大的、带着点儿五雷轰顶的好消息啊！

学长激动地看着石化的两人。

最后，阮清言欢快地蹦起，拍了拍林朔的肩膀：“林朔同学，我们一起加油吧！”

说来奇怪，当原本的生活突然插进一件事之后，就像原本平静的湖面，忽然掉进一颗石子，石子荡开的波纹铺满整个湖面，生活中好像就全是这件事了。

金融系大一学生每周 10 节课，平均下来，每天只有半天是在上课的。这对于阮清言这种自我管理混乱的学渣来说，非常不利。为了不虚度时间，她全身心地投入足球队行政助理的工作中。因为认真，所以她较真儿。足球队的人经常能看见她和林朔面对面而站，无语地看着彼此，胶着的视线因为 20 厘米的身高差，与水平线呈 45 度角。

“东西就放这里不好吗？”林朔无奈地问。

“不太好，放这里有挡路的可能。”阮清言摇了摇头。

林朔叉腰环视一周，可见范围内所有的地方几乎都被阮清言否决了。他一字一顿地说：“阮清言，你故意的吗？”

阮清言又摇摇头道：“不是故意，我天生对工作就这么认真。”

林朔点了点头：“嗯，你天生就是来折磨我的。”

话音落地，空气像被烫了一下，两人都屏住呼吸。

“男女搭配，干活不累”这句话，放在他俩身上仿佛一台缺了零件的扫地机器人，疯狂地失灵了。

一次，林朔在修足球队活动的图片，阮清言不会，只得在一旁仔仔细细地看着。窗外秋天冰冰凉凉的气息化成一口软糯的雪糕，猛吸一口，让她打了个哆嗦，忽然，她想到了什么。

“欸，你是动物医学系的吧？”她问。

“动”字一出口，林朔的眉毛抽搐了一下。

“动物医学系，是不是？”她又问了一遍。

林朔看着图片一动不动，如一座剔透的冰雕。

“在解剖室外砸墙壁的人是你吧？”她又问。

这句话像一支利箭，射到了冰雕上。林朔碎了。

他暴躁地起身，“啪”地关掉笔记本电脑，却还是沉默不语。

“真的是你啊？”阮清言甩出了第四个问题。

林朔踩着沉沉的步子，拧开了办公室的门。看着他离开的背影，阮清言眼神微颤，嘴唇翕动：“其实……当兽医没关系的。”

她的声音很小，被林朔“咚”的关门声砸得稀碎。

十月过后，学校偌大的绿茵场上长出一圈飘飘摇摇的巨型气球，跑步赛道上一点儿一点儿移动的训练身影，都在表明秋季运动会就要到了。阮清言所在的金融一班，女生很少，除了一位短发、黑镜框的女生，就只有阮清言所在的 342 宿舍了。

对于选拔谁负责入场式举班牌的重任，342 宿舍已经在卧谈会上吵了一周有余。显然，她们都不想担此重任。

她们吵架的流程是这样的——

罗玉洁：“清言，你去吧！真不能让咱金融一班丢了面子。”

冉晓云：“对啊，咱班男生都希望是你来举班牌吧！”

方兰：“女生也希望是你。”

阮清言：“不行，我胖了。”

这样吵了几次之后，阮清言发现自己买回来的鹌鹑蛋红烧肉再也不能摆在桌上超过五分钟，因为另外三双筷子像三台抽水机，一会儿抽得连红烧肉的汤汁也不剩了。

阮清言被她们的决心折服了。

她答应去做那个举着班牌、穿着超短裙、走在最前面承载所有目光和讨论的人。

运动会那天，冷冽的妖风四起，田径场上的巨型气球胡乱地纠缠到一块，不近人情的大风差点儿吹掉主席台上领导的假发。阮清言饿了几天，很快瘦回原先的模样。她在肆意吹拂的大风下，心情也很飘逸。

动物医学系比金融系的班级先入场。阮清言站在班级的最前面候场，大脑正放空着，忽然空气中远远传来一声浑厚的狗叫声，接着是两声、三声……

她看见一个长得像林朔的人，走在举班牌的人之后，正在被五条大狗拖着在主席台前胡乱打转。

"哈哈——"她畅快地爆笑，转头对身后的罗玉洁她们说，"快看动物医学系的入场式！"

罗玉洁似乎一点儿也不意外，八卦地说："听说牵狗的人是抓阄抓到的，他们班四十四个人，真是神一般的运气。"

阮清言直愣愣地望着林朔，他瘦瘦高高的身影被几条狗狗拉弯的样子，突然有点儿可怜。

林朔完成了五分钟的狗遛人表演后，被同学解救了下去。

随着主持人介绍的推进，阮清言很快站到了主席台边上，马上就该他们了。她突然有点儿紧张，担心林朔也会像她一样，在人群里看她的笑话。她越是这么想，脑海里勾勒出的细节越多，紧张感像一瓶倒过来的沙漏，源源不断地散落而下，沙沙作响。

她裸露的双腿开始紧张得发麻，渐渐麻得失去知觉，冷风一吹，又微微颤抖。

"接下来，经管学院金融一班的同学们正精神抖擞地向我们走来——"主持人声音高亢，响彻整个操场。

阮清言却跟没听见似的。

"走啊，清言！"同学在身后低吼。

数秒过后，阮清言突然像个电量爆满的机器人，一个激灵抬起步子，走出了全场，乃至汉博大学建校一百零八周年来唯一的正步。

主持人念词明显卡顿了一下，仿佛在惊奇地打量眼皮底下这位精神抖擞的女同学。

而观众席此起彼伏的窃笑声尖锐地穿透入场式的音乐，涌进金融一班同学们的耳朵里，军心大乱间，不知道谁说了一句："都走正步！"

大家才和阮清言整齐划一地走成了一个整体。

顿时，阮清言泯然众人矣。

后来，她回忆起这件事，就像溺入一个酒缸，燥热窒息、眩晕至极。

都怪林朔，怪她想着林朔会笑自己出丑，才让自己注意力不集中。她还怪自己突击减肥，饿晕了头，怪鹌鹑蛋红烧肉。

不过主要还是怪林朔。

第二章
无法同甘但共苦

阮清言之所以不反抗，是想看看林朔给出的“关心”这颗糖下究竟藏着什么狗屎。

运动会过后，学校恢复到往常的教学秩序中，但有一点变得不同，金融一班名声大噪，成为团结、班魂的代名词。

一天，342 宿舍的人早早关灯睡觉。

睡得正香，阮清言猛地被手机振醒，来电显示是明晃晃的三个字“顾凡超”。

“你办的事怎么样了？”他问，那边音乐声强劲。

“什么？”阮清言仿佛在说梦话。

“比赛的事！”顾凡超又急又暴躁。

“哦……后天的比赛，张阳……首发。”

张阳是汉博大学足球队的前锋，和顾凡超同为足球界的青年才俊。如果说顾凡超是景华大学的“C 罗”，那张阳便是汉博大学的“梅西”。两人暗中较劲，在射手榜上相互赶超。

“他的伤好得这么快？汉博的食堂果然名不虚传啊！”顾凡超嘟囔道。

“嗯……营养跟得上。”

嘟囔完，阮清言便扔飞手机沉沉睡去。

比赛那天，阮清言在课堂上如坐针毡。一下课，她便拨开人群冲进了足球队的休息室。她用力推开门，空气中弥漫的汗味儿和球员嬉笑打闹的声音都在提醒阮清言：球队真的像微信群里说的那样，赢了。

有个大嗓门的球员甩着毛巾说：“这次赢，多亏了李教练的战术，景华果然以为咱阳哥的伤没好，打出了 433 的阵型。哈哈——”

休息室的人都跟着笑起来，一片爽朗喜乐的氛围中，阮清言睫毛一颤，嘴角抽搐。她把“赛后队员互评表”发给球员们后，端着一杯热茶，安静坐下。

她心里想，顾凡超这个傻子。那天晚上她睡得迷迷糊糊的，无意间把真消息脱口而出，他居然还不信。

自从阮清言入读汉博大学，朋友圈经常转发学校和校队的东西，喜爱之情溢于言表，顾凡超怎能轻信她会出卖自己的母校呢！他自然运用了一下逆向思维，然后……就猜错了。这时的他正一言不发地瘫在景华休息室的地上，抱头陷入“怎么也猜不中阮清言的想法”的魔咒之中。

这情况和小时候一样。

“扑哧。”阮清言捂嘴笑出声，表情猥琐。

林朔抱着一堆新毛巾走来，见阮清言神色可疑，愣怔片刻。阮清言的眼神刚要和他触碰，他立马装作什么也没看到，投入分发毛巾的工作中。

时间像水龙头滴下的一串串水珠，滴滴答答，接连不断，又转瞬即逝。

虽说女儿到首城念书已有些时日，温芳在千里之外的南方老家还是忍不住地挂念。她时不时给顾凡超发去微信，让他多照料阮清言。

这天，顾凡超约阮清言去吃蔬菜沙拉。

他在电话里语重心长地说：“温阿姨说了，你不爱吃蔬菜，要我对你进行定期投喂。”

阮清言心里不太快乐，但还是接受了这份母爱。

时间约在周六晚上，阮清言还没到汉博门口，就远远瞧见顾凡超在等她。她三步并作两步跑过去，拉起顾凡超埋头便走。

“地下党接头啊？”顾凡超有些不满，故意放慢脚步。

阮清言凑近他的耳朵道：“大哥，我现在是你在汉博足球队的卧底耶！”

此言一出，顾凡超沉吟一声，觉得颇有道理。

阮清言心中嘀咕：像你这种人，在谍战剧里活不过三集。

他们默契地没提上次比赛的事，顾凡超没脸提，阮清言不屑提。阮清言早就决定，她要借“卧底”的身份，放假消息给顾凡超，想让她出卖母校，不可能。

周六晚间的校外人来人往，她和顾凡超走在一起犹如路上众多情侣中的一对。为了不引人注目，她叫了辆“滴滴”，冷静地把顾凡超塞了进去。

偏偏在这个时候，人群中飘来一个熟悉的眼神，林朔。

他碰巧经过，一向不和阮清言打招呼的他，笑着走到车前，装出很熟的样子：“嘿，清言。”

阮清言硌硬了两秒，敷衍地挥了挥手。

林朔却探头望了望车里，高声道："啊，原来景华足球队的前锋是你朋友啊！"

顾凡超听到自己被提及，伸出脑袋"嘿"了一声。

白痴。阮清言暗骂，继而对林朔笑道："他是我的发小。"

她是在说，认识顾凡超和加入汉博足球队这两件事毫无关联。

林朔点点头，祝他们周末愉快后便消失在人群中。

"他是谁？"顾凡超在意地问。

"你不知道啊？"

"不知道。"

"那你'嘿'什么？"

顾凡超无语。

这次偶遇像一块棱角分明的石头落到阮清言心里，有点儿硌人，她担心林朔知道了她和顾凡超的关系以后，看她的眼神会从此不同。

周三，汉博足球队的办公室气氛凝重，李教练举着手机，破口大骂。说不知哪个叛徒把球队写在小白板上的战术草稿图拍给了景华的人。此言一出，全员噤若寒蝉。

林朔那阴森的眼神就在这个时候飘向了阮清言，她胸膛一紧，心像被人捏住了。

散会之后，阮清言犹豫要不要去找林朔大大方方地说清楚，指责他那莫须有的眼神，是无理取闹、不可理喻的。但她也听过"此地无银三百两"这句话，于是跟在林朔身后转了两圈，放弃了。

那天以后，林朔总是阴魂不散，她敏锐地发现林朔在对自己暗中观察，或是监督，或是在收集她背叛球队的证据。牛顿说，世界上的力都是成对出现的，力都会有一个反作用力。此刻的阮清言比上初中物理的自己，更能理解这个知识点。林朔暗中观察她，她也条件反射地暗中观察回去。

敢问世界上，还有什么事能比自己时时刻刻在意着讨厌的人，更痛苦的呢？

她快受不了了。

在上完令人头晕眼花的高数课后，她猛然想出一个对策。她来到学校时代超市，挑了一盒平时不会多看一眼的心形曲奇礼盒，然后用荧光笔在小卡片上写出“暗恋，犹如这盒甜蜜曲奇”一行字。

干呕完，她满意地将卡片放进礼盒中，第二天趁人不注意，放进了自己的办公桌抽屉里。

然后，她开始了自己精彩的表演。

“嗯？”她打开抽屉，一脸惊愕地看着礼盒，又看看旁边的林朔。

“这是球队发的福利吗？”她拿出礼盒，装模作样地看着。

林朔瞟了一眼，不予评论。

“怎么还有张卡片……”

她将卡片举在眼前，脸突然红了，双眼水汪汪地望向林朔。林朔脊梁僵直，屏住呼吸，直到她念出“暗恋，犹如这盒甜蜜曲奇”……

“不是我。”林朔站了起来。

阮清言忸怩地晃了晃身子，轻咬下唇：“嗯，不是你。”

林朔胃部翻江倒海，认为自己平日对阮清言的“关注”或者“监督”对方一定注意到了，并且会错了意，这让他不得不想，落在她身上的眼神是不是该适可而止了？

就在这时，之前负责招聘的学长走了过来，看了看曲奇礼盒，饶有兴致地问道：“好吃吗？”

“啊？”阮清言迷茫地抬起头。

“我昨天上午看到你在超市买了这盒曲奇啊，好吃吗？”学长说着，舔了舔嘴皮。

虽然识字几千，语法熟练，此刻的阮清言却嘴唇打战，努力都拼凑不出一句话来。她本能地别过头，不看林朔，怕那会是一生的阴影——被人无情狠狠嘲笑的阴影。

“呵呵。”

他在高考以后第一次笑出了声。

阮清言的奸细身份坐实。

学长吃着阮清言砸过来的曲奇，看着她把林朔拖到了窗外，逆光中两人一高一矮的影子像一出静默又激烈的皮影戏。

矮的那个仰着纤细的脖子，对着高的那个吼着什么。

第一幕——

她张牙舞爪，说都是误会，是弄巧成拙，叛徒不是她。

他摇头不信。

第二幕——

她委屈抬眼，骂他内心阴暗，难道共事多日还看不出她的真心所向吗？

他闭眼养神。

第三幕——

她一挥手，两人分道扬镳。

虽然没人宣布开始，但冷战一触即发。第二天太阳爬上山坡的一瞬间，他们就避免一起工作，导致足球队后勤行政的工作效率大幅提升。

转眼，阮清言拿到在球队的第一份薪水，激动地和父母开了视频。阮守信看着女儿终于凭借自身的努力，赚得人生的第一桶金，牵起松垮的嘴角，满意地笑了。

“清言啊，要记得今天这份喜悦，以后啊，你会对这种感觉上瘾的。”阮守信深以为然地说，一双精明又老练的眼睛在眼镜后闪闪发光。

“嗯。”阮清言点头。

得到父亲的肯定，让阮清言心中涌入一股巨大的幸福感，这和其他的幸福感截然不同，它好像一汪奔腾的洪流，让她的心田万物滋生。

温芳在一旁贤惠地笑着，忽而想到什么拍了拍阮守信。阮守信才清清嗓子，拿腔拿调地说道：“下个月我去首城考察，同时被邀请参加一个寿宴。到时候你和我一起去。”

“哇，爸爸你要来首城啊！”

想着很快就能和父亲在首城相聚，阮清言睡觉时嘴角都是上翘的。

她原想用薪水给父母买点儿礼物，但被阮守信拒绝了。阮守信说，让她好好利用这笔钱，期待她能让钱生出钱来。

室友们都知道她领了薪水，嚷着让她请客。阮清言略微思忖，拿出薪水的一半，也就是1000元，以人均250元的规格，誓要吃遍首城三大美食街。

这天阳光灿烂，阮清言挽着好朋友们轻松愉悦地走在街上，心里的满足感沉甸甸的，似阳光下的蜜糖，暖暖地溢了出来。比起诱人的美食，阮清言更被一种赚钱后的快感吸引，说不清，道不明，却又在真实地愉悦着她的每寸肌肤、每个细胞……

而同时拿到薪水的另一个人，正在对着这笔钱发愁。

昏暗的宿舍内，林朔将1500元转给母亲后，望着余额中的500元眉头紧锁。他的脸在橘色台灯下，清晰得能看清绒毛，明暗光影中，他的脸轮廓分明，像一尊忧郁的雕像。

“嗯……”他低吟一声，翻开一个小本本，里面全是这段时间欠下的账。

如何将500元钱，对8个兄弟雨露均沾，不过分偏爱一个人地把钱全还完，不让别的兄弟有小情绪，也不要因为欠哪个兄弟的钱少，就完全不还，让以后再借很难。

如何掌握其中微妙的平衡，他深思熟虑良久，终于有了答案。

“妈，不好意思，钱还是转回来吧！”

他发出消息，都还了算了。

林朔虽然一直努力在转换角色，但由俭入奢易，由奢入俭难。他的消费惯性像一头百米冲刺的骏马，立马停下来是不可能的。

周五晚上，阮清言接到足球队学长的电话，他说明天王老师安排了事情，但由于自己临时有急事，去不了了，拜托阮清言救急。

王老师是足球队管行政后勤的老师，这次是让学生帮忙做点儿私事。他一个亲戚的女儿从老家考来首城，在一个偏远的村镇当老师，正苦于没有住处。王老师打算把闲置的房子清理出来，帮帮这个后辈。

想着要出去两天，还要下苦力清理房子，阮清言一百个不想去，可学长在电话里快声泪俱下，真的找不到人来顶替这份苦差了。想到当初学长招聘自己进来，也算是有知遇之恩，她赶紧回复：行。

周六早晨五点，阮清言来到学长说的汽车北站。北方初冬的冷气凶猛地撞击在候车室的落地窗上，内外气温的巨大差异，使得窗上生出一片结结实实的雾气，像夏天冰糕表层厚厚的冻霜。

时候还早，坐不住的阮清言到处打量着这个车站。如今交通网络发达，飞机、高铁已成为公共交通运输的主流，对比之下，汽车站弥漫着一股陈旧的气息。检票员举着喇叭喊检票的声音、候车区大爷大妈嘈杂的土话、去卫生间的路上被人踩来踏去的碎鸭蛋，都在不动声色地拉住时光。

她最后走到落地窗前，开始发呆，手指不自觉地在玻璃上画着什么，直到一只猪头浮现。

望着勾勒出的猪头，她嘴角闪过一抹童真的笑意。

“你也来了？”玻璃外面有人说。

透过猪头，她看见林朔正从手机上转移视线，抬头和她讲话。

“呃？”阮清言算是回答了。

五分钟后，林朔和她坐在一起候车。他对阮清言的同行非常诧异，她干吗牺牲周末时间，不去和帅气迷人的顾凡超约会，反而来干这种毫无内幕消息可探的苦差事呢？

想到这儿，林朔被强大的暖气烘得背心冒汗，他目光暗了暗，随即脱下极具质感的毛呢外套，披在了阮清言身上。

阮清言感到浑身一沉：“干吗？”

“你穿太少了。”林朔望着她，真挚地说。

不等阮清言反应，他又取下自己的针织帽，扎实地戴在她的头上，接下来是围巾，在她脖上紧紧缠绕三圈，然后是手套……试了试太大不合适，便放弃了。

几分钟之内，阮清言莫名其妙地被一种叫“林朔”的气息包裹，鼻息间呼吸着 种陌生的亲昵味道。她形容不出那是什么感觉，越是深呼吸想要形容，越是忘了形容。

两人就这么坐着，望着大厅墙上的时间发呆。

“你……不热吗？”隔了一会儿，林朔闪着罪恶的目光问。

阮清言睁大眼睛，故作天真道：“不热啊，谢谢你哟！”

此时，检票员开始催检票，她起身径直向检票口走去。阮清言之所以不反抗，是想看看林朔给出的“关心”这颗糖下究竟藏着什么狗屎。

结果就是这样——“你不热吗？”

阮清言感到没劲，都懒得搭理他。

上车以后，老旧的中巴车卖力地生产着暖气，乘客却依然紧裹自己的衣衫。显然，中巴车的制暖效果并不好，从小就坐这种车去外婆家的阮清言习以为常。她轻蔑地看了一眼身旁的林朔。林朔平静的脸色下，透露出小学生似的慌张，他十分奇怪为什么车里如此之冷，为什么大家对此毫无反应。

成年以前没体验过辛苦的林朔，哪里能明白生活里的这些细枝末节呢？

“冷吗？”阮清言问他，以一副“冷我也不把衣服还给你”的语气。

林朔缩了缩身子：“不冷。”

阮清言点点头，戴上降噪耳机和靠枕，开始睡觉。

随着车身的抖动，她的鼻尖陷进了他的围巾里，由于起得太早，困倦像一汪温暖的潮水将她席卷，很快她开始做梦，梦里她整个身体浸在色彩绮丽的不明物质中，可又像在呼吸亚马孙森林上空的空气那般畅快，她在里面失重地飘浮着，有种陌生奇异的快感……

突然车停了一下，她迷糊地睁开眼，鼻尖的气息却让她犹如在梦中。她的心“咯噔”一下，明白过来为什么会做那样的梦。

她两下扯掉林朔的围巾，正想要甩过去，就看见他跟个树懒一样，抱着车窗旁的窗帘睡着了。

他真的很冷吧？

“喂。”她叫他。

他没答应。

隔了几秒，他蒙眬间见到一条毛茸茸的围巾朝自己而来，然后小心翼翼地在脖子上围了一圈又一圈。然后是针织帽，她柔软的手轻轻将帽子戴好，戴的时候在意到了他发型的完好性。他甚至能感受到她指腹的温暖，只是整理的过程过于漫长。最后该轮到毛呢外套了吧……

林朔偷偷地想，竟有些期待，却猛地感到眼前一黑，呼吸困难。

外套分明砸到了他身上。

阮清言，真是个没有耐心的女人。

他继续装睡，在心里说。

半小时后，他们终于抵达目的地。车站外人流很快散去，林朔缠着围巾，讲话似乎有些困难："谢谢……你，帮我围围巾和……"

"没什么，物归原主而已。"阮清言头一甩朝前走去。

王老师那屋子的地址在三惠街52号，村镇很小，不过十来分钟，他们就来到了门前。过道四周不像他们预想的那样，堆满杂物，反而空空如也，一个多日不用的旧扫帚无力地倚靠在墙边，满是荒败之感。

"感觉这儿没什么人啊！"阮清言东张西望地打量着。

林朔掏出钥匙，转动锁孔："何止这里，来的路上你看见几个人了吗？"

要不是冬日泛白的太阳高照，举目所见都是明晃晃的天光，阮清言真会脑补一出荒凉乡镇闹鬼的剧情。

"咔咔。"

锁孔由于生锈，转动的时候发出了令人难受的声音。

阮清言不禁蹙了蹙眉头，侧身到林朔身后，以防门里有什么突发状况。所幸并没发生什么怪事。

他们进了门，推门带起的风，让灰尘在阳光下肆意地飘浮着，像漫天银色的星星。

"咯咯。"阮清言难受地咳起来。

林朔从背包里找出一个防尘口罩扔给了她。

"你先歇会儿。"他说。

她果然一屁股坐下，眼巴巴地望着他，捂着口罩指挥道："先把卧室清理出来，保证有地方睡觉，然后……"

然后，两人同时愣住。

卧室只有一间。

林朔放下扫帚，从钱包里取出身份证做作地晃了晃："我睡宾馆。"

而阮清言也在翻找自己的身份证，她没料到林朔会与自己同行，本打算就在屋里凑合的。她翻了半天，身份证的确没在身上。

"好的。"她答。

自己也只能在屋里睡了。

她刚琢磨完，眼前冷不丁出现一把分叉的扫帚，林朔把扫帚抬了抬，示意她接过去。

"墙角有只蜘蛛。"他紧张地说。

阮清言瞟了一眼蜘蛛，瞟了一眼林朔，没有反应。

"墙角……"

"啪！"

阮清言冲过去就是一脚，蜘蛛当场死亡，林朔安静了。

林朔从小对蜘蛛有浓重的阴影，如果恐惧有具体形象，对他来讲就是满身花纹、爬行中的八角蜘蛛。

好像觉得丢了面子，林朔凑过来，一本正经地道："其他的，像蟑螂、潮虫、蛾子……都归我管了。"

"哦。"阮清言回。

打扫了半天卫生，屋子总算有点儿样子了。粉红色的晚霞开始一寸一寸地落到阳台上，不知道从哪个方向吹来的晚风依然冷冽，而衣服被汗水浸湿的他们却感到无比凉爽。

着实是累了，阮清言冲完澡，走去卧室睡觉，盖上被子才听到一声闷响，敢情林朔在她洗澡的时候一直没走，只是在外面把门虚掩着，确认她睡下才离开。

"这人什么情况？"阮清言捂着被子，纳闷地想。

她大概不会想到他是为了确认她第一次使用闲置多年的淋浴设备，会不会出现突发状况这点上。

就算能想到，她的重点也会不受控制地往别的方面偏，比如："他竟然扒在门外听我的洗澡声。"

猥琐。

林朔“莫名其妙”的行为，神经质地引发了她一场莫名其妙的生气。第二天清晨，她睡得正酣时，楼下的林朔嘴巴跟套上了小蜜蜂扩音器似的，兴高采烈地喊着什么。

昨夜的气再加上起床气，让阮清言猛地掀开被子，踩着拖鞋就冲到阳台前，俯身怒喊：“你喊什么呢？！”

楼下的林朔呆愣片刻，机械地举起一大包早餐，冷酷地晃了晃。

他想说：从宾馆出来，他走进一个早餐铺，发现做早餐的阿婆，竟是他上小学的时候最爱吃的那家早餐店的阿婆。突然有天店关门了，阿婆也不见了，他以为阿婆也像外婆一样变成一个小木盒了呢，没想到在这里遇见了她。

要是稍有做人的经验，都会知道“想说的”和“说出口”的话，总会有一点点偏差，林朔也一样。

“吃早饭。”林朔说。

阮清言双手撑在阳台上，突然语拙，无言以对。两人大眼望小眼，她身后的玻璃门被风吹得“砰”的一声，关死了。

“怎么回事啊，打不开了！”阮清言惊叫起来。

下一秒，林朔冲了上去，发现他没钥匙根本进不去，阮清言被关在阳台上，也根本出不来。

他火急火燎地又冲回阳台下面，犹豫片刻后，当机立断地朝阳台伸展开修长结实的双臂，示意阮清言跳楼。

“神经病啊你！”阮清言破音地吼道，“打119救我！”

“别怕，你扒着阳台边，吊下来，坐到我的肩膀上就得救了。”林朔说着就来到阳台正下方，摆出准备承受阮清言体重的姿势。

楼房是村镇特有的独栋联排矮楼，她在二楼，离地面不过几米，跳也能跳下去。

看清形势后的阮清言冷静下来，咬唇纠结要不要听林朔的。林朔以为她还在害怕，仰头认真地望着她：“相信我。”

信任是人与人之间最难建立的关系，显然阮清言不信林朔。

两人僵持间，隔壁阳台冒出一位长得像苏大强的大爷，中气十足地道："吵什么吵，小伙儿你上我这儿来。"

很快，林朔坐在大爷的阳台上，极力向阮清言伸出自己的手，阮清言指尖刚碰到他，就被他的大手牢牢握住。两人相聚的那一刻，竟然有种大难不死、亲人重逢的错觉。确认阮清言毫发无损后，他带着她往外走，刚想起要和大爷说声"谢谢"，门就"砰"的一声巨响，谢客了。

走到楼外，他们想要冷静一下，于是坐到路边，趁热把早餐吃了。

吃完早餐，林朔带着阮清言去找开锁电话，可街头巷尾，冷冷清清，空寂不已，偶尔电线杆上出现一两个开锁电话，用公用电话打过去居然是空号。

没有钥匙、没有手机、全身只剩下五块钱的他们是真的开始慌了。

他们想联系王老师和学长，却发现根本记不得手机号码。现在是周日，王老师说过周一一早开车来接他们回去，那么这期间的 24 小时他们要怎么度过呢?

一天最主要包括：三顿餐和睡觉，平日觉得再轻松容易不过的事，此刻看来，竟然困难得像生存挑战。

在意外来临，突然发现一无所有，无所凭靠之时，他们才猛然发现，原来生存一直都是摆在面前的问题。

阮清言黑着脸坐在路边，思忖着什么。林朔也一样。沉默在他们之间蔓延开来，过了一会儿，两人的眼神骤然碰撞在一起，像两条小狗突然打起来——

"你为什么出门不带钥匙？"

"提醒过你阳台的门会锁！"

以此开始，两人混乱地吵起来，空旷的街道放大了他们的争执声。一辆脏脏的摩托车轰鸣而过之后，林朔收声了，他站立的身影刚好把坐在路边的阮清言覆盖。

"要不，我们打工吧？"阮清言在阴影里仰着头，闷闷地说，"当一天临时工。"

林朔转身，眼神变得缓和："倒是……有个地方可以试试。"

他们来到了阿婆的早餐店，早餐车上贴着招帮工的启事。阿婆全然记不得林朔就是那个喜欢她的早餐的小男孩，看着一身睡衣的阮清言，阿婆更是一脸蒙。

阮清言大肆把他们的遭遇渲染了一番，听得阿婆眉头紧锁，不住点头。

“快跟我去换身衣服，再干活吧！”阿婆拉起阮清言的手，便往店铺里面走去。

可当阮清言和林朔撸起衣袖准备干活的时候，尴尬地发现他们干的活便是帮早餐店关门。

十点以后早餐店不再营业，阿婆热情地招呼他俩在家里玩，刚开始他们还比较拘谨，阮清言装傻卖萌地问了些关于做早餐的问题后，三人很快放开，闲聊起来。

林朔说起小时候的事，阿婆眯着双眼，终于记起了他。林朔又问阿婆为什么突然关店回到这里，阿婆感慨地望向外面行人稀少的街道，说如果她也不回来，那这里就没人了，她要帮这里离乡打拼的年轻人守住家。

阮清言听着听着睫毛有些湿润，不自觉地望向林朔，发现他也沉默了。

农村乃至乡镇空心化的问题如今越发凸显。大多数人拥向大都市的同时，庆幸的是，也有人想着回来。不管她已垂垂老矣，还是身强力壮，回到最初一切开始的地方，喂寂寞的土地一口热络的早饭，难道不是一件温暖之事吗？

阿婆又讲起自己的创业心得，她说，别看小小一家早餐铺，里面名堂不少呢！需要付出和打理的东西，似乎永远比预想的多一件，如果她没有一份创业的初心，那很可能中途就放弃了。

阮清言受益颇深地点点头，想着，阿婆几十年如一日开早餐铺的初心，就是让行色匆匆的人们吃口热饭吧！

转眼，白晃晃的太阳漫不经心地滑到了天的另一边，一眨眼的工夫，又缓慢地爬上来。帮阿婆揉完面，弄好所有的事情之后，阮清言和林朔才不舍地和阿婆道别。他们坐上王老师的车的瞬间，昨天经历的一切仿佛是个梦，而彼此嫌恶的眼神，又提醒他们一切是真实发生的。

“王老师，就是他把我引出阳台，还忘带钥匙的。”阮清言告状道。

林朔别过头，安静地望向窗外，一副云淡风轻，看破尘世纷争的神情。

王老师面无表情地推了推眼镜，不紧不慢地说：“对了，上次战术草稿图泄密的事情，已经弄清楚了。”

“叛徒是谁？”林朔立刻坐直身子，锋利的眼神通过后视镜，落到阮清言身上。

阮清言心里轻笑一声，实在是太想王老师公布真相，还她一个公道了。

王老师微微一笑，侧头对他们说：“想不到吧，竟然是打扫卫生的刘婶。她被景华的学生收买了，这次扫地的时候又偷拍，被逮个正着。”

见林朔错愕的神情，阮清言憋不住笑道：“真是三百六十行，行行出状元啊！每个工作岗位都有其独特的价值呢！谁会注意到刘婶呢？”

王老师点点头，心情舒畅地把着方向盘，叛徒不是队里的人自然是件让人欣慰开心的事。可他瞥见副驾驶座上的林朔，竟是一脸错愕、心思沉沉的模样，不禁让人感到一丝奇怪。

“林朔，你怎么这副表情？”王老师纳闷地问。

阮清言赶忙接嘴：“你很奇怪啊，林朔同学。”

林朔也不慌，正色道：“王老师，我在想刘婶会因此丢掉工作吗？他儿子的生活费还需要她供。”

“不必担心。她会被调去扫其他区域。”

第三章
命运共同体

她闯入他的生活，留下的就是那一团黑乎乎的痕迹吗？

两人回到首城，上学年期末考试的脚步逐渐走近，各大教学楼的自习室被占得满满当当，偶尔因为占座出现争吵的情况，也像北方四处可见的雪一样，大家见怪不怪。

自习室内，混浊闷热的空气令阮清言口干舌燥，她无力地撑着脑袋，眼皮子底下的高数题她又做错了。

套路道理她都懂，可做起来照样错得花样百出。她不禁感叹，这就是人生啊，不求高分大富大贵，只求 60 分得过且过，也还是要付出很多努力呢！

她的心思似乎被一旁的男同学看出来了。

“同学，你数学不好吧？”男生关切地问。

阮清言介意地皱眉：“比起其他科目，是没那么优秀。”

男生讪笑，凑过来神秘兮兮地道：“数学学不好就是学不好，不要枉费精力了，你看我，早就不看数学了。”

“那你……”

“我有办法。”

男生示意阮清言把东西拿好，他们出去说，不过一转头，阮清言发现身后的男生竟然不见了。她回到自习室，发现自己用来占座的饮料瓶被人丢进了垃圾桶，而座位上多出一个文静清丽的女生。

刚刚和她说话的那个男生正在对那个女生嘘寒问暖。

她的座位竟然被抢了？！

阮清言感到一阵恶寒，人和人之间怎么连一点儿基本的信任都没有呢？她大步走过去，指着男生的鼻子骂道：“你，卑鄙小人，把位子还给我！”

“神经病吧你，这怎么就是你的座位呢？”男生反唇相讥，一副死猪不怕开水烫的模样。

女生夹在中间，有些蒙地看着这一切，不知道发生了什么。

阮清言快速打量女生两眼，明明长得面善，气质、长相、穿着各方面来说都是女神级别的人物，也不知道为什么要和猥琐的骗座男掺和到一起。

阮清言转而对女生道：“同学，你男朋友是个骗子，你知道吗？

这个座位本来是我的，他刚把我骗出去，就是为了给你霸占位子。”

男生一听脸立马绿了，正要站起来发火，被女生拦了下来。

女生看了看阮清言：“误会了，他只是我的同学。”

男生的脸绿上加绿，阮清言得逞地一笑。

女生搞清怎么回事后，替男生道了歉，末了也不忘加了句带刺儿的话。

她仰了仰下巴说：“不是我的我不会抢，是我的别人也抢不走。”

说完，她拿起包包踩着小高跟“嗒嗒嗒”地离开了自习室。

这个背影，看得阮清言有些心驰神往，不禁在心中暗赞：“姐妹儿真帅！”

第二天，阮清言离开晦气的三教学楼，来到了相对清静的图书馆自习。她照样唉声叹气地翻开线性代数的题本，希望自己的诚意，能打动老天，好歹最后能得个及格以上的分数。她算是幸运，一来就有个小姐姐把位置空了出来，于是她赶紧坐下，开始苦学。

算到第二道题的时候，对面吹来一阵轻盈的风，她听见是有人坐下了。

算着算着，她始终感觉对面有人在看她，实在忍不住之后，终于抬头望过去。对方也实在按捺不住地冒出四个字：“你是猪吗？”

哦，是林朔。

他自然地拿过算题本，想要伸张正义似的说道：“你不能这么算。”

“那我该怎么算？”阮清言对于数学的焦虑，已经让她忘记他骂自己是猪这件事。

“你看啊……”

两人很快坐到一侧，埋头算起来，水性笔在草稿纸上沙沙地走，盖过了时间流动的声音。

阮清言不时一脸问号，不时瞪大眼睛，发出“啊”“哦”“还能这样啊”诸如此类的感叹。然而，她懂得越多，林朔越是觉得她蠢，不知道她平时都在学什么呢，觉得她在浪费金融一班的名额，在浪费国家的教育资源，在浪费宝贵的青春。

阮清言也发现了林朔的异常，冷淡地说声“谢谢”，便回到了自己的座位上。两人隔着30厘米的距离相对而坐，又回到了最初的沉默，像隔着条无边无际的银河。

下午午休过后，阮清言开始把其他科目拿出来看。没有了数字的困扰，她得心应手得多，对于一个高难度的专业词汇，她读一遍就能理解其意思，根本用不着像其他人那样死记硬背。

由于复习得太轻松，她的目光松散地向对面飘过去，发现林朔一手扶着额头，一手握着手机，眼神沉郁地盯着什么，又偶尔反射出孩童般的光泽。

“你喜欢乐高？”阮清言看清了手机里的内容，“正版的好像挺贵吧？”

“嗯。”林朔对她爱搭不理。

阮清言最近除了准备期末考试，就是在琢磨阮守信说的话，她要怎么让钱生钱，让剩下的1000元下崽呢？此时，她的目光敏锐地锁定在对面的人身上，通过观察，她猜林朔缺钱买乐高，宏观地说，她猜由奢入俭、囊中羞涩的林朔正在为自己的购物欲发愁。

“咯咯，林朔同学。”阮清言正襟危坐，摆出一副诚恳的态度，“我最近开公司了，你知道吗？”

林朔的眼神从乐高图片上不舍地移开，见鬼地回道：“哦，是吗？”

阮清言飞快地拿起笔，在草稿纸上写画着，很快一个简陋的标志出现在纸面上，围绕着标志鬼画符地描出几个大字：清言校园金融服务公司。

“亲亲，是这样，我司刚成立不久，主要业务是为各种有爱好、有追求、讲究生活品质的同学提供安全可靠的校园贷服务。目前您的会员等级为青铜，只够提取1000元以内的金额，等您……”阮清言举着皱巴巴的A4草稿纸，讲得头头是道。

“稍等，我什么时候成为尊贵的会员了？”林朔目光警惕又冷冽。

“世界瞬息万变，天有不测风云，现在您是尊贵的会员，可能下一秒就不是了。”阮清言继续忽悠，语气开始夹带威胁。

林朔又点亮手机屏幕纠结地看着，乐高官方网站正在搞限时抢购，他显然一万个不想错过。

阮清言也适时举起自己的错题本，声情并茂地道："您也看到了，我的数学烂得一塌糊涂，要说算计，怎么可能算计得过您呢？我只想合理收息，互利互惠！"

最后八个字，简直是掷地有声。

林朔眉宇轻皱，看来是真的听进去了。他心里盘算再向周遭的兄弟伸手实在是不太好，于是示意阮清言借一步说话。

阮清言也不客气，拽过他的衣袖就跑。

他们来到阴暗逼仄的楼梯间，相对而立，都摆出一副成年人谈大事的模样。

"钱不能随便给你。"

"说吧，有什么条件？"

"需要你……"

"裸贷是犯法的，休想。"

"我怎么能让自己的眼睛遭那份罪！把你的宝贝押给我。"

"我没有宝贝！"

阮清言翻了个白眼，作势要走。

"欸，我有，你等等……"

林朔回宿舍以后，小心翼翼地取出一张20世纪90年代塑封的全家福，上面有他、母亲、爷爷奶奶、外公外婆和父亲林翔龙。一家人正欢聚一堂，笑得其乐融融，幸福不已。照片背后还有林翔龙用蓝墨水钢笔留下的一串亲笔手迹：相濡以沫，至亲至爱。

墨水已经晕染变淡，与岁月的浓稠成反比。

毫无疑问，这张珍贵且独一份的全家福就是林朔的宝贝。

当他用三层牛皮信封把照片封好，交到阮清言手中的时候，他眯着凶狠的眼睛，像个无恶不作的恶霸。

"好好保存，到时候我来取。"他故意压低嗓音说。

"好。"

阮清言回头就把信封锁进了宿舍的抽屉里。

签了合同，按了红手印，阮清言就盼着收回本息的那天了。

阮清言是南方人，来到首城之后才第一次领略到雪的滋味。最近雪下得少，但气温低，这就出现了路面清洁干燥，不怕路滑，但四处积雪稳固，风景动人的景象。这是最适合外出的时候。于是趁着周末，复习得累了，阮清言叫上室友们一起出去踏雪看景。

首城大大小小、主题各异的公园数不胜数。她们听从了本地人冉晓云的建议，打算去一处叫“幻景山”的公园。用冉晓云的话说，这是本地玩家的高端玩法，一般人都不知道还有这么个美妙之地。具体妙在哪儿呢？她说，“幻景山公园”之所以冠名“幻景山”，关键就在于当人处在山中的时候，会因为角度位置以及各种自然条件的影响，看见一些美妙梦幻的景象。吹得玄乎点儿，有人甚至说，他曾在幻景山看见了去世的爱人。

“呸，炒作。”信奉马克思列宁主义的预备党员罗玉洁同志，对此类传言十分不屑。

“就是个野公园，又不收门票，哪有炒作的必要。”冷静客观的方兰分析道。

“去就完事了！”阮清言开心地挥手道。

等她们来到城西北处的幻景山，正好是下午两点，阳光灿烂，视线清晰，也没有刮风。她们就坐在高处的荒废亭子里，眼巴巴地望风景，嗑瓜子，望风景，嗑瓜子……

不多久，无聊就如期而至。

“你们看见啥了吗？我啥也没看见。”罗玉洁不甘心地说。

阮清言正后仰着，双手扶在栏杆上放空，眼神宁静而悠远。

“啊啊啊！我看见了，我以前最爱的小不点儿！”冉晓云惊叫着跳起，指着远处，张牙舞爪。

“你眼花了吧？”方兰无情打击道。

小不点儿是冉晓云小时候养的一条小母狗，乖巧可爱，在花一般的年纪里，因车祸卒。

“真的，我也看见了。”阮清言屏着呼吸，抬手指向十点钟方向的位置，在一棵大松树后，有个可疑的狗状黑点。

方兰迈腿向黑点走去："那不是幻象。"

五分钟后，一只弱小无助、瑟瑟发抖的棕黄色小京巴犬，被四个女人团团围住。在慌不择路间，它一下扑进阮清言的怀中。

"我捡到狗了？"阮清言发蒙地举起小京巴上下打量。

"对！"其余三个人异口同声，似乎不想摊上这个小麻烦。

阮清言在空旷的雪地中抱着小京巴，有些踉跄地走了几步，仿佛不相信眼前突然冒出来的小生灵似的。

"妖怪！还不快显出原形！"阮清言指着小京巴，学孙悟空骂道。

小京巴"嘤"一声歪头，满脸纯真。

见没有任何异常，阮清言冲过来猛地举起小京巴，欢快地原地绕圈："哈哈哈，我有狗啦——"

阮清言给它起名叫软蛋，意思是，阮清言下的蛋，阮清言的宝贝狗崽的意思。尽管它是只小母狗，但长得虎头虎脑的，眼神更是会传情说话，很招阮清言喜欢。遗憾的是，汉博大学的宿舍严格明令禁止饲养宠物。令人头疼的是，阮清言偏要养，并征得了室友们的一致同意。

俗话讲，为母则刚。阮清言自从成为软蛋的妈妈后，便习得浑身精湛武艺，类似佛山"抱狗"无影腿：抱着软蛋经过宿管阿姨的办公室的时候，快得地上没有脚影之类的绝技她已经练得炉火纯青。

软蛋才三个月大，不怎么叫，加上打掩护的人多，所以没有太大问题。

可是养狗就必须得遛，阮清言都是趁夜深人静的时候，抱着软蛋去学校偏远的后山上散步。阮清言遛狗遛得越发熟练，一直相安无事，直到有一天，她只是看篇公众号文章的工夫，一抬头发现手中只剩狗绳，软蛋早已不知道跑到哪儿去了。

"软蛋——"黑暗中，她焦急地喊着。

室友们知道软蛋不见了，都跑来一起寻狗，后山人能走的路就那么几条，加上路灯昏暗，翻来覆去地找，也不见狗的影子。直到宿舍快闭寝，阮清言她们才不得不回去。

“没事，软蛋是条聪明的狗，我们好吃好喝地供着它，它不会离开我们的。说不定明早我们一睁眼，一推门，软蛋就趴在咱342门前了。”罗玉洁安慰道。

“那应该会被宿管阿姨抓走。”方兰依旧冷静地分析道。

阮清言重重叹口气，责怪自己的无能，她讨厌事情在自己手里失控的感觉。此时此刻，软蛋本应该趴在角落卷着粉扑扑的舌头喝水的，现在呢，失去的感觉让阮清言讲不出话来。

这天她一宿没睡，难过了一夜。

然而，第二天太阳依旧照常升起，不知道哪本书里说的，只要太阳还会升起，就会有好事发生。果不其然，第二天的清晨六点，她一睁眼，一推门，神奇地发现软蛋竟然就趴在门前打盹儿，正如罗玉洁安慰她的那样！

“啪！”她抱起软蛋，赶紧关门。

下一秒，她的脸蹭着狗头，喜极而泣。

软蛋果然是一只认得到路、找得回家、躲得了宿管阿姨的好狗。

然而高兴没几天，坏事就在软蛋身上发生了。它突然开始食欲不振、打喷嚏、腹泻，阮清言在网上一查，这些都是犬瘟的前期症状，幸运的话，只是普通的肠胃炎也说不定。于是她赶紧把软蛋藏进背包里，打算去学校附近的宠物医院诊疗。

当她火急火燎地背着狗，穿越食堂，打算抄近路出校的时候，半路杀出个程咬金。班导朱老师热情地招呼住她，和她讲寒假有个什么趣味学习冬令营，让她帮忙宣传，召集同学报名参加。

软蛋因为不适，开始发出憋屈的呻吟声，声音穿过背包就要传进班导的耳朵里了。养狗的事让班导知道怎么得了？阮清言顺势将背包放在餐椅上，任班导将自己拉走。

等她应付完一切，回来找软蛋的时候，居然看见林朔将背包抱在怀里，眼神警惕又忧郁地望着她。

“还给我。”阮清言伸手道。

“竟然是你的狗。”林朔悄悄摸摸软蛋的脑袋，继续道，“不对，到底是它从我这里跑走，到了你那儿，还是它从你这里跑走，到了我……”

等不及听林朔的废话，阮清言一把抢过背包，抱着软蛋快步往外面冲去。林朔两大步追过来，着急道：“它好像生病了，你现在是带它去看医生吗？”

阮清言依然没有搭理他。等到她冲到宠物医院，帮软蛋挂号，送去检查之后，才缓过气来，当场指着林朔的鼻子一通质问。

“软蛋消失的24小时，原来是被你捡去了，那为什么一回来它就生病了，你对它做了什么？”阮清言生气地说。

林朔当场愣怔，也不知是被“软蛋”这个别致的名字震慑了，还是被问题问住了，或者两者兼有。

“你不是兽医专业吗？”阮清言接着说。

话一出，她旋即一愣，虽然觉得兽医专业与软蛋生病好像没有直接的逻辑关系，但把这点强调出来，好像也并没有什么不对。

见林朔垂头不语，阮清言尿急自顾自地去了厕所。等她回来，前台的小姐姐告诉她林朔已经预存了5000元钱在软蛋的账户里。

软蛋被确诊为犬瘟，幼犬最容易得，也是最致命的犬类常见传染疾病。医生提醒阮清言既然决定养狗，就应该打齐疫苗的时候，她也不想争辩什么，本来她计划这周就带软蛋打疫苗的，谁知道会发生这些事情呢……

幸亏发现得不算太晚，经过一周的治疗，软蛋闯过鬼门关，已经痊愈了，只是不幸地留下了后遗症。它的舌头会无力地耷拉出来，反应也比别的狗慢半拍，看上去像个智力障碍者。

短短几天，软蛋变傻蛋，让阮清言哭了一夜。

“它被其他的狗欺负了怎么办？”她倒进被窝号哭。

这件事通过罗玉洁的定向传播，传到了林朔的耳朵里，他很是自责，扬言会对软蛋负责到底，陪它走完剩下的狗生，也没问阮清言同不同意。

阮清言想过把不菲的治疗费还给林朔，但当她得知就是林朔把软蛋带去和别的狗鬼混，才导致软蛋染上犬瘟之后，打消了这个想法。

不知不觉，期末考试进行完一半，日子也转到了林朔该还款的那天。他倒是很自觉，提前给债主阮清言发去延迟还款的消息：

“抱歉，阮经理，还不上。”

看完消息的阮清言冷笑一声，心想，今天还在电影院门口碰见他请人看 IMAX（巨幕）影厅呢，他怎么就还不上了？

“没关系，不着急，利息每天增加十个点，一切按合同来。”她发消息回道，接着又发去一张打火机的图。

威胁之意再明白不过，照片可是怕火烧的。

发完消息，阮清言觉得太刺激了，在床上捂着被子，露出一双水灵灵的眼睛滴溜溜地转，笑出了声。

一天，宿舍楼下，阮清言远远看到林朔背着背包，站得笔直地在那儿玩手机。她装作没看到，不经意地走过去，却还是被林朔截下了。

“我是来接软蛋的，它现在不小了，应该接受学习。”林朔掏出一本驯狗手册，一本正经地讲。

阮清言冷漠地看着林朔，语气冰冷地说：“它现在傻掉了，不适合学习。”

林朔不以为然，举例论证道：“你知道低智天才音乐指挥家舟舟吗？他……”

阮清言摆了摆手，扭头便走。

林朔一个伸手，把她拽了回来。

“你居然敢对我动手？”阮清言一副震惊状，薄唇颤动。

林朔一副为父心切的模样，叹了口气：“唉，别人驯狗还要收费，我免费提供服务，你怎么还不答应呢？”

不远处的宿管阿姨探头：“狗？你们养狗了吗？”

阮清言赶紧道：“阿姨，他开发了‘迅狗’软件，偏要给我提供服务，让我用。”

林朔呼吸一窒，佩服和不安同时涌上脑门。

阿姨嗑着瓜子，好奇地走出来：“迅狗？”

阮清言拉过宿管阿姨，解释道：“就是迅雷和酷狗的结合体，挺方便的，您要不试试？”

林朔脸色僵硬，想溜却发现阿姨已经站在他面前仰望着他。阮清言挥手道别后，一个箭步蹿上了楼梯。

阮清言也不知道为什么，明明林朔帮忙驯狗是好事，可她偏偏不想把软蛋交给他，总感觉会有状况发生。况且，软蛋已经有四个妈妈了，不需要爸爸。

然而，等到阮清言再下楼经过宿管办公室的时候，发现宿管阿姨在用一种很狐疑的眼光盯着她，仿佛已经知道了她的秘密。

她假装镇定地走出宿舍楼，立马给林朔打去微信语音。

“你是不是出卖了我？”她说。

“你猜。”林朔的声音穿过手机听筒，如机器人一般冷酷。

阮清言瞬间心凉半截，她不会看到，林朔此时正神色复杂地举着手机，这招是他临时想出来的，他在假装威胁阮清言。宿管阿姨之所以会狐疑地看阮清言，是因为林朔说，她有抑郁症，因为痴迷狗和药物的关系，偶尔会出现自己有狗的幻觉。

阿姨相信了他，因为林朔委屈地表示自己根本没有发明什么“迅狗”软件，都是她发病，为了躲避关于狗的追问，一派胡言的……

“林朔，你是不是狠了点儿？我怕你啊？”阮清言捏着手机，一副天不怕地不怕的模样，隔了几秒问，“什么时候来接狗？”

“明天。”林朔忍笑道。

由于每科考试的时间相隔比较长，所以复习的时间也比较充裕，阮清言本来是来监督林朔驯狗的，慢慢地就变成林朔一边驯狗，一边给她辅导数学相关的科目。

阮清言发现林朔真的是块学商的料，当初被调剂到兽医专业确实是有点儿遗憾。林朔不仅拥有商业细胞，她还发现他驯起狗来一套一套的，细心耐心，莫名觉得有点儿温柔。特别是他喊“软蛋”的时候，“软”字的发音和“蛋”字的发音明明都和普通人一样，可经过他的嗓音连读出来，就奇异地变得不同了。

以至于每次他喊“软蛋”的时候，阮清言都会抬头望去，令她有点儿害臊。

他们驯狗的地方在一处幽静的宠物主题咖啡馆，空旷而人少。在经过一番训练之后，傻傻的软蛋已经学会了定点解手，还会听指令坐地、起立、转圈等基本动作。而阮清言经过林朔的一番指导，一些不会做的数学题也会做了。

一切看似进行得完美有序，然而静水深流下面往往暗藏着危机。

软蛋经过林朔的训练之后，会的招数多了，能力提高了，便经常受到林朔的表扬。狗的整个精神面貌发生了翻天覆地的转变，从胆小怕事、唯唯诺诺，到理直气壮、喜欢瞎叫。

一回到宿舍，它就变得飞扬跋扈，看什么不顺眼就要嚎两嗓子，才不管心惊胆战的四个妈多么担心它会暴露。

听说狗嘴罩戴多了不利于狗的健康，阮清言心软偶尔便不给软蛋戴，导致的结果便是被隔壁宿舍听到狗叫声。阮清言被无情举报，软蛋被勒令立即搬离宿舍。无可奈何的情况下，软蛋被阮清言寄养给了顾凡超，然而这令林朔十分不满。

两人因为这件事又大吵一架，吵架的时候引得路人围观。

林朔吼出“软蛋是我们的狗”之后，不知怎么就传出林朔和阮清言已经成了一对的传言。两人尴尬不已，开始避嫌。

足球队的后勤行政工作，因为两人的分开办公，工作效率再一次大幅提升。

宿舍熄灯以后，枕着手臂，望着黑黑的天花板，林朔不禁问自己一个问题：为什么就这么喜欢软蛋呢？

为了它，他竟然甘愿忍受阮清言。

但是他找不到答案，只是觉得从软蛋迷路来到他跟前的那一刻起，他们之间便有了深深的羁绊。而之后因为他的不慎，让软蛋生病落下后遗症之后，这种羁绊变得更深了。

“啊，它那张扁平的狗脸真可爱啊……”

黑暗中，林朔歪头喃喃道。

日子在期末日程表上缓慢地度过，转眼，又到了该还款的日期。

由于上次给软蛋看病，有女生耿直地借给林朔 5000 元巨款，导致他因为还钱，现在都没缓过劲儿来。

零点刚过，来自阮清言的催款连环电话就准时响起。

他心想，她真是个不讲情面、冷血无情的商人。自己和她一起经历了这么多，为什么她就不能对自己网开一面呢？下一秒，他又开始嘲笑自己，为什么要她对自己网开一面呢？

"喂，阮经理，是我。"林朔跑到宿舍外面接电话，燥热的暖气烤得他有些缺氧发昏。

"还钱。"阮清言言简意赅道。

"没有。"林朔也不拖泥带水。

阮清言沉默了两秒。他本以为她开始心软，容他再缓缓，哪知对面响起暴怒的声音，她连环炮似的骂道："林朔，你这样做人是不行的，我跟你讲。你嘴上说没钱，实际上呢，和别的女生逍遥自在地吃喝玩乐。毛主席说了，做人不能搞两面派！"

林朔眯着眼睛，努力反省着自己的行为，突然明白过来："误会，你听我解释。"

"不听，我都看到了！"阮清言的怒气像一枚松手放气的气球，蹿得老高，"等着给你的全家福收尸吧！"

事情是这样的，今天借给林朔 5000 元巨款的女生由于朋友临时爽约，于是约林朔出来陪她看电影。看完电影，她又邀请林朔一起吃了顿人均 300 多元的便饭。他们坐在高档餐厅窗口有说有笑的情景，正好被路过的阮清言看到了。

阮清言非常生气，非常无奈，非常担心自己辛苦赚的血汗钱收不回来，打水漂。她更担心自己意义非凡的第一次创业，就栽在林朔这种没脸没皮的无赖身上。

挂掉电话，她在黑暗中摸出打火机，对准照片，"吧嗒"一声点燃火苗，吓得室友们纷纷滚下床，劝阻道：

"清言，你有什么想不开的，不要纵火啊！"

“纵火可是重罪，最低三年起跳！”

“多么如花似玉的姑娘啊，不要被一时的怒火给毁了！”

阮清言听得十分感动，不知道为什么委屈的泪水就在眼眶里打转了。突然她“啊”一声，被打火机烫得跳了起来。落地之后，她突然变得冷静。

“照片我不烧了，钱我也不要了，如果林朔今后还能见软蛋一面，我就叫他爸爸！”她竖起一根食指，咬牙切齿地对天发誓。

罗玉洁她们赶紧捂住她的嘴，对天说道：“不算不算，老天爷不要听她的。”

第二天，阮清言一觉睡到十点多，睁眼发现塑封的全家福照片不小心被昨天打火机燃出的火苗烧黑了一小块儿，塑料虽然没有碰到火苗，但因为高温熏烤的关系，已经有熔化变形的迹象……

她的心猛地一抖。

大脑闪过一丝报复的快感后，罪恶感像奔涌而出的洪水朝她扑来。

她捧着照片，无力地坐在地上正想着有没有什么补救的方法，顾凡超突然给她打来电话。

“软蛋今天该去补疫苗了，我们一起去？”他试探地问。

“嗯，肯定啊！”阮清言从地上爬起来，小心地把照片放进包包里，“补完疫苗，我们再去做点儿别的事。”

下午大约三点的时候，顾凡超开车来接阮清言。打疫苗的宠物医院离学校不远，令阮清言没想到的是，他们在宠物医院竟然碰到了林朔——和一个眼熟的女生。

林朔此行是来给软蛋买营养膏的，他看见阮清言和顾凡超在一起也很吃惊，正发愣间，突然听到阮清言怪叫一声：“软蛋，快进去！”

阮清言手握着软蛋的屁股蛋，硬生生把它给推进了宠物箱，再把顾凡超拉到宠物箱面前，用身体挡住了箱子。

她对天发过誓，再让林朔见软蛋，就叫他“爸爸”。

三人看着阮清言的这番操作，都有点儿发蒙。

还是阳光开朗的顾凡超先说话：“嘿，咱们上次是不是见过？”

林朔点点头，神情冷淡。一旁的女生很在意林朔的反应，见他不怎么热情，也没主动搭话。

四人正尴尬着，这时医生走来通知打针：“谁是软蛋的家属，抱进来打针了。”

“我！”

阮清言和林朔同时响应。

阮清言瞪了林朔一眼，女生见她瞪林朔，也瞪了阮清言一眼，再侧耳低问道：“这就是那位阮清言啊？”

林朔没反应，苦大仇深地盯着阮清言和顾凡超将软蛋送去打针的背影，神情冰冷。

去的路上，阮清言悄悄回头，很快意识到，站在林朔身边的女生就是之前和林朔在高档窗口边进餐谈笑的女生，也是之前和她抢自习室座位的那位姐们儿。

漂亮、清秀、高挑，气质高贵出众的姐们儿。

放在青春电视剧里，她就是众男生仰慕追求，是个男生都无法拒绝的姐们儿。

打针很快结束，当阮清言和顾凡超抱着宠物箱出来的时候，那位姐们儿竟然挡住他们的去路，斯文不见，一脸凶狠相。

“林朔的全家福照片呢？”她挑着精致的眉毛，质问道。

林朔前来拦住她道：“白雨檬，你别闹。”

从他口中吐出的“白雨檬”三个字，像三颗冰冷的石子儿，粒粒作响地砸进阮清言的心里，造成不适。

阮清言推开林朔，仰脸凑近白雨檬道：“白雨檬是吧？全家福照片上有你吗？关你什么事啊？”

白雨檬正欲回击，顾凡超突然挡在阮清言身前，压低声音威胁道：“你骂她，我跟你急啊！”

见状，林朔冷笑一声，走到阮清言面前，一字一顿道：“阮清言，你真是头猪……如果你不听我解释的话。”

“好呀，就在这儿说吧！”阮清言这次倒是爽快。

林朔觉得难为情，看看顾凡超，看看白雨檬，最后还是把借白雨檬的钱给软蛋治病，以及吃饭、看电影的事全解释清楚了。

“我是真没钱，不是骗你。”林朔如释重负道。

等他说完，周围忽然响起了掌声。有候诊的狗主人带头喊道：“原谅他！”

阮清言的脸微微一红。

顾凡超挥手引导观众：“搞错啦，不是那回事！”

白雨檬赶紧帮腔：“对对对，不是啊！不是。”

林朔竟然勾起薄薄好看的唇，不禁笑了。

“行吧，照片没事，等你还钱再取。”

撂下话，阮清言埋头带着顾凡超和软蛋逃离现场。

回去的车里，顾凡超神色迷茫，把着方向盘突然问道：“欸，你说还要办什么事来着？”

阮清言从包包里摸出被火苗烧过的林朔全家福照片，不好意思地给他看。

顾凡超的方向盘猛地一歪：“阮清言，你真是个狠人。”

“我们去看哪儿能修复照片吧！”阮清言恳求道，样子楚楚可怜。

即使繁华先进如首城，被火苗烧过的照片也不能完好如初了，因为照片后面林朔父亲的亲手笔迹是怎么也不可能模拟复原的。

阮清言如实告知了林朔，根据合同上的白纸黑字，秉承契约精神，阮清言决定不再收回钱款，算作对照片损坏的补偿。

得知消息的林朔，几天没理阮清言。而后又在一天突然联系她，约她在学校的湖边见面。这天天空下起首城十年来最大的一场雪，漫天飘落的雪花像一片巨大的马赛克，遮住了人们想要看清世界的视线，雪伴着风，风裹着雪，世界只剩一片沙沙声。

“还你。”林朔立在湖边，打开了手机扫一扫。

阮清言一愣，没想到他还钱的心这么坚决，略做犹豫，立即展示收款二维码。

两人一高一低地举着手机站在漫天的雪花中，等待着“叮”的声音。可是雪花调皮地在屏幕之间挡道，半天没扫成。

阮清言心急道："干脆你转给我吧！"

林朔的嘴角一抽。

阮清言脸红地连连摆手："不是，不是啊，你真的可以不用还的！"

最后，林朔坚持把钱转给了阮清言。阮清言也把照片包进三层牛皮信封里交还给了他。林朔拿出照片，安静地凝视着上面的一张张笑脸，目光深沉，像穿梭到了过去。

阮清言侧头好奇地问："后面的字谁写的呀？挺好看的。"

"我爸。"林朔含笑答。

"叔叔是个军人啊，军装是蓝色的，是空军？"阮清言问，"现在也在开飞机吗？"

林朔沉默半晌，忽而灿烂地笑起来："他牺牲了。"

林翔龙在拍完这张全家福之后，在一次例行飞行任务中，因为某些不可抗的问题，在自己的工作岗位上牺牲了。这次飞行，不是什么壮阔热血、抵御外敌的英勇事迹。在十来米机身里魂归故里的他，也不是人人歌颂纪念的英雄。

他只是小林朔在蹒跚的成长路上一路仰望的英雄而已。

听到这儿，阮清言的负罪感像泡了水的海绵一样覆盖在肩上。

她艰难地张口："照片的事，对不起啊……"

听到她说话，林朔才将思绪从茫茫的雪景中收回，转头冷冰冰地道："不怪你。"

阮清言不解："啊，为什么啊？"

林朔瞬间神气起来，眉宇飞扬地道："我爸说了，有的人闯进你的生命中，注定是要留下痕迹的，不为什么，没有理由。"

"噢……"阮清言心虚地盯着照片上被火苗烧黑的痕迹，没有灵魂地附和。

她闯入他的生活，留下的就是那一团黑乎乎的痕迹吗？

走神间，她手里突然被塞进一个塑料袋。

"上次给软蛋头的营养膏，记得喂给它吃。"

林朔说完，手插进大衣口袋里，走入白茫茫的雪景中。

而时间也仿佛被雪裹挟进风中吹走了，吹不走的却是林朔的那个背影。

阮清言发呆的时候，那个孑然一身的背影就会浮现在眼前。她伸手摸着窗外的雪花，不禁想，冬天过了是春天，她和林朔的关系也会寒雪扫尽，春暖花开的吧！

她，不想和他吵架了。

第四章
交个朋友吧

阮清言的心却不安，像世间所有的杂虫都在她的心头爬咬鸣叫。

雪停以后，恰好迎来期末的最后一科考试——阮清言最在行的“投资银行理论与实务”。

考试结束的铃声一响，阮清言第一个撒腿冲出教学楼，后面紧跟着罗玉洁、冉晓云、方兰她们。

“走啊——火锅烧烤冰啤酒！网吧迪厅玩通宵！”

阮清言挥手继续朝前冲，带领着好友们，像一支欢快兴奋的起义军。

冲到半路，她突然原地静止，神色变得紧张异常。

“怎么了，清言？”罗玉洁气喘吁吁地追上来问。

“对了，明天我爸要来，叫我和他一起去参加朋友的寿宴。”阮清言严肃地答道。

“你就这么怕你爸啊？”冉晓云不解地问。

阮清言扬声道：“不是怕。”

不是怕，但具体是什么也说不清楚、讲不明白，她就是对父亲阮守信有种近似于畏惧，但又不是畏惧的情感。她知道，阮守信对这次宴会格外重视，如果他知道她在有重要事情的前一晚放肆疯玩，一定会对她有所指责。思及此，阮清言之前高高挥舞的小手，就没有再举起来。

于是，阮清言无奈地放了好友们鸽子。

翌日下午两点半，平稳的奔驰车内，一股俗气又商务的香氛味道在空气中萦绕着。

阮守信一身西装革履，舒坦地倚靠在座椅背上，悠闲地跷着二郎腿，慢悠悠地摇着一杯晶莹剔透的红酒，身边端坐着神经紧绷的阮清言。

“清言啊，下午你先回去休息，晚上六点，我准时来接你。”阮守信牵牵嘴角笑道。

“好的，爸。”阮清言如获大赦。

从机场到父亲下榻的酒店，一路二十多千米，阮守信对女儿的专业学习、日常生活、期末考试、最近爱好、交友情况、室友来自哪里粽子吃甜吃咸等问题进行了深入的了解和探讨。

阮清言嘴皮都说干了，时隔多日与父亲重聚，她感叹父亲对她的关爱依然是同样的配方、同样的味道。回到学校，她立马又把准备好的行头用熨斗烫了一遍。她心想，自己如此亭亭玉立、落落大方、知书达礼、谈吐不凡，怎么着也不能在穿着打扮这些身外之物上，给老阮家丢面儿。

时间转眼来到下午五点三十分，她趴在窗口等来的却是学长的电话。学长着急地叫她去校队办公室清算最后一批物资。

“你快去，办公室马上锁门放假了。林朔一个人忙不过来。”学长说。

阮清言抱怨学长总是想一出是一出地临时安排工作，当她穿着自己最贵、最好看的行头出现在办公室的时候，傻眼了。

林朔穿着精致的休闲西服套装，花着脸，流着汗，正在费力地把一箱矿泉水扛进储备室。他英气的目光瞄到阮清言也来了，上下打量她一番，眼光在她毛呢短裙下包裹的细腿间滚来滚去。

林朔讪笑道：“你也盛装来当苦力啊？”

“我没空和你说，六点之前，我要走。”阮清言快步坐到办公椅上，打开电脑，开始准备物资清算的录入工作。

林朔对阮清言高傲臭屁的态度很不以为然，但手上的动作丝毫没有放松，反而进行得越来越快。他开始大口喘粗气，惹得阮清言侧目。

录完物资数据，锁门的大爷凶神恶煞地来催他们离开。阮清言干脆也脱掉外套，来帮林朔。时间来到五点五十五分，两人一顿疯狂体力输出之后，眩晕地待在原地喘气。

林朔下意识地一动腿，不小心绊到什么，整个人瞬间失去平衡往前扑。

前面是阮清言。

她下意识地像抱扑上来的软蛋一样，结结实实地把林朔抱住了。

两人身体碰撞到一起的瞬间，大脑内有一道滚烫的闪电劈过。

阮清言的肌肤，透过羊绒针织衫的细孔，接受着来自林朔滚热的体温和气息，感到舒服又有点儿痒痒的。

她失神片刻，缓缓道：“年轻人，你这体力不行啊……”

林朔跟晕过去一样，依然抱着她不放。

阮清言感到生气，正要把林朔砸到地上，就听到办公室的门“哐当”一响，有人冲了进来。

“阮清言，你在干什么？”

阮守信震惊地立在跟前，指着她的鼻子问，旁边站着个指路看热闹的大爷。

“爸。”阮清言强压下心脏喷涌上来的血，冷静道，“这位同学体力透支，晕倒了。”

林朔听出阮清言冷静下的慌乱，立马清醒过来帮腔：“对，我晕倒了。”

大爷走上前，义愤填膺道：“呸，这种事我见多了。你们现在这些小年轻真是不害臊，专挑地方找刺激。”

阮守信脸色非常难看，失望的神情恐怖地爬满全脸，他没想到提前来找女儿就遇到这样的情况。

林朔跟被火点着似的，伸手就要去抓大爷的肩膀，想解释清楚。

阮清言倒异常安静，嘱咐林朔走之前把汗弄花的脸清洗一下之后，便跟着父亲阮守信坐进奔驰车内。

车里，阮守信连连叹气，不断摇头。

阮清言解释的话已经说了三遍，不想再多说一个字。

高中政治课本上讲过，当量变累积到一定程度，就会产生质变。阮守信叹的气实在太多了，不知道哪个时间节点之后，他越是叹气，阮清言越是感到好笑。

她平静地望着车窗外，嘴角开始诡异地止不住上扬……

目光扫过街边小吃摊，烤冷面在夕阳的余晖下冒着热气，她忽然想请林朔吃好吃的。多亏他，乖女儿的形象猝不及防地摔个稀碎之后，她才感到从未体验过的轻松、自在。

她甚至开始胡思乱想，要是林朔和她真像被误解的那样，也未尝不可。她常常觉得，世界如此辽阔，却像一张庞大干瘪的地图一样无聊。在所有规则的挤压之下，城市是二维的，行人是二维的，情感是二维的，关系是二维的，所有的一切都只能在平面上行走，不允许任何跳脱。

要是能出现个人，能和自己一起打开新的维度，那该多好。那是能在阮清言的世界里取得巨大突破，获得诺贝尔奖的壮举呢！

神思游荡间，夜幕已然降临，幽蓝的天空下，车缓缓停在礼顺德大酒店的门口。

这家酒店建于 1863 年，是全国酒店业唯一的国家级文物保护单位，保留着英国古典建筑的风格，兼具欧洲中世纪田园乡间建筑的特点，外观其貌不扬，实则里面别有一番天地。

听阮守信介绍，老寿星是国内商界德高望重的长辈，交友甚广，过个寿诞，便能牵动半座首城的人。踏入商界不久的阮守信，刚结识这位前辈不久，这次有幸能被邀请赴宴，令他得意不已。

翡翠厅里，气派的大圆桌讲究地布置了二十个座席。

阮守信领着女儿拘谨地向老寿星问好祝寿之后，规矩地落座。阮清言视线局促，难免有些紧张，这是父亲第一次带她经历如此高规格的应酬场面。她手心发烫，耳边响起父亲的叮嘱：把腰背挺直，腿合拢放好，手机放在一边，含笑对讲话的人行注目礼……

她刚按部就班地进行到行注目礼这一步，领班服务生便引进来一位身着暗花旗袍、盘着发髻、优雅素净的中年女士。女士旁边站着一个阮清言熟悉的身影，挺拔的他正在毕恭毕敬地弯身作揖，嗓音清亮如风——

“刘伯伯，好久不见，您六十六大寿生辰快乐啊！”

阮清言抬头，含笑凝望讲话的人，目光暗动。

林朔，眼前的人怎么可能是林朔？

阮清言感到一阵眩晕，手心诡异地分泌出一层薄汗，嘴唇微微张了张，没有声响。

林朔向她看来，愣了半秒，神色恢复如常。

刘伯伯热情地招呼林朔母子入座，林朔恰好挨着阮清言，坐下的时候背挺得笔直，引得阮清言侧目。

他大概很紧张吧？像她一样。

人坐满后，寿宴正式开始，席间一来二去，阮清言把在座的人与刘伯伯的关系听得差不多了。那位优雅素净的女士正如阮清言猜测的那样，是林朔的母亲，叫古兰。刘伯伯是古兰的老大哥，当初林翔龙牺牲以后，他最好的战友为了照顾母子俩，让古兰跟着自己的父亲学做生意，就这样，古兰跟着刘伯伯踏入首城商界。

转眼间，酒过三巡，气氛高涨，阮守信连连将酒杯举到“标准”的高度，脸早就红到脖子根。

松懈下来的阮清言，无意地扫视四周，竟看见一个大叔面无表情地看了一眼阮守信，嗤笑一声，便对着身边人耳语，阮清言心生不悦。

不知过了多久，林朔和大叔他们一起上完洗手间回来，再次坐到阮清言旁边的时候，他的背竟然比之前更僵直了，整个人跟被冻住似的，脸上结着一层霜。

阮清言以为他还在紧张，低声笑道：“喂。”

林朔没听见，空洞洞的眼神定在某处，眸子黑得吓人。

阮清言微微歪着头，看着林朔，两人在聒噪的人群中一起安静着，仿佛大海中的两叶扁舟。

这幅画面被喝得上头的一个阿姨看到，拍手欢喜地叫道：“嗐，怎么老说我们自己的事，得关注关注年轻人！”

大家顺着阿姨的视线，将目光汇聚到阮清言和林朔身上。这下，阮清言的背也僵了，她尴尬地扯扯嘴角，酝酿着想说点儿什么，却被阿姨抢先。阿姨高声笑道：“老林家的小伙子，老阮家的大姑娘，多有缘分啊，都在汉博上大学，你们还不撮合撮合？”

此话落地，摔得一声脆响，众人的起哄声犹如火山爆发，中年人耍起酒疯真是不可小觑。

就在大家默契地安静下来，将目光更加火热地聚焦到两人身上的时候，林朔轻咳一声，勾起泛白的唇，柔声笑道：“谢谢阿姨，我没兴趣。”

这一下子，翡翠厅像被抽干了空气，静止几秒后，古兰欠身抱歉地说道：“嗐，这孩子也太嘴笨了，他呀，是想一门心思钻研学习！”

众人立马配合地装作“恍然大悟”的样子，异口同声笑着说理解。

只有阮清言的脸色很难堪，她还能不知道林朔在说什么吗？

越知道就越气，她发出了一声谁也听不见的冷笑后，温柔地说：“古阿姨，林朔在学校很乖的，我和他都在足球队兼职，平时他干完活都在看书学习，以后一定大有所为！”

说到这儿，有一位叔叔不住点头，关心地询问林朔的专业。

"动物医学。"林朔礼貌地答。

叔叔愣了一下，皱皱眉头又点点头。

阮清言报复地向林朔看去，他却出奇平静。这让阮清言有些不知所措，心莫名地发慌。

寿宴结束已是晚上十点，夜色像浓墨，冰凉又黏稠地覆盖在人的身上，让宴后精疲力竭的人们的步子越发疲了些。

就在这时，林朔不知从哪里穿出来，不动声色地到了阮清言旁边。

他沉着冷峻的脸，声音没有温度："阮清言，我一生都是坚定的唯物主义者，只有你……"

等等，这句话很耳熟，阮清言记得在哪本书上看过，这是敬爱的周恩来总理说给爱妻邓颖超的话，原话是："我这一生都是坚定的唯物主义者，唯你，我希望有来生。"

阮清言仰头莫名其妙地看着林朔，他郑重其事地吐出下半句："只有你，让我觉得见了鬼。"

大人们聊着天，已走到前头，落在后面的阮清言和林朔一动不动，一高一矮，看着彼此。

越发浓郁的夜色下，阮清言猛地回神，纳闷地歪着头问："什么意思？"

林朔接下来说的话，是阮清言怎么也想不到，也绝不想听到的。

林朔说，刚刚吃饭上洗手间的时候，他偶然听到大叔们的对话。说是阮清言她爸阮守信为汉博修建新教学楼捐了款，才让阮清言没那么费力地进了汉博大学的金融系。她这名额一占，填报金融系的林朔就刚好被调剂到别的系了。

话语背后的意思无须再说明。

听他说完，阮清言缄默着，整个人条件反射地皱着眉，瞳孔里的震惊和疑惑仿佛在激烈地打架，过了一会儿，她倔强地抬眸："你胡说。"

林朔面无表情地走了。

不多久，月亮躲进黑云里，城市万籁俱寂，这一晚算是过去了。

阮清言的心却不安，像世间所有的杂虫都在她的心头爬咬鸣叫。

古兰本来买好第二天的机票去外地，却突然改签。林朔知道母亲一向是按计划办事的人，除非有突发情况，否则她不会改变计划。

他只是没想到，自己就是那个突发情况。

古兰对儿子在宴会上的“表现”大为震惊，她不知道林朔入学这段时间发生了什么，竟然变得如此无礼，虽然“谢谢阿姨，我没兴趣”这句话没有任何脏字，却是那么刺耳难听，缺乏教养。

这种表现，在古兰眼里简直是失控的。

林朔从来不曾对母亲隐瞒什么，这次也一样。他把在洗手间听到的议论告诉了古兰。古兰听后眉眼间闪过心疼的神色，旋即又恢复到一如既往的平静状态。平静之下，那张白皙光滑、有着适当岁月痕迹的面容下，翻滚着可怕的愠怒。

她的愤怒依然来自林朔。

“不管因为什么，你都不能那样。”古兰轻轻地说，每个字都斩钉截铁。

接下来的几天，林朔都沉浸在母亲苦口婆心的教诲中。古兰做了这么多，只想让林朔明白一件事：他需要学会冷静地和世界相处，不管遭遇什么。

而冷静的表现，并不只是表面意义上的冷静，冷静只是一种方式，最后需要抵达的是两个字：体面。

林朔在宴会上虽然冷静地说了那句话，但太不体面了。

现在，林朔要想学会这一宏大的人生课题，首先需要面对和解决的，便是阮清言。

冷清得有些压抑的房间里，古兰叹了口气，疲倦地靠在沙发上说：“你去向那个女孩子道歉。你们好歹是校友，多交个朋友对你没坏处。”

一听到阮清言，林朔的心“咯噔”一声。

林朔懂得母亲给他讲的道理，可一放在阮清言身上，他就皱起眉头。如果他无意听到的那个“秘密”是真的，他用自己平生所学和十八年来建立起的三观，都无法接受阮清言，更别提向她道歉，谈笑风生地和她做朋友了。

他明白自己是硬骨头，但有些不明白自己说出“没兴趣”那句话的时候，阮清言那张僵硬的脸让自己心里蔓延开的竟是和愉快沾不上边的感觉。

可事已至此，他的反抗也不能再改变什么。看着古兰疲乏的神情，林朔点了点头："好的。"

他想：摆脱"冤家路窄"的魔咒，戴上一副世人都喜欢的面具，不再和阮清言争执，耳根岂不是可以清净很多？

转眼，所有年级和专业的期末考试都已结束，汉博校园正式迎来了寒假。随着人流的分散，校园顿时冷清很多，小道上的雪没人扫，很快就冻成冰，蜿蜒曲折，亮晶晶的，让人看着很想对它做点儿什么。

"行不行啊？"

冉晓云撑腰站着，对着正蹲在冰上给菜篮子套绳子的阮清言发出质疑。阮清言一边安抚软蛋，一边努力地将它和篮子系在一起。

"行了！"

阮清言吐口气，站起来拍了拍手。

说完，她把一些零食放进篮子里，一声令下："软蛋，跑！"

软蛋仿佛聋了，眼神呆呆地看着眼前的空气，一动不动。

"它不是雪橇犬，没这个基因，你放弃吧！"冉晓云笃定地说。

阮清言焦躁地蹲在地上想了想："啊，我知道了！书上说要做示范，狗就能明白了！"

于是，阮清言在三分钟之内，将自己和菜篮子系在一起，趴在冰上，撅起屁股吠了几声。

冉晓云勉为其难地举起手，一声令下："阮清言，跑！"

阮清言以最快的速度拉着菜篮子"跑"了出去，边跑边兴奋地往回看，生怕软蛋错过这生动形象的一课。

跑了不出五米，当她再一次回头的时候，竟看见林朔站在路边看着她，眼神复杂，嘴唇紧抿。

十五分钟后，学校外面的咖啡馆里。

阮清言摸着怀里的软蛋，眼皮不抬地问："找我什么事？"

林朔放下搅拌咖啡的勺：“其实我是随便逛逛的，但看见你……就想起找你有事。”

林朔小心组织着措辞，尽量显得云淡风轻。他看着自顾自地垂眼摸狗的阮清言，之前准备的长篇大论便化在肚子里了。

阮清言之所以眼皮不抬，是因为感觉自己没脸见林朔，不是因为刚才的丢脸行为，而是因为上次林朔说的事。

这些天来，她实在受不了心中杂虫的叮咬，去向阮守信求证。阮守信先不承认，后来被阮清言问得烦了，便“大方”承认了，顺道教育她要抓住来之不易的机会，好好学习回报父母的良苦用心。

因为温差，透明的玻璃窗又生出一层蒙蒙的雾。

阮清言鼓起勇气抬眸，对林朔歉疚地说：“关于你上次说的那件事，我感到抱歉，对不起……”

意外的神色在林朔眼里一闪而过，他喑哑地笑了笑：“事情都过去了，再纠缠也没有意义，看你的反应，我想你也是被蒙在鼓里的。”

阮清言摸狗的手止住，她难以置信地看着林朔。

他继续说：“其实想想，也怪我自己不够优秀。要是我能考到第一名，也不至于被钻空子了。”

阮清言的瞳孔开始颤动，她觉得林朔说的话有些刺耳。

可他没有要停的意思，端起咖啡，弯起眼睛笑起来：“咱们能成为校友也算有缘分，不如我们忘记一切的不快交个朋友吧！我……我为我在刘伯伯寿宴上的失礼道歉。”

道歉？朋友？

阮清言猛惊，抓得软蛋“哼唧”了一声。

林朔担心地看了软蛋一眼，又仔细地看阮清言的反应。

阮清言的脸一会儿白，一会儿红，她硬着头皮装作淡定地道：“哦，好啊……”

生活像一条没有遮拦的散步小道，时而暴晒，时而冷雨，你永远不知道对面撑伞走来的人是什么表情。阮清言和林朔撑起各自的伞，露出半边脸，学会了相遇的时候，客气地打个照面。

北方的冬天是猛烈而肃杀的，如果不戴口罩，脸会被风吹得失去知觉。阮清言放假没有回家，借住在本地“留守儿童”冉晓云家。眼看年关将近，只有越来越想家的道理，可阮清言一点儿也没有回家的欲望，她的乡愁像被北方的风吹得冻住了。

她在逃避阮守信。

“阮清言，你妈妈叫你回家吃饭。”顾凡超发来微信。

“世界很大，我想在外面多看看。”阮清言回。

顾凡超因为球队集训，寒假也没回家。这天，他约阮清言吃涮羊肉，热闹嘈杂的环境像羊肉的膻味，不多久就上头，让人背心发热。

顾凡超夹起一片羊肉，若有所思地道：“你还记得上次在宠物医院和我们吵架的那个女生吗？”

阮清言顿了顿筷子：“记得啊，怎么啦？”

顾凡超暧昧地一笑：“她加我的微信了。”

阮清言瞪大眼睛：“可以啊，你们吵出感情了？”

顾凡超无语道：“你在说你和林朔吗？转眼你们都成好朋友了，世界第八大奇迹啊！”

阮清言摆了摆手：“口头上啊，并没有任何实际进展，场面话而已。”

两家人都参加了刘伯伯的寿宴，表面上大家都认识了，总不至于闹得难看吧！阮清言这样合理化着林朔的行为，心里平静了很多。

“她加你的微信，然后呢？”阮清言拉回话题。

顾凡超得意地道：“她说她是我的球迷。”

阮清言露出疑惑的神情，球迷？

顾凡超吃撑了，悠悠吐出口气靠着椅背道：“下次我们一起出去玩吧！哦，对了，叫上你的好朋友林朔。”

阮清言手一抖，筷子掉了。

她暗想，顾凡超真是见色眼开，上次在宠物医院吵架，白雨檬那么向着林朔，现在一个华丽转身加他的微信，他便什么都忘了。

和顾凡超道别后，阮清言一个人走在回去的路上，她无聊地刷开微信朋友圈，看见林朔分享了一首歌。

犹豫三秒，阮清言点了个赞。

对方很快发来消息：“回家了吧？［呵呵］”

阮清言回：“没呢！［呵呵］”

短暂的尴尬后，林朔问：“留下来是为了照顾软蛋吗？”

阮清言打出“不是”两个字。她已经把软蛋从顾凡超那儿接过来，和自己一起借宿在冉晓云家，就算她回家了，冉晓云也会帮忙照顾它的。就在消息发出的前一秒，她把“不”删掉了。

林朔秒回：“我可以帮忙照顾软蛋。”

阮清言埋头看着手机，一不留神差点儿撞到路灯杆。她佩服自己为自己挖坑的能力。

收起手机，她开始专心赶路。冷风狂吹的冬夜，大街上没个人影，怪让人害怕的。

等她回到冉晓云家，泡完热水澡，躺到床上快进入梦乡的时候，手机猛振两下。她眯着眼睛一看，林朔发来一张驯狗师资格证的照片。

林朔：“我可以。”

资格证上，林朔穿着白衬衫，对镜头浅浅勾着嘴角，证书印发的日期是前两天。

管他可不可以，阮清言现在困得很。她把照片放大看了一会儿，按灭手机倒头就睡。迷糊间她感到哪里不对劲，坐起来打开手机看，林朔那张帅脸竟然正在相册封面看着她，浅浅勾起的嘴角仿佛在嘲笑谁。

阮清言竟然鬼使神差地把照片保存了。

她想要赶紧删除，手指动了动，又没按下去。算了算了，就当存着辟邪吧！阮清言紧紧闭上眼睛，很快又睡着了。

首城最近在招募城市清洁志愿者，城市微信号在刊登相关招募信息。阮清言早就想找个机会，将这座千年古城的犄角旮旯摸尽，好好感受它的底蕴。她将招募信息发给了冉晓云，被无情拒绝，又把信息发给顾凡超，对方直接没回。

考虑了两天，眼看报名日期快截止，阮清言正打算一个人报名的时候，顾凡超突然在微信上问她要不要组队报名。

为了安全考虑，招募方会鼓励相同片区的志愿者结伴报名。

阮清言给了肯定答复，顾凡超让她把林朔叫上，加上白雨檬，他们正好四个人。阮清言没想到自己当时回答得如此痛快，转手就发消息邀请林朔了。

太阳很大，阳光泛白的上午，阮清言裹着白色过膝羽绒服，气喘吁吁地赶到志愿者招募处，一来就看到顾凡超和白雨檬有说有笑，正在等她。见她来了，顾凡超拿出一张报名表，说："清言，填完这张表，我们就可以领工具走了。"

阮清言和白雨檬对视一眼，便埋下身子填表。白雨檬的眼神有意无意地跟着她的笔触走，似乎在观察她的字迹。白雨檬突然笑道："都说见字如见人，清言，你的字好好看啊！"

阮清言盖上笔帽，看着纸上歪歪扭扭丑得不行的字，咧嘴笑道："过奖了。"

短暂的沉默之后，阮清言的目光若有若无地扫向四周，顾凡超见状，扬眉说林朔去给大家买早餐了。

阮清言点点头，一颗心稍稍安定。她可不想和顾凡超、白雨檬三人行。

他们穿着志愿者服，拿着清洁工具在路口等林朔，不多久，林朔风似的从马路对面跑来，打开大衣，取出藏在里面的豆浆和包子。

"趁热。"林朔说着，将一袋包子递给白雨檬。

白雨檬眸子一亮，娇羞地接过。

阮清言安静地站着，等着自己的"分配"。

"给。"林朔说。

阮清言接过包子，小声地说了声"谢谢"。她握着包子的手心瞬间烫起来，她赶紧咬了一口，嘴里被黑芝麻和糖填满，好甜。

居然是糖包子？

阮清言不由得看了看顾凡超和白雨檬，还有林朔自己。他们的包子，都是有肉的。

林朔见她在看自己，停下咀嚼，脸颊鼓鼓地看着她。阮清言连忙别过眼神。

“上次在阿婆的早餐店帮忙，你说喜欢糖包子……”林朔解释道。

“好像对哟！”阮清言的脸泛起薄薄的红。

说过吗？她忘了。

不过她喜欢在天寒地冻的大早上，吃满嘴清香滚热、热量爆棚的糖包子，这倒是真的。

吃完早餐，顾凡超挎着水桶领队走在前头，白雨檬、阮清言和林朔走在后面。走着走着，白雨檬就被两人拉开距离，只好若无其事地走在中间。

林朔和阮清言并排走着，隔着一拳的距离，都自顾自地走，却大致总在一条水平线上。

终于，林朔说话了：“软蛋还好吗？”

阮清言小小地被吓了一跳：“好啊，舌头不像以前那样总耷拉出来了。”

林朔有些憨憨地笑，一时竟然让阮清言觉得他温柔得一塌糊涂。阮清言有些不习惯，客气道：“林朔，我看得出来你是真的喜欢软蛋。它也喜欢你，有时候它闷闷不乐，我都怀疑是在想你呢！”

这虽是客气话，但也是阮清言的真心话。

林朔的步子瞬间止住，他低头安静地琢磨着，这次声音明亮几分：“真的？那我可以照顾它吗？”

事已至此，实在找不到拒绝的理由，阮清言要还像前些天那样和林朔是敌人，大可一挥袖子，干脆说不。现在可好，两人是朋友了，林朔都友好大度地接受她一起当志愿者的邀请了，她要是忸忸怩怩，岂不是输了？

“好呀，如果你不怕麻烦，约个时间我们交接一下吧！”阮清言热情、阳光、十分友好地说。

林朔嘴角泛起一个耐人寻味的弧度，颔首答应。

不远处，白雨檬挥着小扁铲，优雅得像在挥一根仙女魔法棒：“你们快来呀，这里好多‘牛皮癣’呀！”

林朔紧跟上去，眼见一根硕大的电灯杆被大大小小的张贴广告敷了层“面膜”。

他用小扁铲把纸张弄湿，开始认真地清理起来。一旁的顾凡超抬眼一看，加快了手中的速度。

三人都进入状态干起活来，除了阮清言。

她站在五步外，愣愣地望着电灯杆，眉梢颤动，神情凝固。

“怎么了？”林朔停下来询问道。

阮清言抬手指着正在被清理的“牛皮癣”，一字一顿地道：“软蛋……的寻狗启事。”

大家朝她指的方向看去，正在被顾凡超“唰唰”戳的，真的是软蛋的寻狗启事！

启事上，它的半边狗脸面目全非，另一半狗脸在痴痴地看着大家。

林朔很快反应过来，跑到别的电灯杆上找到一张完整的寻狗启事。他把启事揭下来，大家瞬间围成一圈。

“软蛋的原主人在找它啊！”顾凡超惊呼。

林朔看向阮清言，隐隐有些担忧。

“那就物归原主吧！”白雨檬很高兴地提议，顺滑的长发也兴奋地飘扬起来。

阮清言从林朔手中接过那张纸，看了又看后，小心翼翼地叠起来。

“干活吧！”她说。

这天阮清言奋力不停地在“唰唰”声中度过，听到这些声音，仿佛能看见她红肿破皮的手。

她明白，软蛋本就是她在幻景山捡来的狗，她应该为软蛋即将回到原主人的怀抱而高兴。可她高兴不起来，发现原来自己占有欲这么强、这么自私，她就更高兴不起来了。

她的心情，像此时首城的气候，很冷、想下雪、想哭，却没有水分，没有眼泪。

喜欢，竟然是这种感觉啊，人会变得自私，想要占有……半夜她睡不着，趴在枕头上，怔怔地想。被窝里的软蛋睡得四脚朝天，发出梦呓的“哼唧”声，引得她苦涩地笑。

第二天，林朔发来一条微信，试探地问还有没有交接软蛋的必要。

阮清言说，没必要了，她要还狗。

是林朔帮她联系的原主人，他们约在商场里的奶茶店见面。林朔通知她下午三点准时带软蛋来，可她舍不得，越是舍不得，就越逼着自己早点儿来。她提着宠物箱，来到奶茶店的时候，远远便看见林朔和原主人在聊着什么。

软蛋的女主人很年轻，一身穿着有些职业，又略微带着学生气，二十来岁，像刚进入社会工作不久。

见阮清言来了，林朔停止交谈，向她轻轻招手。

阮清言一放下宠物箱，女主人便迎上来摸狗，连忙说："没有错，没有错！"

坐定后，林朔问阮清言想喝什么，说这家奶茶店很有特色，推荐她喝店里的招牌奶茶，好像这趟来只是稀松平常的周末逛街。

阮清言的心情瞬间没那么沉重。

林朔将阮清言和女主人相互介绍之后，开始进入正题。不知先前林朔和女主人说了什么，此时的女主人又回到刚刚的情绪中，开始发泄地倾诉着。

据她讲，软蛋其实是被遗弃的。

不然两三个月大的它怎么会出现在荒山野岭的幻景山呢？

女主人的确才参加工作不久，迫于生活压力，便一直和家人住在一起。因为喜欢狗，她便攒钱买了一只如今越来越稀少的京巴，遗憾的是，家人强烈反对她养狗。吵了几架后某天下班回家，她就没看见软蛋了。

"我死命问家里人，才知道它被扔到山里了。"

女主人愧疚地哭了出来，宠物箱里的软蛋闻声抬头，大眼睛水汪汪地看着她。她去幻景山找过软蛋，可没找到，活要见狗，死要见尸，天寒地冻的，她担心软蛋流浪街头在外受苦，所以贴了寻狗启事。

阮清言的眼睛起了层薄薄的水雾，她松开紧咬的奶茶吸管，说道："现在找到了，别难过了小姐姐。"

林朔轻轻点头，目光如炬，似乎在思考什么。

“请问，你现在从家里搬出来了吗？”林朔柔声问。

女主人低头哑声道：“还没有。”

林朔和阮清言交换眼神，气氛一时有些微妙。

林朔沉吟一会儿道：“也就是还没找到解决办法？”

这句话令女主人突然情绪崩溃，她大声哭道：“我有什么办法？天天加班累死累活，每个月那点儿钱还是少得可怜。我搬出去的话，自己付房租、买菜做饭，人活着都够呛，别说狗了！我只想知道小不点儿有没有好好活着，其他的……其他的我还没想好！”

意识到失态后，女主人脸上露出疲累又歉疚的神情。

阮清言走过去抱了抱她，轻柔地帮她整理凌乱的头发，细声安慰着。林朔看见阮清言这副模样，心里某个地方忽然跳了一下，他从没见过她这副样子。

“小姐姐，把狗交给我吧，我来养！”阮清言郑重地说。

下午四点半的光景，冬日的太阳很早便滑落到西边，朦胧的余晖笼罩着半边城市。

林朔牵着屁颠颠的软蛋，跟在阮清言的身后。她抱着手臂一直往前走，也不知道在想什么。

他看看软蛋，又看看阮清言的背影，突然佩服起他的这位朋友来。

一是佩服她当机立断，敢于争取的勇气；二是佩服她张口扯谎，眼睛都不眨的能力。

林朔在后面扬声说：“你大可不必骗她的。”

前面的阮清言一下立住，转身臭着脸道：“我没有骗她。”

阮清言似乎怕对方听得不够清楚，凑到林朔眼皮底下，昂头道：“我相信自己有把软蛋养好的能力！”

为了让女主人放心把软蛋送给她养，阮清言当场编了个“我在本地有房，不愁钱，工作好，家人都爱狗”的故事。

林朔因为她的突然凑近，心猛地跳快一拍，他瞄着她翘挺可爱的鼻梁，愣怔道：“好的。”

第五章
小心翼翼，如履薄冰

为什么它们在当时就像两个火烫的石头，烫在心口上，又讲不出来？

这么一来，无所事事的寒假瞬间充满了危机感。

阮清言打算在假期里挣够在校外租房的钱——宿舍禁养，软蛋一直寄养在别人家不现实。

林朔觉得女生还是住校安全，他可以搬出去住，大不了先租便宜点儿的城中村的房子。

听了林朔的话，阮清言眨巴眨巴眼睛，有些尴尬，咬唇道："谢谢你的好意，不过你没抓住重点……"

林朔聪明帅气的脸上布满大大的疑惑："重点？"

"一直寄养在别、人、家不现实。"

冉晓云嗑着瓜子出主意，让阮清言找她爸要钱，就说学校熄灯时间早不利于刻苦学习。阮清言摇头，说她爸会让她去 24 小时自习室，而且她爸一向有不轻易给她钱的传统，她内心也不想当伸手党。突然冉晓云又惊叫起来，说阮清言不是还在校足球队兼职嘛，每个月 2000 元够付房租了。阮清言摇头，听说下学期分管球队的领导要换，这种兼职肥差就要被取消了……

冉晓云嗑完瓜子拍拍手，叹了口"你要加油啊"的气。

渐渐地，北方深冬的冷冽空气里，开始有一点儿鞭炮火药星子的味道。顾凡超的集训也告一段落，他被阮清言的父母委以重任：带阮清言回家。

公园里，遛完狗的阮清言一言不发地坐在木椅上，望着远方阴霾的天发呆。

顾凡超晓之以理、动之以情："寒假才几天，你能挣几个钱，眼看就过年了，你不回去想干吗？"

阮清言侧头轻声说："我没说不回去。"

顾凡超奇怪道："那你在干吗？"他愣了一会儿，突然问，"你是不是在等林朔？"

林朔家在首城，但在渝州有亲戚，这次他要去亲戚那儿过年，古兰早就去渝州了。

阮清言无语："你胡说什么！"

顾凡超和阮清言从小长大，自是心知肚明他这位发小的脾气，他习惯了，这次他不像以前那样软磨硬泡，赌气地回家了。

又过了段时间，眼看还有三天便是除夕夜，来自父母的电话一声也没再响起，想必是父亲生气了，决定不再“打扰”在外“忙碌”的女儿。

阮清言的心一下空落落的，有点儿委屈，有点儿难过，第一次离家这么久，她哪有不想回家过年的？只是她没和父亲吵，没和父亲闹，不意味着她知道林朔说的那件事后，就能和阮守信相安无事。

他影响的，可能是林朔的大学专业，可能是林朔的职业发展，可能是林朔的一生。

电视里“春运”的新闻几乎每时都在播报、更新，阮清言咸鱼似的躺在冉晓云家的羽绒沙发上，双眼空洞，手机里同时开着招聘网站和12306购票软件，心不在焉。

一边的冉晓云从网剧中抬头：“林……”

阮清言立马有了反应。

冉晓云问：“林朔去渝州了吗？”

阮清言的目光凝固在电视里主持人的脸上，不知道说什么好。忽然，她手心连振两下，林朔发来了微信。

他和阮清言商量，他打算把软蛋寄养在靠谱的宠物会所，然后去渝州，问阮清言要不要一起回。

把软蛋寄养在昂贵的宠物会所，他哪里来的钱？春运高峰临时回家，他哪里来的票？

手机另一端的林朔似乎猜到了她的疑惑，又说：“是我们动物医学系老师开的会所，他人很好，愿意帮忙。至于回家的票，我们不需要票，我计划好了，你知道关羽千里走单骑吗？我们可以租共享单车蹬回去。”

阮清言眉头拧成麻花：“Sure（确定）？”

幸亏他发来俩字：“哈哈。”

坐上林朔车的那一刻，阮清言牢牢系紧安全带。她望着前方起雾的路有些恍惚和后悔，顾凡超要是知道她是坐林朔的车回去的，汉博校辩论队全员附体，她也辩不清。

总之，她就是这么上了林朔的车。

车是一辆大众高尔夫，有点儿旧，土豪金。听说林朔没票去渝州过年，刘伯伯让林朔去自家车库随便选一辆车开回家。在众多豪车里，他选了这辆不起眼的高尔夫。

“林朔，开慢点儿。”车启动的瞬间，阮清言就发出减速要求。

“上高速，开不慢。”林朔眼皮不抬地回。

阮清言眼波颤动地盯着林朔线条分明、白皙冷静的侧脸，一直看，一直看，看到他侧目。

他问：“怎么了？”

阮清言回正头，没言语。

她刚刚看林朔的时候，试图从他身上挖掘出所有有关“靠谱”“安全”“信任”的字眼，看了半天，一颗心依然悬着。

车平稳地开出几千米后，林朔的手指轻敲方向盘，低声道：“上了我的车，就没有后悔药，想接下来的旅途轻松点儿，就把我当成你爸爸吧！”

阮清言差点儿抬手打人：“关我爸什么事呀？你好好开车，不要做梦了。”

林朔单手拐过一个弯，不解地说：“我以为爸爸对女生来说都是很有安全感的，所以……”

阮清言躲开眼神：“你想多了。”

林朔感到错愕，波澜不惊的脸开始泛出复杂的情绪，说：“清言，你回家这么晚，是不是和叔叔闹矛盾了？”

阮清言暗自肿胀的心像被人挠了一下，又痛又舒服。

她说：“没有。”

林朔没有追问，好像明白了什么，稳稳地把持着方向盘，劝自己不要分心想别的事。但他又忍不住，余光里的阮清言明明小小的，却又是那么宏大的存在。

道路千万条，安全第一条。经过服务区的时候，林朔建议阮清言离开副驾驶座，坐到后面去。

阮清言一脸问号：“这辆高尔夫这么挤，你还排挤我？”

林朔帮她拉开后车门：“分心。”

好吧，阮清言抱起正在播的综艺钻进了后车座，心想虽然自己戴了耳机，但是偶尔的笑声还是会让他分心啊，林朔这个人自制力太差了。

算上休息的时间，历时二十多个小时，他们从北方的万里无云，穿行进南方的缭绕烟雾，抵达的那一刻天气放晴，像是做了场梦，天终于亮了。

看清久违的城市，阮清言有些激动，开心地深吸一口熟悉的、湿漉漉的空气，对林朔说：“辛苦啦！就把我放在前面的路口吧，我想自己走走。”

林朔停下车，阮清言立马打开车门拎着行李冲了出去。知道要说再见了，林朔突然有些不好意思，头偏向一边假装漫不经心，哪知阮清言“砰”的一声关掉车门，等他再回过头，她已经走远了。

这是阮清言第一次出远门后回家过年，以往她都是趴在家里的窗台上，原地等待年关的到来。阮父阮母也是第一次等女儿回家过年，年味在等待的心情里越发浓了几分。

阮清言推开家门的时候，他们像天底下所有亲人那样拥抱问候，之前微妙的矛盾，在年味的充斥下，变得无迹可寻。

温芳和亲戚们忙着筹备年夜饭，阮守信带着女儿去江边的沙滩上放烟花，小小的火苗点燃白白的引线，“刺啦”一声，蕴藏着巨大能量和光明的烟花种子冲破夜空，暗淡一秒后，迸发出了盛大绚丽的火花。

阮守信昂头看着不断绽放的烟花说：“看啊，清言，多美啊，在爸爸眼里，你就是烟花，我想竭尽全力点燃你，让你在高高的天空上绽放出最美的光彩。”

阮清言望着天上的烟花出神，瞳孔映照出一朵朵烟花的缩影。忽然，她眨了眨眼睛，烟花放完了，光彩没有了，她的眸子暗下来。犹豫过后，她对父亲郑重地说：“爸，我知道你希望我好，我很感激，可有的方式我不能接受……我上汉博这件事……”

阮守信裹了裹风衣，咧嘴笑道：“吹了江风后感觉好冷哟，走啦，你妈得催啦！”

话说靠山吃山，靠水吃水，渝州山水皆占，本地人也喜欢拉山水来解围。

听完父亲的话，阮清言又气又好笑，只好抱着手臂跟着他往家走。

但江风总有吹不到的地方。

初五那天，家里的亲戚都走尽，一家三口围在桌前吃着平日喜欢的家常菜，电视里重播着不知第几遍的春节联欢晚会。

阮清言吃了口菜，说自己要提前回首城。

阮守信和温芳对视一眼。阮守信没有理会夫人的暗示，阴沉着脸说：“又是闹哪样，这么晚回来，还要提前走？”

阮清言如实交代：“我养狗了，下学期开始想搬出去住，想提前找找兼职，挣房租。”

安静几秒后，阮守信恢复平静，牵起松垮的嘴角笑：“那好啊，你这么能干，我应该高兴才是，你把学费啊，生活费啊，都自己挣了吧！”

温芳无奈地看着眼前的场景，劝完左边，劝右边，一场饭不欢而散。

阮清言离开的时候，阮守信躲在窗帘里看。他知道女儿会长大，可没想到会如此迅猛，才去首城念一学期大学就急着经济独立，甚至在需要帮助的时候，第一反应不是向他求援。他不禁想，难道他从小灌输给她的那些金钱观用力过猛，现在起了反作用？

只有送了女儿一路的温芳心里有着模糊的答案，她知道阮守信帮助女儿进汉博这件事对女儿影响很大。没错，阮清言想独立，想摆脱阮守信的控制，想远离他那些奇形怪状的教诲，想做堂堂正正的自己。

其实阮清言想早一点儿离开，还有别的理由。冉晓云的生日快到了，她的父母都在国外工作抽不开身，家里亲戚也不亲，被喊去吃了场年夜饭，便又一个人待着了。阮清言早点儿回首城，正好能为她过个生日。

知道阮清言提前回来陪她，冉晓云大为感动。生日那天，阮清言举着相机，全程以男朋友视角帮冉晓云拍好看的照片，录了视频。

视频的后半段，是她们站在天桥上，面对着空荡的城市，喊出新年愿望的画面。

“冉晓云，新的一年你有什么愿望啊？”

“暴瘦！暴富！不脱发！”

“阮清言，你呢？”

“我要本地有房——不愁钱——工作好！”

喊完，阮清言才意识到脱口而出的愿望，恰好是自己之前撒的谎。她望着远处的城市，忽然笑起来，越笑越畅快。她俯下身子暗暗发誓，她所讲的绝不是谎言，她一定要让它们成为现实。

不知不觉春天来了，太阳照射的时间越来越长，被冰雪覆盖的城市，像奶油蛋糕一样融化。天真的小朋友会舔一舔花丛上软掉的雪，冰冰凉、水润润的，那是春天的第一抹味道。雪一化，大地露出星星点点的绿，各大高校大门前开始流动星星点点的人头，返校的学生陆续多起来。

342 宿舍里，人已聚齐，为了庆祝返校，她们抓住宿管阿姨来不及巡视的空当，用电饭煲煮起火锅，吃得不亦乐乎。

新学期大家依然保持着上学期的人设，八卦的罗玉洁吃了口肉片，忽然说道：“欸，对了，我听说景华的顾凡超有女朋友了。”

“是吗？”冉晓云惊讶地捧场。

方兰擦了擦沾满油的筷子，猜测道：“会不会是传说中看他比赛的那个女生？”

“不是。”阮清言边和一根烫得绵长的鸭肠较劲，边腾出嘴说。

“清言，你怎么知道不是？”冉晓云纳闷地问，方兰和罗玉洁同样好奇地盯着阮清言。

阮清言低笑一声说：“因为我是当事人。”

三人顿时对火锅失去兴趣，让阮清言如实交代，她是哪个当事人，是顾凡超的女朋友还是看球的那个女生。因为阮清言之前在汉博校足球队工作，为了避嫌，她没有和大家讲景华足球队的顾凡超是自己的发小。既然新学期不在足球队工作了，她也无所谓了。

当冉晓云她们知道阮清言和顾凡超的关系后，整个 342 宿舍吵闹地喊着顾凡超的名字，顾凡超这的，顾凡超那的。阮清言顿时头大，想不到顾大傻子居然有这么大的魅力。在室友们的威逼利诱下，阮清言决定打听顾凡超的神秘女友到底是谁，不过打听之前她心里也已有自己的猜测。

在自习室预习完新教材，阮清言便背起包去找顾凡超，下楼的时候碰到了刚来上自习的林朔。他大概是整个汉博大学换季最快的人，别的男生都还裹着棉服，他只穿了件轻巧的黑色卫衣，是某个国潮牌子，还戴着薄款的棒球帽，也是最新款，两手插兜，完全是一副走在南方春天里的模样，像个为了秀出新衣服，而不怕冻的臭屁小孩。

阮清言怕他走来第一句话是："嘿，我的新衣服好看吗？"

不过不是的，林朔在楼梯下方见到阮清言便止住步子，仰头看她，神情有些微妙的尴尬："嘿，去哪儿啊？"

阮清言两步经过林朔身边，回头笑道："我去外面。"

人们遇见熟人说"嘿，去哪儿啊"只是为了打招呼，并不是真的想知道对方去哪儿，阮清言也是这么想的，所以回答："我去外面。"

外面是哪里？林朔在原地稍做停留，似乎想了一下，才上楼看书。

阮清言找到顾凡超的时候，他正窝在酒馆和队友们看欧洲联赛的直播。见到阮清言来了，队友们一个个使眼色，态度颇为暧昧，阮清言甚至听到有人小声说："这又是谁？"

顾凡超只是随便发了个定位，没想到阮清言真来找他了。他快速熄灭烟蒂，装作轻松平常的样子招呼阮清言。

"喝什么？"顾凡超问。

阮清言随便点了杯喝的，便坐着一起看球赛，也不主动挑起话题。队友们的目光从直播的球赛中，时不时地溜到阮清言身上，场面一度有些尴尬。顾凡超见状，起身找借口离开，阮清言便跟着他一起走出酒馆。

街上行人步履匆匆，只有阮清言和顾凡超闲庭信步。

"你今天很奇怪啊，清言。"顾凡超忍不住问。

阮清言笑了笑："没有，就是想问点儿事，刚刚人多不好问。"

顾凡超一听止住步子，吊儿郎当的他突然严肃起来："你问。"

阮清言清了清嗓子，皱眉道："你什么时候抽烟了？"

顾凡超哈哈干笑两声，说自己没抽。他知道阮清言才不是问他这个，于是继续追问。阮清言想了想，声音冷淡地说："听说你交女朋友了，我的朋友们很好奇，想问问是谁。"

"你朋友？"顾凡超挑眉问。

阮清言大声答："哎，真的是我朋友，我才不好奇呢！我都知道，不就是白雨檬嘛！"

顾凡超看着阮清言，没有说是，也没有说不是。阮清言感到急躁，懊恼地推了顾凡超一下："对我你还保密啊？"

顾凡超反问道："你在乎啊？"

阮清言愣了一下："我替我干妈在乎一下不行啊？"

自从上次在宠物医院交锋过后，阮清言就觉得白雨檬对林朔有意，如果顾凡超的女朋友真的是白雨檬，那她不得不提醒一下被爱情冲昏头脑的顾傻子。

她不经意地接过街上的传单，浏览道："佳缘婚恋网？百分百真实可靠？"她仰头做作地叹气，"唉，这年头虚假的情情爱爱那么多，谁知道别人接近你是为了什么呢？"

顾凡超抢过阮清言手上的传单，转手扔进垃圾桶："你操心操心自己吧！"

说完，顾凡超独自走掉，阮清言若有所思地站在十字路口，低头看地上散落的传单。

阮清言一直以为顾凡超心中只有足球，他谈过的恋爱都很短暂。和前女友们待在一起的时间总共加起来都不及足球的一点儿皮毛，无论甩人或者被人甩，他都是嘻嘻哈哈踢完一场球就翻篇。现在可好，他好像有心事了，竟然在与白雨檬认识以后学会了抽烟。

眼看新学期进入正轨，阮清言确实该好好操心一下自己的事。

这天天气很好，又到志愿者服务日。街边公园的座椅上，白雨檬坐到林朔身边，闲聊着什么，不远处，顾凡超正蹲着玩手机，他们在等阮清言。

“不好意思，我来晚了！”不一会儿，阮清言抱着一堆招聘启事赶来，累得气喘吁吁。

林朔抬头看了一眼，站了起来。

顾凡超露出嫌弃的表情，走过来对阮清言说：“你干吗去了啊？”

白雨檬偷偷看林朔一眼。

阮清言把招聘启事塞进背包，边穿志愿者马甲边说：“找兼职耽搁了，对不住，对不住。”

林朔点点头，理解地笑笑，带着大家往前走去。

白雨檬本来都是和顾凡超走在一起的，这次不经意地走在阮清言身边，观察了一下她，柔声说：“清言，你在找兼职呀？”

阮清言有些意外，想不到白雨檬还关心自己兼职的事，便友好地笑笑：“是啊，想给软蛋一个家，就得自己搬出去住。”

白雨檬赞赏地看了阮清言一眼，沉思片刻后忽然想到什么，愉快地说：“我好像在网上看到过一个兼职的宣传，是关于做手工艺品的，很适合女孩子，具体的我没点开看。你要是感兴趣的话，我回去微信发给你。”

阮清言眼睛一亮，这些日子她找兼职找得很辛苦，找的那些兼职要么时长太长耽误上课，要么就是薪酬太低。

她感激地说：“好啊，谢谢。”

回去之后，白雨檬没有食言，很快给阮清言发来介绍兼职的图片，图片里有公司介绍、工作内容、报名方式等。

阮清言看了看，觉得还不错，于是打电话报了名。

为了谨慎起见，她特意看了公司地址，是在离市中心不远的一个文化广场旁边，应该没什么问题。第二天，她按照约定的时间来到这家美丽绳文化传播公司面试，面试她的小哥哥很热情，也很专业，看上去跟学校里的学长没什么区别，阮清言渐渐放松下来。

他们在办公室里正聊得愉快，突然小哥哥接起电话有事走了出去，阮清言便好奇地打量四周，薄薄透明的玻璃墙外面，是明亮宽敞的办公区域，说是办公，不如说是制作，阿姨、姐姐们正在认真埋头赶着手里的活：她们将五颜六色、材质各异的绳子编结成一件件精美的手工艺品，有的是手绳，有的是装饰品，有的是极具民族特色的挎包，有的甚至是衣服。

阮清言看得叹为观止，又瞄了一眼展示橱窗里成品的售价，更加叹为观止了。

她暗暗想，太好了，刚刚小哥哥说可以把材料带回去，只要学会编结手艺，随时随地都可以工作赚钱。她正这么想着，小哥哥走了进来，拿出一张单子，让阮清言扫一下里面的二维码。

“学会之后你就可以工作了，每种产品编结的难度和耗时不同，价钱也不同，你可以先从最简单的做起。比如编一根手绳能挣 30 元，一天编多少看你自己，像有的熟手编一件衣服就能挣 3000 元……”小哥哥亲切随和地介绍着。

阮清言听得出神，眼前的场景逐渐浮现出五颜六色、弯曲扭动的绳子，一眨眼，绳子就变成了账户上一堆可观的数字。“叮”的一声，她扫完二维码，嘴角浮起一抹着魔的笑。

小哥哥查看完收到的钱款，便让阮清言将学习编结手艺的视频拷回去，督促阮清言好好学。阮清言轻笑一声，不禁想：我花钱买的学习视频，还有不学的道理？这可是一本万利啊，这钱花得值。

于是阮清言怀着一颗雀跃的心，回到了宿舍。

一向笨手笨脚，扫个地还把水杯打翻的阮清言，在室友们好奇又关切的目光下，开始拿着细小难缠的绳子，安静地坐在椅子上，半天不动一下。

“清言，这么拼啊？脖子痛不痛？”罗玉洁操心地问。

“你到底学会了吗？怎么又从头编了？”方兰无情地问。

“不碍事，软蛋可以继续借宿在我家。”冉晓云心痛地说。

一开始，阮清言还兴致高昂，活力十足，隔了一周后，她便憔悴地从难缠的绳子里抬头，有气无力地说：“学费都花了……学费很贵啊……放弃怎么行？”

方兰听了，推了一下眼镜："清言，你是不是被骗了？"

此话一出，犹如一根冰冷的利箭穿过阮清言的心脏，她睁大眼睛，不敢相信道："不会啊，我亲眼看到现场有人编的，而且她们确实挣了钱！"

方兰叹口气，解释道："清言，我明白你说的，但是你知不知道有种理论叫幸存者偏差，指的是只能看到筛选过后的结果，而没有意识到筛选的过程，因此忽略了被筛选掉的关键信息。"

阮清言、冉晓云和罗玉洁都听得云里雾里的。

理论都扯出来了，阮清言心虚不少，颤动着嘴唇说："我是被筛选掉的关键信息？"

"聪明。"方兰夸道。

可阮清言一点儿也高兴不起来，听方兰说完，她垂眸思考片刻后，坚持否认自己被骗。但她不得不承认自己中了套路，内心不甘的同时也明白了美丽绳文化传播公司的获利模式，那就是广泛招揽兼职人员，能学会的自然留下，学不会的便赚取一笔不菲的学费，往往学不会的人是大多数。

看破套路的阮清言，又气又好笑，对自己恨铁不成钢，蔫了一会儿后，下决心要从头再来。

这天上思修大课，偌大的阶梯教室坐满了人。因为立春，室内的暖气没有原先足，但密集人群吐出的二氧化碳，还是让整个教室非常燥热。阮清言坐在座位上，拿着一根根细绳，编红了脸。

一旁的林朔看看她，又看看摆在桌面上的编绳教学视频，不解道："有这么难吗？"

阮清言手一顿，眉梢有凌厉的神色："要不你来？"

林朔摇头："不想打击你。"

阮清言把手中的绳子顺势丢到林朔手上，缓缓靠近他，压低声音说："林朔，求求你，打击我。"

面对阮清言的挑衅，林朔微怔，若有所思地整理好手上混乱的绳子，轻声说："周末，能不能带我去那个公司看看？"

虽然不知道林朔葫芦里卖的什么药，但要是她带他去看了，他也被手工现场火热的创收氛围带入坑就好了。这样林朔就不会觉得自己容易被忽悠，也会明白编绳是多么难，明白他根本是在口出狂言。阮清言如是想着，一口答应了。

好不容易等到周末，一大清早，赖在被窝里的阮清言被林朔的消息振醒。

他说："我在校门口了。"

阮清言实在是佩服林朔的行动力。"好困，能不能晚点儿？晚三十分钟？"阮清言睡眼惺忪地回。

他秒回："没事，你睡吧！"

收到消息的阮清言瞬间把手机扔到一边，一闭眼又进入了梦乡。

当她再一次听到人间的声音，是室友罗玉洁抱怨食堂的烧鸭饭分量锐减的时候。

"罗玉洁，你吃饭怎么越来越早了？"阮清言从床上爬起来，慵懒地穿着衣服说。

室友们齐刷刷地抬头看着挂在床梯上缓慢往下移的阮清言，一时不知道到底该由谁发声告诉阮清言现在已经十二点四十五分这个事实。

"嗯……清言，你今天不是和林朔约了吗？我刚才看见他在食堂，打了两个人的饭……"罗玉洁有些困难地咽着烧鸭饭说。

阮清言倒吸口凉气："对，约了……"

等阮清言在食堂找到林朔的时候，看到他刚把第二份饭吃完，在擦嘴。

"对不起、对不起，我来晚了！"阮清言抱歉地坐到他对面。

林朔没有说什么，安静地整理着桌面，突然打了个喷嚏。

"校门口的风很大吧，你不会一直在那儿等我吧？"阮清言蹙着刚刚画好的眉毛，心虚地问。

林朔站了起来，平静地说："今天限量的咖喱鸡腿饭没有了，你要是来早一点儿，还可以吃上。"

阮清言的心被灼热了一下，她自嘲地笑笑，帮林朔把餐盘拿去回收处，顺便在面包店买了袋吐司和牛奶。林朔看她只吃这么简单，双手插兜，垂眼问："你就吃这个？"

"嗯，是我来晚了，现在也没什么好吃的了。"阮清言咬一口吐司，便带着林朔往外面走去。

突然她想到什么，回头不经意地问："你喜欢咖喱鸡腿饭？"

林朔显然在想别的事，心不在焉地答："一般。"

阮清言停下来，奇怪地问："那你怎么点了两份？"

这下，林朔回过神，认真地解释道："饿了。"

阮清言继续往前走，背对着林朔的她，嘴角莫名地往上翘。她心里暗自想：会不会有一种可能，多的一份饭是林朔帮她点的，饭都凉了她还不来，林朔才都吃了？

想到这里，阮清言的情绪变得柔软起来，走回来和林朔并肩而行，歪头示好地说："这次让你久等啦，想要什么补偿啊？"

林朔愣怔片刻，看着阮清言，像在认真思考。下一秒，他竟然又丝毫不领情，声音冷淡地说："你还有心思想这个。"

阮清言无语，没记错的话，这是她第一次做出乖巧的样子向林朔示好，没想到竟是这样的回应。她在心里把油盐不进的林朔骂了一遍后，突然回过味来："我怎么就没有心思了？林朔同学，请你解释一下。"

林朔目不转睛地直视前方："看来你已经忘了交的编绳学费有多贵了。"

阮清言哑然失笑，他是在想这个？难道他去公司是要把学费抢回来不成？阮清言突然有些激动。

他们到达公司是下午两点，人事小哥看见阮清言身边站着的林朔有些诧异，公式化地笑道："清言，编得怎么样了？"

听到人事小哥那么亲热地喊阮清言，林朔的脸上暗暗地闪过一丝不悦的神色。阮清言大方回应道："别提了，小李哥，我可能不是这块材料，你看我带了新人来，他好像很感兴趣，特意来公司看看。"

林朔听到阮清言提他，背不由得挺直，目光冷静又严肃地看向小李哥。小李哥有点儿纳闷，把关注焦点放在林朔身上。他带着林朔往办公室走："你好，感兴趣的话，我们可以详聊。"

他们在办公室坐定后，林朔打量四周，开门见山道："我对这份工作很感兴趣，只是有一个要求，不知道能不能提。"

小李哥脸上笑着，不免露出防备的神色："你说。"

阮清言好奇地盯着林朔，看着他的睫毛在灯光下毛茸茸的，穿着雪白毛衣的他，像萨摩耶般一副与世无争的样子，她倒想听听他能说出什么来。

林朔说："可不可以先预付我的工资？我说的预付就是……把阮清言的学费退给她，当然，不放心的话我可以拿最新款手机作为抵押，市价七千多元，比预付的工资高，你看可不可行？"

小李哥听完哈哈笑出来，眼神复杂地看看林朔，又看看阮清言。

阮清言同样是一副复杂的神情，暗地里戳戳林朔，小声道："你在异想天开些什么啊，你哪里来的最新款手机？"

林朔凑近一点儿，沉声说："别人送的。"

让人没想到的是，小李哥没有立马拒绝，作为公司的合伙人之一，他敏感地意识到林朔的重点在"学费"上，似乎已经看透了公司的盈利手段。他故作云淡风轻地笑笑："我们是正规公司，诚信经营，该发的工资一分也不会少，你看看外面的员工就知道了，至于你说的要求……当然，我们公司也是很人性化的，虽然签了协议，交了的学费不能退，但如果是作为你所说的预付工资的话，倒也不是不行。"

林朔客气地点头，表示同意小李哥的说法。

不过下一秒，小李哥话锋一转道："可是你也先得学会是不是？"

阮清言抠着指甲上的亮片，感觉不妙地看林朔一眼，暗想：真是个傻子，既然对方以学费作为盈利手段，怎么可能不让你交学费呢？

林朔接收到阮清言的眼神，也不慌张，回小李哥道："我看了有关学费的协议，上面写的是对于新手员工进行视频教学培训，才收取相应的费用，我作为编绳熟练工，就没必要吧？"

小李哥明显一愣，随即哈哈大笑出来，笑声里有难以置信，也有些许嘲讽。阮清言瞪大眼睛看着林朔，一时竟不知道说什么好。

"不信的话，我可以现场展示我的手艺。"林朔起身面无表情地说。

手艺？这两个字莫名其妙地砸到了阮清言的笑点上，她清了清嗓子，憋住笑，帮腔道：“小李哥，咱们就去见证他的手艺吧！”

话说到这份儿上，小李哥不好阻拦，学费协议白纸黑字，确实针对的只是新手员工。他装作大度地做出邀请的姿势：“请吧！”

看着小李哥领着一位匀称挺拔的大男孩走到编织工作区，老少妇女们都停住了手中的活，颇为不解地看着他们，有的年轻女孩看了一眼林朔，转身对旁边的姐妹窃窃私语。气氛有些尴尬和暧昧。

林朔走上去，礼貌地请一位老姐姐让出位置，自顾自地开始编起来。他细长白皙的手指，快速灵活地在根根绳子间来回穿梭，不出一会儿，一根精巧漂亮的手绳就成型了。他抬眸问：“想要什么吊坠？”

他这一问，空气比之前更安静了。

明明他没有在看自己，阮清言却感觉到，他问的人是她。

“啊，都行……不不不，小骨头就挺可爱的！”阮清言瞅了眼材料包里各式各样的吊坠说。

于是，林朔摸出一个米白色的小骨头吊坠，熟练地吊在手绳上。大功告成之后，他拍拍手，站起身微笑道：“请问我可以开工了吗？”

小李哥脸色郁闷，生硬地点头表示可以。

就这样，林朔一分钱学费没交便得到了这份兼职。回去的路上，阮清言心情复杂，复杂的心情让她有些语无伦次。清淡的余晖下，她看着林朔朦胧的侧影，说：“林、林朔，你怎么……”

林朔投来探寻的眼神，阮清言一急，语言更加混乱：“我是说你怎么会……嗯……你是怎么……”

林朔淡淡地笑道：“你是想问我怎么会编绳，是吗？”

阮清言顿了顿，点了点头。

林朔回答得很简单，他说外婆是编绳高手，小时候经常和外婆待在一起，自然而然就学会了编绳。加上这两天恶补了一下，所以手艺还不算太生。

听他说完，阮清言沉默着，两个没问出口的问题，憋得她的脸有些发红，心跳也加快了。

林朔直视着前方，似乎什么也没发觉。

那两个问题是，为什么他一声不吭地恶补了编绳的手艺？为什么林朔要帮她挣回学费？

两人走到宿舍分岔路口的时候，夜色已经凉薄地洒在人身上。

林朔站定，准备说这一天的告别语。他的眼神在阮清言脸上游移了一下，又不经意地避开："再见。"

阮清言张张嘴，欲言又止。

林朔看出了她的不安，冷淡地说道："这学期课业比较重，你应该多放点儿心思在学业上。其他的你别多想，我只是怕你没钱，软蛋饿肚子。"

阮清言的脸转进路灯下的阴影里，一时看不清表情。末了，林朔才听到她小声说："不早了，你回去吧！"

回到宿舍后，阮清言一言不发地洗漱完毕，爬上床，蒙进被子里。

她有些生自己的气，望着漆黑的墙顶，不停地问自己，为什么她没有把那两个问题问出口呢？为什么它们在当时就像两个火烫的石头，烫在心口上，又讲不出来？有疑问，就问出来。别人帮你，说声"谢谢"或者表示不好意思，这难道不是人和人之间、朋友之间最普通的相处之道吗？为什么她突然就都不会了呢？

而且，最重要的一点是，什么"退"学费，那些钱不都是林朔以后一点儿一点儿编绳子挣来的吗？那是他应得的报酬。越想阮清言越睡不着，突然手机短信响，银行卡到账的提示在黑暗里刺痛着她的眼睛，小李哥把学费"退"给她了。

这笔钱是阮清言三个月的生活费，她感到自己得以喘息的同时，又感到一种新的窒息。

她感觉她和林朔相互搀扶着，深一脚、浅一脚地在昏暗的泥沼里前行，小心翼翼，如履薄冰，任何一个人失去平衡，都可能倒向对方。如果继续相互搀扶，那他们能走得更远。令她窒息的就是这点，太窒息了，她怎么会有这种感觉？

第六章
不如快乐一些

生活就像精卫填海，要往浩瀚无垠的时间里填充意义，而时间是连续不断、一刻不停的，所以做人都是辛苦的。

汉博大学的网球课，由于教网球的男老师过于帅气，再加上网球场地相对紧张，向来十分抢手。上学期选网球课败北之后，这学期阮清言幸运地选上了。和她一样幸运的，还有同样在汉博念书的白雨檬。虽然她俩认识，也一起当城市清洁志愿者，但私底下的交往几乎为零。要不是一起上网球课，她都差点儿忘了白雨檬和自己一所大学了。

这天，网球老师简单地示范了网球握拍、击球、挥拍的基本动作之后，就让大家两两结对，自由练习。整个班，阮清言只认识白雨檬。阮清言正想邀请白雨檬一起练习呢，白雨檬抢先一步抛出橄榄枝，笑容灿烂地说道："清言，我们一起吧！"

她们一起练了一会儿，很快，阮清言发现白雨檬的网球技术很好，一看就是学过的。而阮清言显得有些力不从心，她脑子里有一套正确的握拍方式，可她的手有自己的想法。每当阮清言开始乱握球拍的时候，白雨檬便在对面夸张地摇头，随后又歪头甜美地笑笑。

阮清言的心，隔着一个网球场的距离都被白雨檬打动到了。白雨檬穿着俏皮短小的网球裙，在晚春温柔金黄的阳光下，敏捷地移动步子，浑身散发着少女优雅的气息。

挥拍的时候，阮清言的思绪也跟着小小的圆球飞跃到网的另一边，她感慨地想，谁会不为白雨檬动心呢？哪怕是一点点。

网球落地的那一刻，她突然理解了顾凡超。

打累了，她们便坐在地上休息，白雨檬递来一瓶饮料，眨眨眼睛问道："清言，上次我转发给你的那个兼职怎么样了？"

不问还好，这一问，阮清言因为运动促进大脑分泌出的那点儿多巴胺所带来的愉悦感，瞬间消失得无影无踪。

"不太好。"阮清言如实回答。

白雨檬一愣，关切地问："是那个公司有问题吗？"

阮清言抿唇道："也不算，是我自己的问题，笨手笨脚的，做不好。"

白雨檬松口气，脱口而出："那就好。"

气氛顿时有点儿尴尬。

白雨檬笑着解释："我是说，我担心坑了你，公司没问题就好。"

阮清言无所谓地笑笑，对白雨檬的热心表示了感谢。

聊着聊着，两人陷入了无话可聊的尴尬，并排抱腿坐着的她们看上去各有各的心事。就在阮清言想开口的时候，还是白雨檬抢了先。

白雨檬玩着网球，开心地说道："对了，林朔最近怎么样？"

阮清言的心往下一沉："他挺好的啊！"

白雨檬旁敲侧击地打听："他好像越来越忙了，在忙些什么呀？"

白雨檬手中的网球不小心脱手，溜到了阮清言的脚边。阮清言把球拾了起来，握在手里把玩一番后，又还了回去。

"这学期课比较多，再加上他在做兼职，所以就比较忙吧！"她说，"我猜的。"阮清言补充道。

白雨檬点点头，似乎对这个答案很满意，一副还想追问林朔到底做什么兼职的样子。不知道为什么，阮清言觉得自己没必要把太具体的内容讲给白雨檬听。为了让白雨檬不再问问题，阮清言主动问："雨檬啊，最近你和顾凡超联系了吗？"

虽然没有讲明，但白雨檬知道阮清言在说什么。她淡淡一笑，慢条斯理道："一直在联系呀，清言，你可能听说了什么吧？真是的，现在男生和女生都不能做朋友了吗？稍微走近一点儿，就要被说是在谈恋爱，你说是不是？"

朋友，只是朋友？

阮清言颇为意外，沉默地看了好一会儿远处飘扬的柳条。她不知道顾凡超和白雨檬究竟是怎么一回事，作为外人，她也不好多说什么，但想起顾凡超那副有点儿衰的样子，她认真地说："我明白你的意思，可是恋人大多数是从朋友发展来的嘛！如果想要进一步发展的话，还是一心一意的好。"

白雨檬的脸色明显变得不好看了，她故意笑问："哎呀，清言，我问林朔的事让你不开心啦？"

她把"林朔"两个字强调得很重，像在故意试探阮清言。

阮清言眉头紧皱，神情冷淡，没等她说什么，网球老师的哨子便响起，召集大家集合下课了。

这段时间以来，软蛋依然被寄养在林朔的老师开的宠物会所里，有时候阮清言去遛它，有时候林朔去遛它，有时候他们会一起。

这次失败的兼职经历过后，阮清言一直在物色新的兼职。因为她想快点儿搬进自己租的房子。

虽然找兼职分心，但阮清言也没把课业落下，她向来是个可以一心多用的人。空余时间如果不温书，心里某个角落就会有隐隐的不安，好像对不起谁，是对不起自己，还是对不起父母，她也说不清楚。偶尔一次她看见林朔一闪而过的身影，就突然有点儿明白了。

她想，既然占用了林朔的机会，如果她再浪费，岂不是罪加一等？

这天周三，认认真真上完专业课的她，在奶茶店买了杯奶茶便往图书馆赶。她看着路边嫩绿色的树，忽然心情大好，肉眼可见的春天已经来了。当她照例来到自己的位置时，看见深咖色的书桌上，放着一根小小的手绳，手绳有着米白色的骨头吊坠，下面压着一张薄薄的纸片，上面的字有些眼熟。

“上次你迟到，问我要什么补偿……喏，编的手绳小李哥让我拿走了，是少女款，也不知道送给谁，麻烦你帮我处理一下。谢谢。”

处……处理？还能怎么处理？阮清言当下把手绳揣进兜里，私吞了。随即，她在林朔写的话下面写道：“这个问题很重大，我考虑了很久，现已处理完毕，请放心。”

写完，她笑着坐到座位上，翻开了课本。林朔的座位在过道的另一边，阮清言看着书，目光时不时地越过过道，落到林朔的座位上。今天他没来上自习。阮清言握着笔，垂眸想了想，飞快地撕下一页纸，笔尖游移着写下：“林朔，你给我记着，我会把钱还给你的。”

把纸片压在林朔的书下的时候，她格外轻松。她想，她一定要马上找到新兼职。

时间像风下快速旋转的灰，转眼又到周末。为了有充分的时间找兼职，阮清言对城市志愿清洁活动请了假，没想到，请假的不止她一人，不知怎么的，大家都请假，本周他们小队的志愿活动算是泡汤了。

她不知道林朔请假的原因是什么，在阮清言的印象中，就算其余三个人都请假，只要林朔没事，他都会一个人去的。看来林朔是真的有事，这么一想，阮清言竟然好奇起林朔请假的原因来。

此时，她正在一栋高档写字楼里，拘谨地穿着高跟鞋，抱着简历，有些发呆地等着电梯。她这趟来，是为了一个行政助理兼职的面试，因为之前在校足球队做过相关的工作，她还算有点儿自信，同时也认为这份工作时间短，钱不少，对她真是再合适不过了。来之前她就在心里对自己说，务必拿下这份工作。

“叮”的一声，电梯到了，她走了进去，等电梯开始往下沉，她才反应过来是下行。很快，她就被带到了地下车库的楼层，电梯自动打开，没人进来，她便按下关门键，哪想电梯快要合拢的瞬间，有人轻轻喊了一声，一只抓着文件袋的白皙手臂伸了进来。

阮清言赶忙去按开门键。

钻进来的人踏着高跟鞋，敏捷地站到电梯口，用身体阻挡着电梯的关闭。阮清言探头往外望，果然看见对方有很多东西要搬。

她和穿着白衬衣的女高管模样的姐姐对望了一眼，说了声：“姐姐，我帮你吧！”便率先冲了出去。她先搬来一个纸箱，放在了电梯门口做抵挡，然后又返回去继续搬其他的东西。白衬衣的女高管倚靠着电梯，看了一会儿，勾起唇笑了笑，也出来搬东西。

“谢谢你啊，小妹妹。”白衬衣姐姐说，声音淡淡的，又充满真挚。

等她们搬完东西，站在电梯里，两人才缓着气，有些生疏地打量对方。

看了一眼阮清言抱着的简历，白衬衣姐姐微笑着说：“来面试呀？”

阮清言郑重地“嗯”了一声。

不知道为什么，她这反应逗笑了白衬衣姐姐，她抬抬手腕，看了一眼手表说道：“巧了，我面的人也约在这个时间，不会是你吧，小妹妹？”

阮清言的心“咯噔”一下，她表情紧张地重新看向白衬衣姐姐。白衬衣姐姐甩了一下栗色的波浪鬈发，笑意更浓了：“呀，你真相信偶像剧里的桥段会发生在生活中吗？”

知道被开玩笑了，阮清言有些尴尬，她才不是迷恋偶像剧桥段的人呢！于是她轻哼一声，做出一副自己很成熟的样子。

电梯飞速地爬升着，她们都以余光瞄着电子屏，看着不断上升的数字。快到阮清言按下的楼层时，白衬衣姐姐清了清嗓子，转头对阮清言说：“小妹妹，我缺个助理，你有兴趣吗？”

阮清言猛地回神，大脑空白。

白衬衣姐姐浅笑着转正头，递来一张名片，她明明目视前方，却将名片不偏不倚地递到了阮清言的手边。阮清言条件反射地接过名片，刚拿到手，电梯门便开了，她又条件反射地出去了。

“江蕾。”电梯外，阮清言拿着名片，仔细地看着。

她整个人好像还处在一团软软绵绵的云雾之中。

她了解到江蕾是一家B轮融资公司的总经理，公司叫“金瞳科技”。她在手机上搜索了一下这个公司的具体业务，有了大致的了解。这张名片像张魔符，让阮清言定在原地不走了，明明半小时前的她还急于奔赴面试的。也不知道经过了哪些思考，或者根本就没思考，阮清言旋即给约好面试的公司拨去电话，放弃了刚刚还“务必”要拿下的工作。

打完电话，她吐了口气，转身进入电梯中。按亮楼层的瞬间，她的心脏又不可抑制地狂跳起来，万一对方又在开玩笑怎么办？

当阮清言忐忑地抱着简历，在“金瞳科技”前台站定酝酿说辞的时候，有个声音先钻进了她的耳朵。

“你来了。”江蕾握着一杯热咖啡经过。

阮清言愣了愣，故作镇定道：“你好，江总。”

江蕾示意阮清言进办公室聊。

当墙上挂钟的分针走过半圈之后，阮清言从江蕾的办公室走了出来。或许是暖气的缘故，让阮清言的脸有些红。她飞快走出公司，愉快地按下电梯，真想马上和朋友们庆祝一下。

在分针走过半圈的时间里，她和江蕾聊了很多。她没想到自己会说这么多话，也没想到对方会说这么多话，反正喝完手中的咖啡之后，她成了江蕾的助理。

她是一路雀跃地回到学校的，走上通往宿舍楼的弯弯小道的时候，她开始发现，比起得到工作，她更开心的是认识了江蕾这个人。仔细一想，江蕾是阮清言从小到大，除开学校和家庭关系以外，第一个在社会上认识的人。而且这个人是那么温柔、强大又可靠。她开始莫名地幻想，万一哪天被误抓进公安局，江蕾会是第一个赶来救她的人。

真是越想越开心，她本来要冲进宿舍楼的脚步，忽然停了下来，她摸出手机："快下来，我请大家吃火锅！"

奇怪的是，对方沉默着，让阮清言感到纳闷，她开心地提高嗓门，把话重复了一遍："愣着干吗，不想吃火锅呀？快点儿下楼，快快快！"

对方终于出声："好的，马上下楼。"

听到声音的那一秒，阮清言被雷劈了一下，她看向手机，发现刚刚挂电话的人是林朔。因为开心过头，她居然打错电话了。

半小时后，她、冉晓云她们、林朔围坐在一家火锅店里。

店里客人少，显得颇为冷清，更要命的是，罗玉洁带头用一种八卦又暧昧的眼神，在阮清言和林朔之间来来回回扫视。

"上菜有点儿慢。"方兰推了一下眼镜说。

"是啊是啊……"众人附和。

林朔转身向服务员催菜。

无人说话的尴尬中，罗玉洁看着林朔的脸，忽然笑着说："清言真是实事求是的人，之前你们还不和那阵儿，她再怎么骂，都是承认你长得好看的。"

此话一出，除了两个当事人，其他人都嘿嘿笑起来。

阮清言突然有点儿后悔叫她们三个来。

林朔脸上闪过茫然的神色，毕竟是被夸，他便礼貌地笑了笑。看得出来，他整个人显得有些疲惫，本来白皙的皮肤因为劳累，显得越发苍白，人也更瘦了点儿。

阮清言看在眼里，不禁问："林朔，你忙什么呢？志愿者活动也请假了。"

林朔说："你给我打电话的时候，我才从乡镇回来。"

阮清言不解："乡镇？"

林朔"嗯"了一声，看大家都好奇，就把最近忙的事简单说了说。

林朔说，他虽然做了美丽绳文化传播公司的编绳兼职，但实际并没有亲手编什么，而是去到各个乡镇社区，把编绳的手艺免费教给一些妇女。这些妇女大多家庭贫困，在社会上找不到什么好工作。为了传授手艺，林朔特意让母亲把外婆生前留下的编绳技法记录簿邮寄了过来。他打算把外婆留下的手艺全教给大家，再帮助她们成为美丽绳的员工，这样就能改善她们的生活了。当然，如此一来，林朔就没时间编织，他打算用妇女们编好的作品抵掉公司预付的报酬，拿回抵押的手机，之后就不再做这份兼职了。

听完林朔的打算，在座的人还没回过神。

阮清言心中暗暗赞叹，林朔真的好有想法，更重要的是，他还有变态的行动力！

阮清言眼睛亮晶晶地问："林朔，你是怎么想到这些的？"

林朔一脸平静道："懒，不想编。"

阮清言心中嘟哝："行吧！"

林朔见自己成为这次聚会的中心，有些不好意思，举杯对大家说："谢谢清言请我们吃火锅，祝贺她找到满意的兼职！"

大家纷纷举杯："干杯——"

虽然上菜慢，但这家火锅还挺好吃的，阮清言第一次看到林朔这么认真专注地烫每一块毛肚。他好像很久没吃过火锅了，当蘸好调料的毛肚被送进嘴里的瞬间，她能看到林朔平静的面容下，露出的微妙的满足感。

看着他这个样子，阮清言觉得打错电话把他叫来也不错，同时又有些自责。林朔是帮自己从上一份兼职沼泽中脱身的人，这次她找到新兼职，理应答谢他的。

可是不知道为什么，这些"人之常情"只要放在林朔身上，她总会迟钝。要是换个人，她可能就不会了。想着这些，阮清言沉默地烫着菜，显得心事重重。

吃完火锅，夜空中忽然飘起蒙蒙细雨，只有林朔一个人备了伞，冉晓云她们结伴打车走了，就剩下阮清言和林朔两个人。林朔撑着伞，和阮清言一起随意地逛着。雨幕下的街景显得格外朦胧和温柔，橘黄的街灯映照进阮清言的眸子里，让她看上去神采奕奕，充满了少女般对未来的憧憬。

林朔垂眸偷看她，犹豫了一会儿还是开口道："手绳……"

阮清言一下反应过来："噢，放心吧，送人了。"

林朔似乎有点儿意外，目光深沉地看着前方，点了点头。

"我送给自己了，你不介意吧？嘿嘿。"阮清言调皮地跳到前面，拎着包倒着走，故意想看林朔的反应。

林朔嘴角微微上翘："嗯，那我就放心了。"

被林朔送到宿舍楼下，钻进被窝的阮清言，在睡意蒙眬中开始回忆这一天。

回忆着，回忆着，她笑着睡着了。

阮清言虽然心中充满了各种目标，找兼职、租房子、养软蛋、在首城买房、不愁钱、工作好……看上去野心勃勃，但她是个特别容易满足的人，早上十点的快乐，她在晚上十点也能回味和感受。她的日子像碧绿纯净的湖面，一粒石子落下，可以快乐地波及很远。她珍惜每一份快乐，想自己快乐，也想身边的人快乐，因为她再明白不过，生活就像精卫填海，要往浩瀚无垠的时间里填充意义，而时间是连续不断、一刻不停的，所以做人都是辛苦的。

反正都辛苦，她不如快乐一些。

离市区半小时车程的奥体中心，国超预备赛正在如火如荼地进行着，这场比赛是顾凡超所在的球队对阵死对头张阳的球队。不得不说，光是两人同时奔跑在绿茵场上，就极大地拉高了上座率，到场的媒体也比平时多了一倍。比赛开始一周前，论坛里就为两人谁会进更多球给球队带来胜利吵得不可开交。

前排的观众席中，林朔专注地看着比赛，不时和阮清言分析一下现场的局势。一旁的白雨檬低头刷着淘宝，偶尔抬头看一眼比分。

这时，有个球员刚从比赛中被替换下场。他嬉笑地喝着水，来到前排的观众席，喊着白雨檬："雨檬妹妹，你来看谁的啊？"

他的声音很大，周围人都听见了。

白雨檬似乎很讨厌他，翻了个白眼：“反正不是看你的。”

白雨檬和对方球员竟然认识，阮清言不免有些好奇。球员吃了瘪，脸上的嬉笑反而更多了：“你哥今天状态真不错，一进球一助攻，顾凡超要输了！”

说完，球员回到了座位上休息，白雨檬眼神淡淡的，重新将注意力放回赛场上。阮清言用手指戳了戳正在看手机的林朔，小声道：“张阳居然是雨檬的哥哥。”

林朔安静地看了她一眼，晃了晃手中的手机。

阮清言把他的手机拿过来一看，足球论坛里的某个帖子正在热议三人的关系，似乎资深球迷都知道白雨檬是张阳的表妹这件事。

阮清言向来不关注足球论坛，消息自然落后了。她望着球场上拼命带球过人，又被抢断倒地的顾凡超，眼神有点儿迷茫。

林朔也顺着阮清言的视线看去：“看得出来他很想赢。”

阮清言有些担忧：“他的体力跟不上了。”

听到他们在讨论比赛，白雨檬回头笑了笑，随即挥手向场内的顾凡超喊道：“加油啊——顾凡超——”

现在比分是2比1，张阳的球队领先，而离比赛结束只有十分钟。在场所有顾凡超球队的球迷都把最后扳平的希望寄托在了顾凡超身上。全场的人几乎都在屏息凝视，等待着比赛的最终结果，有的球迷甚至破口大骂，对全场下来毫无建树的顾凡超颇为不满。

就在伤停补时阶段，顾凡超接到队友一个精妙的长传，足球穿越对方的防线，准确地落到了顾凡超的脚下。他没有停球，带着球一路向对方的球门狂奔，对方的两个后卫向来以防守凶悍著称，比赛时间在以秒倒数，顾凡超显然顾不得那么多了。

全场的人都紧张得站了起来，白雨檬对着顾凡超大喊“冲”，十来米的距离，顾凡超听到了，抬眼看了观众席一眼。就在这时，对方后卫双双粗暴地飞铲过来，眼看就要踢到顾凡超的腿上。

阮清言急得扑到栏杆上，骂道：“顾凡超你不要命啦！躲开啊！”

顾凡超想带球腾空而起，足球刚离开地面，他就被狠狠地铲倒了，发出一声惨叫。寂静片刻后，全场球迷高呼：“点球——点球——”喊声一浪高过一浪。裁判做出手势，示意点球。

现场解说表示顾凡超伤势过重，被抬下场进行紧急治疗，罚点球的任务落到了队友的身上。最后比赛以 2 比 2 的比分结束，顾凡超他们总归是没有输。

阮清言一行陪着顾凡超来到医院，经过医生急诊，顾凡超当天便被推进了手术室。阮清言第一时间给顾家打去电话，汇报了情况。

顾妈妈心急如焚，想丢下工作飞来照顾儿子，被顾凡超拒绝了。他觉得没这个必要，球队的领导向顾妈妈承诺，队里能把他照顾好，说是家人过来反倒增加他的心理压力。顾妈妈只好作罢，拜托阮清言一定照顾好顾凡超。

手术后的第二天，病房里看望的人散去后，只剩下阮清言和林朔。

阮清言拿着手机，想分享点儿开心的消息给顾凡超听。她故作夸张地说：“哇，顾大球星，你的粉丝数暴涨了十万啊！”

“还有还有，大家都在夸你敢拼敢闯，连对方球员也对你赞不绝口呢！”

林朔点点头，在一边补充道：“恶意犯规的人也已经被处罚了。”

病床上的顾凡超听着这些消息，显得很没耐心，张口想问什么，又没问出口。

阮清言愣了一下，连忙说：“噢，雨檬班里有事，下次再……”

“不是，哪位好心人能说一下重点？”顾凡超强颜欢笑地打断道。

阮清言和林朔对视一眼，气氛一时变得凝重。

顾凡超到现在都还不知道自己的腿伤势如何，这才是他关心的重点。见两人迟疑着，顾凡超着急地想要撑起身子看自己的腿：“我是不是被截肢了？！”

林朔赶紧让他躺下，冷静地说：“你做了五个小时的手术，截肢的话没必要这么久。”

顾凡超一听好像有道理，自觉地重新盖好被子，用一种渴求又幽怨的眼神看着阮清言。从小到大，都是阮清言用言语无情地打击他，把最残酷的真相告诉他的。

林朔见状，安静地坐到了稍远的位置。

阮清言轻轻地坐到顾凡超的床边，帮他掖好被子后，开始拿起苹果，一丝不苟地削起来。

见阮清言不入正题，顾凡超只是眼巴巴地看着她，整个人显得格外安静，之前的不耐烦消失无踪。他用嘴接住阮清言喂来的一块苹果后，问道："清言，我还能踢球吗？"

"可以啊，只是……要等一段时间。"阮清言说。

"多久？"

"嗯……还记得小时候我们被困在山上，等大人来救我们吗？差不多要等那么久。"

顾凡超知道她只是在打比方，总之就是很久。

"可是，最后大人都来了对不对？我们都被平安地救下来了。"阮清言温柔地说，"什么坏事也没发生。"

耳朵里钻进阮清言这么温柔的话语，令林朔抬眼，他望了他们一会儿，又低下头去。

顾凡超终于展露出轻松的笑容，他知道，无论如何阮清言都会陪着他，就像小时候两人牵着手坐在山头的树下一样。

所以当最后阮清言告诉他一年以后才能碰球的时候，顾凡超只是平静又无奈地耸了耸肩膀。

离开医院的路上，林朔有些沉默，好像在思考什么。

阮清言觉得太安静了，开口说道："林朔，你又在想什么呢？整天神神秘秘的。"

林朔顿了顿步子，淡淡地说："有吗？"

阮清言仰起下巴："有啊！"

林朔直视前方："我在想晚上吃什么。"

阮清言不满："搪塞我也不编个像样的理由。"

林朔认真地看了阮清言一眼，说："我在想，教练特意嘱咐过，不要这么快就把一年不能踢球的事告诉凡超，他了解凡超的脾气，认为凡超一定不能接受的。”

阮清言“哦”了一声，轻描淡写地说：“那要看谁告诉他了。”

说完，两人沉默了一会儿，阮清言又补充道：“我打击他打击惯了，所以我说他就能接受吧！”

林朔低头笑笑，没再说话。

像往常一样，因为去林朔所住的男寝楼要经过阮清言所住的女寝楼，所以林朔把阮清言送到宿舍楼下之后便离开了。阮清言看着林朔离去的背影，有些郁闷。

她真是猜不中林朔的想法吗？她还以为他会问她被困山中的童年旧事呢，这一路她都默默酝酿好怎么把这件童年趣事，不，童年阴影讲述一番了，哪知对方全然不感兴趣。

这天又上网球课，太阳高高地照在天上，乍一看有些晃眼。因为天气变暖，网球老师穿了件帅气的卫衣，轻薄的材料刚好突显出他的胸肌，惹得女生们一片议论。

“好帅啊……”

“身材好正。”

队伍中的白雨檬瞄了一眼身边的阮清言，低声道：“清言，你喜欢什么样的男生啊？”

阮清言正在回想着上节课老师讲的投资学原理，回神茫然道：“男生？”

“嗯，你喜欢什么样的？”白雨檬眼睛笑得弯弯的，清风吹起她长长的鬈发，还是那么优雅又可爱。

阮清言摇摇头，毫无想法，转而八卦地问：“你喜欢什么样的，运动型？”

白雨檬眯了眯眼睛，不置可否。

现在阮清言和白雨檬成了固定搭档，练球就会自然地和对方走到一起。自由练习的口令一下，她们就一起朝球场边走去。边走，白雨檬边说：“对了，凡超腿受伤了嘛，很无聊，我们要不要陪他玩‘吃鸡’？”

阮清言心里突然暖暖的，笑着答：“好啊！”

晚上上完课，阮清言把顾凡超、白雨檬、林朔拉在了一个群里，约好“吃鸡”。

“今晚目标，队伍进三次前三！”她在群里说。

大家积极响应，很快便开了一局。

飞机刚起飞，顾凡超就问：“跳哪儿？训练基地行不行？”

白雨檬一听，害怕道：“不行不行，我新手呢，想去个人少安全的地方。”

顾凡超长长地“嗯”了一声，犹豫着。

阮清言说：“训练基地我可以。”

路线出现了分歧，大家都在等没吱声的人发言。

林朔的声音通过麦克风低低地传来：“那我和雨檬跳偏僻的地方打野，凡超你们跳训练基地，最后我们会合。可以吗？”

“可以！”白雨檬高兴地说。

说完，他们就各自跳伞。

阮清言跟着顾凡超落到了训练基地的屋顶上，还没捡到枪，就听到四周紧张的枪声。

“啊，我感觉我要‘死’了。”阮清言十分有经验地发言。

“没事，我保护你。”顾凡超捡起枪就带着阮清言找物资。很快，阮清言也找到了装备，心立刻安定了些。

阮清言点开地图看，发现林朔和白雨檬落到了叫不出名字的地方，也在搜资源。林朔把好操作又实用的 UMP45 冲锋枪给了白雨檬，自己端了把霰弹枪。偏僻的地方物资相对较少，林朔把好资源都让给了白雨檬。

“谢谢呀！”白雨檬的声音像蛋糕上的奶油，又软又甜。

“不用谢，活着就是报答。”林朔一本正经地说。

阮清言左耳听着他们的对话，右耳紧张地听着附近的脚步声。她正茫然敌人到底在哪儿的时候，就听到一阵连续猛烈的枪响，附近的脚步声便消失了。顾凡超干掉了那个人。

“行啊，越来越厉害了。”阮清言夸道。

顾凡超“嘿嘿”一笑，听得出来是真的高兴。阮清言捡着顾凡超打下的盒子，暗暗想，白雨檬的点子挺管用，顾凡超显然开心不少。

截至目前，顾凡超在训练基地已经杀敌五人，阮清言配合他开了几枪，也算有两个人头入账。林朔那边，几乎杀敌一次，就要救白雨檬一次，流程基本是白雨檬先被敌人发现，被敌人击倒，林朔杀敌，再救白雨檬……

“好刺激啊！”白雨檬感慨说，“林朔，你太厉害了。”

顾凡超问：“林朔，你‘杀’几个人了？”

“三个。”林朔答。

游戏结束后，队伍都是要评出 MVP（最优秀选手）的，听顾凡超这么问，阮清言心里就知道他在想什么。她好气又好笑，暂时挥泪憾别足球场的顾凡超，在游戏里依然那么争强好胜。

信号圈在缩小，她和顾凡超朝圈内跑去，边跑边进建筑物搜资源。顾凡超搜得快，大致晃一眼便走，阮清言搜得更仔细，竟意外地捡到了八倍镜。

对于如此可遇不可求的装备，她抬眸想了想，点开地图，看了一下林朔的位置说：“八倍镜，谁要？”

“我。”

林朔和顾凡超几乎同时发声，他们竟然都有能装上八倍镜的 Kar98K。

“给凡超吧！我太远了。”林朔说。

阮清言“嗯”了一声，把八倍镜给了来到身边的顾凡超。顾凡超是个妙人，只要狙击枪有高倍镜，他就老喜欢用，然后大概率地在专心瞄远处的敌人的时候，被周围的人打死。

果然，顾凡超开心地装上八倍镜，兴冲冲地跑去高处埋伏了。

阮清言想跟着跑过去，没跑几步，手机便弹出一条微信消息，是江蕾发来的，让阮清言明早去办公室找她。

看清消息的阮清言心一紧，知道明天就要正式开始工作了。她有些魂不守舍地玩了一会儿后，便和大家道别了。

第二天，阮清言起个大早，走到校门口的时候，碰到了林朔。林朔要去车站坐车到乡镇，他们就在校门口聊了几句。阮清言问他手头事情进展的时候，林朔脸上的倦色淡去，变得神采奕奕。

大概他是真的很认真地在做这件事吧，阮清言边听边想。也许听得太认真，兜里的手机振动她也没感觉到。还是林朔提醒她，她才赶忙接起手机。来电人是江蕾，她在电话里说，她顺路到了汉博校门口，打算接阮清言一起去公司。

阮清言刚挂掉电话，一辆白色的本田缓缓开到阮清言面前，车窗落了下来，江蕾那张妆容精致、恬静淡然的脸出现在了他们面前。

见阮清言站在林朔身边，没有立马上车，江蕾对林朔礼貌又疏离地笑道："弟弟，要不要捎你一程？"

林朔愣了愣，阮清言也高兴地邀他一起上车。反正车站和公司顺路，虽然相处的时间还短，但阮清言就是没来由地觉得，江蕾说的话，不是像那些油腻的大人走过场的。

林朔道了谢，拉开车门绅士地让阮清言先进去，他们就这样一起坐在了车后座上。

江蕾开着车，偶尔抬眼望一眼内后视镜，和他们聊着天。

"所以这位去乡镇创业的弟弟叫什么啊？"江蕾开玩笑地说。

明明她是问林朔叫什么，因为话里多了"这位"，问题就不显山不露水地抛向阮清言。阮清言神色立马变得不同，坐直身子刚想回答，就听到林朔说："我叫林朔，'朔风吹故里，宛转玉阶树'的'朔'。"

江蕾垂眸点头，微张唇齿："'朔风'的'朔'，林朔，我记住了。"

阮清言第一次听到林朔这个样子的自我介绍，有些出神。又望了会儿车窗外的街景，车站便到了，林朔道别下了车，车上就剩江蕾和阮清言。

"你要不要坐到前面来？"江蕾问。

明明都快到公司了，还让她挪屁股坐前面。阮清言的心微微下沉，有些神经质地感慨，看来这位江总控制欲有点儿强啊！

心里算着小九九，阮清言还是乖顺地坐到了副驾驶位上。安全带刚系上，江蕾就递过来一个文件，让她抓紧看，一会儿到公司要讲。

"我……我讲？"阮清言感觉不妙。

“嗯。”江蕾答。

阮清言手有些颤抖地翻开文件，里面是一个关于某个项目的PPT（演示文档），总共二十来页，看来她待会儿是要讲PPT。

“是对客户讲，你装作很熟悉的样子，照着念就行。”江蕾侧头看她，嘴角泛起微笑。

第一天上班，哪能轻易露怯，阮清言装作老练地点了点头：“好的，江总。”

见她这个样子，江蕾笑意更浓了，眼眸里盛着流动的明媚色彩：“对，就是这样，装出很老练的样子，不像第一天做我的助理。”

一眼被看穿的阮清言，绽放出尴尬又不失礼貌的笑容。

江蕾和客户约在十点。阮清言刚飞快地熟悉完PPT，又被叫到江蕾的办公室。

江蕾坐在老板椅上，手抚下巴，有些犹豫地看着对面的阮清言。

“江总，你是不是不放心我？其实我也觉得应该换个更……”阮清言见江蕾把食指放在唇前，识趣地闭上了嘴。

江蕾凑近，挑了一下精致的眉：“要不要重新化个妆，换身衣服？”

阮清言的心怦怦两声，像被开了两枪。

她第一天正式上班，哪有不接受建议的道理。阮清言点点头，江蕾便安排人带她去卸妆了。

卸完妆之后，阮清言又被带回江蕾的办公室，江蕾拿出一个硕大的化妆包，侧坐在黑色的真皮沙发上，拍拍旁边的位置，示意阮清言坐过去。

卸完妆的阮清言，素颜朝天，眉梢上刚长的一颗痘暴露无遗。她感觉自己跟没穿衣服似的，脸局促地红了起来。

等她坐定，江蕾就一丝不苟地忙活起来。近距离瞧见她脸上的红晕，江蕾轻描淡写地说了句：“年轻人，气色真好。”

阮清言下意识地动了动。

“别动，我给你化个成熟、职业点儿的妆，好唬住别人。”江蕾轻轻笑了笑，手里动作不紧不慢。

江蕾化得格外认真，凑得很近，阮清言闻着她身上散发出的味道，心绪渐渐就平稳了。那种味道是高级化妆品、香水和身上的服饰混合在一起的味道，是极度成熟的味道，是底气十足的味道。说来奇怪，在这种独特的香氛包围下的阮清言，突然就不担心接下来自己会出糗了。

就这样，化到一半，江蕾忽然轻声道："林朔挺优秀的呀，你们在交往吗？"

阮清言惊得睁大眼睛："没有！"

江蕾微微蹙眉，把阮清言的脸摆正，又说："我看你挺紧张他的。"

"有吗？"为了不影响化妆，阮清言发着气音说。

江蕾认真地审视着化好的眼妆，不再继续这个话题了。

化完妆，阮清言又换上江蕾英伦又职业的小西装，整个人在镜前一照，果然自信不少，之前的慌张和不安感，神奇地消失无踪。

阮清言等着盼着，十点一到，客户准时来了。

她按照江蕾吩咐她的，完完整整地完成了自己的任务，送客户离开之后，暗自松了口气。

"怎么样，江总，谈下来了吗？"她有些激动地跑进江蕾的办公室问。

江蕾漫不经心地搅着咖啡，似乎对结果并不上心，见阮清言进来了，只是让她下班，没多说什么。

阮清言有些沮丧地收拾好东西，来到外面等电梯，边等边想，是不是自己刚刚表现不好，给江蕾拖了后腿。一旁等电梯的同事仿佛看穿了她的心思，宽解她道："清言，你别多想，江总心里有数的。"

阮清言迷茫地抬头："哎，我也是才拿到PPT，没有多准备。"

同事偷笑，表情暧昧："你呀，很好地完成了自己的角色，江总，不，江导很满意呢！"

越听越迷糊了，阮清言按捺不住好奇心，厚着脸皮问了个究竟。

原来，临时让阮清言讲PPT，临时给她化妆换衣，都是江蕾的打算。阮清言只是被安排得妥妥当当地做了次演员。由于某些问题，江蕾并不想与今天的客户合作，直接拒绝又不太好，于是让阮清言挑起重担，代江蕾讲解。因为阮清言业务不熟，对PPT的阐述便变成了照本宣科的陈述。当阮清言站在投影仪前面的时候，客户自然懂了。又为了不让态度太露骨，于是江蕾把阮清言包装了一番，好歹场面上过得去。

听完同事的话，阮清言有些发蒙，心突突地跳着。

她觉得生意场好复杂、好微妙，暗叹成人社会的潜规则真多。她不禁想，江蕾那张美丽又淡然的面孔下，还藏着多少幽暗的沟壑呢？

她背着包，缓慢地走在回校的路上。午后的阳光慵懒散漫地洒下来，她眯眼看着光晕下的世界，感到真实，又感到模糊。这上班的第一天哪，她嘴上讲不出学到了什么，却又实实在在地学到了什么。

她忽而笑了："有意思。"

一周后的医院。

顾凡超颓废地温着书，脑子里根本没在想学习的事。他摸了摸受伤的腿，沉沉地叹了口气。医生说他还得住院两周，才能回家疗养。

他打开微信，想给阮清言发消息，又不知道说什么。

点滴一滴滴地流，好像时间一滴滴地淌在身上，他真的太难熬了。球场上受伤的瞬间每天跟电影般不断在他脑子里回放，仿佛是一种折磨。在回忆中，他看到了观众席上阮清言惊恐万分的脸，而现实中，他并没有看到。但他分不清了。

白雨檬捧着买来的鲜榨蔬菜汁，递到顾凡超手里："喏，喝了。"

顾凡超接过，道了声谢，随即又把蔬菜汁放到一边。

白雨檬脸上闪过不满的神色，轻声道："我哥希望你快点儿好，还是喝了吧！营养充分，腿伤才好得快。"

一想到张阳还在球场上冲锋陷阵，冲击射手榜，顾凡超的脸色越发阴沉，他忽而又神经质地笑："他真的希望我快点儿好？"

白雨檬慵懒地坐在沙发上，有气无力地"嗯"了一声，说道："他呀，就想和你比谁进球多呢！他可能比你妈都关心你的恢复情况，天天问得我都烦死了。你们干脆加个微信吧，别让我在中间当传声筒。"

正巧有护士进来换水，饶有兴致地看了他们一眼。

顾凡超浓密的剑眉挑了挑，染上一抹笑意。白雨檬一说到她哥张阳，总是一副开玩笑的口吻。顾凡超觉得挺有意思，从身边人嘴里听到死对头的种种，有种说不清的快感，甚至窥视感。现在的他，还没有意识到大概正是这个隐秘的原因，他才和白雨檬走近的。

两人玩了会儿游戏，眼看时间不早了，白雨檬背起包包要走。顾凡超看着她离开的背影，顿了顿，叫住她：“那个，你和清言是同一节网球课吧？多带带她，她是运动白痴。”

白雨檬有些不悦，转身冷面道：“我照顾你，还要照顾她？就不怕我忙不过来？”

顾凡超嬉皮笑脸地道：“你是天使呀，雨檬妹妹。”

白雨檬优雅地踩着高跟鞋，来到病床前揍了顾凡超一拳后，心满意足地离开了。

晚上十点半，女寝楼依然灯火通明。因为天气变暖，很多窗户开着，里面的谈笑和打闹声像风一般，一阵阵地吹拂出来，绕过楼下摇摇摆摆的树，融进漫无边际的黑暗里。

阮清言洗漱完毕，放松地仰躺在床上，握着手机专心致志地编辑一条微信：“今天课太多，没去看你，情况怎么样啊？怎么没主动上报？”

后面的“让我怎么向你妈交代”因为每次都提，阮清言怕顾凡超烦，便省去了。

消息发出去后，石沉大海，毫无反应。

阮清言有些无聊，打开网易云私人FM开始听歌。睡前必听歌好像成为她的习惯，这种习惯从高中就有了，那时候学习压力大，每天脑子里都充斥着老师上课的声音，只有到了夜深人静的夜晚，她才能从现实中挣脱，听着不属于所处生活中的音乐，肆意幻想，或者什么都不想。睡前几首歌的时间，是她离世界最远的时间，听着听着坠入睡眠，一切烦恼都没有了。此刻，她听着魏如萱的《窃笑》，旋律将她的心浸泡得柔软又敏感。

你总是像小偷/习惯性占有/连我的笑容你都可以窃走/却不还给我/欠我的那句/你爱我……

她沉浸在哀怨好听的嗓音里，思绪开始发散。她想，喜欢是什么，爱情又是什么，可以如此缠绵悱恻，让人失去自我，好像现实世界都变了气味、颜色，随着两人情感的波澜而浮浮沉沉？就在此刻，她突然对浓烈的感情感到好奇，中学听说的那些早恋、大学里听闻的那些恋爱绯闻，都如一幅幅画卷浓墨重彩起来，凑得越近，看得越细，越是映得她这张白纸苍白而无趣。

她侧了个身，将手枕在头下，戚戚然地想，真是羡慕那些能陷入恋爱、为爱昏头的人哪！他们至少尝过极甜和极苦的味道，而自己不免太理智了，像一颗坚硬的铁钉，至少从少女时期到现在，她的心稳稳地嵌在身体里，未曾怦然心动过。

胡思乱想着，眼皮打架了，她顽强地要刷一遍朋友圈才睡：之前足球队的学长在晒和朋友吃夜宵，啤酒整整两箱；方兰在分享一个奇怪的未解之谜；罗玉洁发了一条最新的娱乐圈八卦，配了一个震惊的表情包；江蕾在分享一条最新的业界资讯；林朔……

今天周三，林朔分享了一首歌：《星期三或礼拜三》。看见有魏如萱合唱，阮清言自然地点开来听——

感性是铁钉碰上/柔软的心/生命必须保持清醒/也混沌不明

…………

为什么/我会被你吸引/当时光/被你喊停/没理由/我已经/相信/从前这世界/我不知道同时有着你/还不太了解你/但喜欢你

…………

阮清言睡意蒙眬地听着，很快便睡着了。

她是被银行进账的消息吵醒的。如果世界上有最美妙的叫醒方式，那不过如此了吧！阮清言睡眼蒙眬，抓起手机一看，中国建设银行的微信号弹出一条交易消息，提示阮清言有6000元入账。

她兴奋地坐起来，用眩晕的脑袋努力思考着这笔钱的来源。

父母是不可能突然没来由地给她打钱的，这不是阮守信的风格。

那会是谁呢？阮清言梳理着自己极为简单的社会人际关系，不一会儿江蕾的名字便跳了出来。

阮清言瞬间有些紧张，江蕾给她这么多钱干吗？唯一的可能，这是她打给自己的工资？说来也有点儿好笑，那天面试的时候，她们东聊西聊聊了那么久，核心的东西比如薪资什么的，竟然一点儿也没聊。

阮清言为了证实自己的猜测，有些傻乎乎地给江蕾发去消息："江总，你给我发工资了？"

没等对方回复，阮清言又按捺不住自己的话匣："可是我工作不到一个月啊，公司是发当月工资吗？我的工资是这个数啊？谢谢江总！"

她单口相声似的发去一堆文字和问号，都不等对方答复，自己就把问号肯定成答案。她跟喝醉了酒似的，开心地裹着被子在床上打滚，心里想：3000 元还给林朔，3000 元用来租房。

太完美了。

这时江蕾发来一个字"嗯"。

阮清言快乐地弹起来，感觉遇到了天使。快乐的情绪流到手指上，她飞速打开和林朔的微信对话框，把钱给林朔转了过去。

虽然表面看上去没什么，但欠林朔的钱或者情其实让阮清言感觉有些无法言说的沉重。

"林朔，钱还给你，咱们两清啦！谢谢你。"阮清言发消息说。

消息是上午发的，到晚上林朔也没收钱。

深夜的校图书馆里，阮清言做完江蕾布置的 PPT 后，反复地刷着租房软件，想要找到一套价钱、位置、装修都合适的一居室，越刷她心情越沉重，现在都是押一付三，3000 元根本不够啊！正郁闷着，她看见林朔从远处走来，手里提着两杯奶茶。

走近后，林朔抬眸看了她一眼，便将奶茶取出，放在了她的手边，沉声道："随便买的。"

阮清言正馋这口呢，可是表面上慢吞吞地接过，装出只是随便喝喝的样子。

"你看微信了吗？"阮清言轻咬吸管，略微口齿不清地问。

林朔坐到她对面，整个身体全部倚靠在椅子上，将吸管插进奶茶里，大大地吸了一口。

两人嘴里都含着热奶茶，不能说话的间隙，两人眼睛对视着，好像在交流什么，又好像什么都没说。

她看着他喉结滚动之后，眼睛幽深地盯着自己说："你租房子的钱够吗？据我所知，要是想租得离学校近点儿的话，房租不便宜的。"

阮清言被奶茶呛得咳嗽两声，她咳红了脸，说："嗯，这个……"

林朔嘴角泛起浅浅笑意，一眼看穿她："你转给我的钱，我先不收，你拿去租房吧，我这边事情进展得挺顺利的，都结束了，押的手机挣回来了，你别担心。"

阮清言不免佩服地望着林朔，这些天闷声不响的，他的生活就有了这么大的进展。阮清言瞬间觉得自己像条咸鱼，只是幸运地遇上了天使江蕾而已。

阮清言认真地"嗯"了一声，说道："那好吧，我先把房子的事搞定，钱之后再还给你。"

说完，两人安静地各自喝着奶茶，享受着深夜此时此刻特有的寂静。

奶茶会让人上瘾，阮清言担心自己受林朔的照顾也会上瘾。奶茶快喝完的时候，她才突然意识到，自己喝林朔买的奶茶喝得那么自然，根本没想付奶茶钱这码事。

金钱向来是人的敏感点，对从小被灌输独特金钱观的阮清言而言更是如此。眼前的她，竟对和林朔相处中细枝末节的"小钱"变得不敏感了。他们两人像两座比邻的冰山，靠近彼此的那个角落正在慢慢融化，似乎要渐渐融为一体。

香甜的奶茶滑进喉咙，又让阮清言想起今天开心的事。她笑意嫣然地向林朔探了探身子，把收到工资的事和林朔分享了。林朔这才点点头，有点儿恍然大悟阮清言怎么突然变有钱的样子，好像他不说话，就是在默默思考这个问题似的。

看着阮清言眼睛亮晶晶地聊工作和江蕾，林朔真真切切地感受到了她对未来的憧憬和期望。听阮清言说着自己的见闻和收获，林朔睫毛微动，若有所思，他也慢慢谈起自己这段时间以来的心得。上一份兼职对阮清言和林朔来说，都不是满意的。但通过这次机会，林朔反而有了独特的经历，心中渐渐萌生出以后要做免费平台的想法，至于具体做什么，他还没去想。

两人聊了很久，图书馆要关门了，他们才收拾东西离开。林朔把阮清言送到宿舍楼下的时候，暖暖的灯光下，阮清言突然脸色大变，惊叫一声："糟了，我喝奶茶睡不着的，明早第一节课我要代表我们小组做作业汇报啊！"

林朔僵直地站着，为难地想着办法："要不喝点儿热牛奶？"

阮清言深吸一口气，摆摆手表示没关系，转身走进宿舍，一个人想着之前睡前喝奶茶通宵没睡着的悲惨经历上了楼。

她刚在床上躺下，微信里林朔发来一个名为"青春里的花火，回忆里的回路"的网易云音乐歌单。

他说："听歌可以助眠。"

歌单名蛮文艺嘛，上次她听林朔分享的歌还蛮好听，很合自己的品位。阮清言兴致勃勃地点进去，打开一听，耳朵灌进一个激情洋溢的中年男声："同学们！现在我们来学初二物理第四节，定滑轮和动滑轮的区别！"

阮清言无语。

这还真是够青春、够回忆的……

第七章
喜欢浮出水面

人和人的关系有很多种，
喜欢也有很多种，不能一
眼就把关系看破的。

医院里人来人往，仿佛是世界上最繁忙的地方。

今天是顾凡超出院的日子，阮清言帮忙收拾着东西，白雨檬坐在一边慢条斯理地削着吃不完的苹果，边削边若有似无地看了一眼和顾凡超聊天的林朔。

苹果削好，大家都不要，白雨檬有些无趣地咬了一口苹果说道：“对了，城市清洁志愿者活动大家是不是都没去了呀？”

白雨檬眼睛水盈盈的，敏感地观察着大家的反应。

顾凡超今天才下床，当然知道白雨檬问的不是自己，便没吭声。阮清言这才想起来这件事，赶忙问林朔：“你去了吗？”

林朔摇了摇头。

他这么忙，没去也在情理之中。阮清言心里想，自己是忘了这件事，林朔是太忙，顾凡超是腿受伤，那白雨檬是因为什么不去呢？

白雨檬自己说道：“看你们都没去，所以我也没去。”

她说得很自然，可阮清言觉得有点儿怪怪的，难道她当初当志愿者，只是为了和大家在一起？

或者更极端地想，她只是为了和某个人在一起？阮清言条件反射地看了一眼林朔。

这时，球队的工作人员提醒车已经来了。顾凡超虽然勉强能自己走路，但还是需要人扶，林朔把他扶进车里后，阮清言和白雨檬也跟着上了车。

车是往顾凡超家里开的，大家准备在他家办一个庆祝他出院的派对。一路上，白雨檬显得有些亢奋和开心，眉梢雀跃飞扬地说着关于派对的计划。

“待会儿我们玩游戏吧！”她提议，“好不好，清言？”

阮清言向来玩心重，有点儿人来疯，马上附和：“好啊，好啊！”

顾凡超和林朔显得相对沉默，没拒绝便是同意了。

顾凡超在首城的住所是球队给租的，在一个高级小区，面积很大，家具、电器应有尽有，让阮清言非常羡慕。

下午五点左右，人都到齐了。可没有人自告奋勇去买菜做饭，于是大家凑在一起七嘴八舌地点了一大堆外卖。顾凡超的队友们还点了多箱啤酒，看样子是想好好高兴一番。顾凡超要养伤，当然是不能喝酒的，于是队友把矛头转到他身边的人身上。

“你说吧，让雨檬小姐姐还是清言小姐姐帮你喝？”队友声音很大，一副搞事的语气。

大家配合地起哄，派对的气氛立马被点燃。阮清言不想扫兴，爽快地说：“凡超平时就两瓶的量，我帮他喝，就两瓶啊！”

队友们很满意，立马开了两瓶啤酒放在阮清言面前，林朔没什么表情，而白雨檬笑脸盈盈的，似乎在庆幸自己逃过一劫。顾凡超护犊子地坐到阮清言身边，警告大家说：“清言只喝两瓶啊，再劝酒就打人。”

队友们做出害怕的样子又起哄起来，好像起哄才是今天的主题。

等到外卖到齐，酒过三巡之后，气氛越来越热烈。白雨檬看火候到了，便提议大家玩游戏。

“别的游戏我不会，只会真心话大冒险！”有人带着醉意说。

虽然游戏套路很老，但因为在场的人彼此之间没有玩过，所以应该还蛮有意思的。于是大家移步客厅，围坐成一个圈，在中间放了个空酒瓶，兴致高昂地玩起来。

“转到谁，就是谁！”

阮清言的脸已经被酒精染红，她喝完了那两瓶酒，因为心情好又喝了些。她没有喝醉过，有些不知道自己的酒量，但又喜欢微醺的感觉，为了保持这种微醺感，她便没有放下酒杯。

绿色的空酒瓶在灯光下反射出幽深迷人的光泽，阮清言微微傻笑地盯着酒瓶，竟然从里面看到了林朔。他正侧着头，神情冷淡、意味不明地看着自己。

阮清言酒意上头，朝林朔飞去一个“看什么看”的眼神，带着七分挑衅，三分娇媚。

林朔低下头，难以察觉地笑了。

“开始啦！”

酒瓶无声地旋转起来，静止的那一刻全场欢呼，人们都在庆祝着自己不是那个倒霉蛋。

“林朔，天选之子啊，真心话还是大冒险？”顾凡超是在场唯一没沾酒的人，头脑清醒地控着场。

“大冒险。”林朔说。

“请打开微信，把和第一个女生的最新一页聊天记录展示给大家看。”有人出题道。

阮清言的心猛地“咯噔”一下，担心自己会被迫“出镜”，但事实证明她多虑了。林朔并没有忸怩，很遵守游戏规则地打开微信找最近一个和自己聊天的女生。

找到的时候，他脸色一沉，不自觉地向白雨檬的方向看去。阮清言眯着半醉的眼睛，敏锐地捕捉到这一幕，几乎没多想，装作玩手机，悄悄给林朔发去消息，代替白雨檬成了此时此刻排在最前面和林朔聊天的女生。

林朔愣怔半秒，才将手机展示给大家看。于是很多个脑袋争先恐后地围过来，像群鸟在争抢吃食。

“什么啊？”

“一个字都没有！”

“都是表情包！”

阮清言刚刚一通操作，发过去一串表情包刷屏，让最新一页没有任何有价值的信息，既化解了林朔的为难，又保全了自己。

大家关注着内容，都忽视了消息产生的时间，吵吵闹闹地算林朔过关了。只是人群中，白雨檬的脸色有那么一点儿苍白。

“再来啊！”

瓶子又旋转起来，阮清言看着旋转的酒瓶，视线变得炽热又模糊，她真的喝得有点儿多了。恍神间，她注意到林朔的手不动声色地伸过来，把她喝到一半的酒瓶拿了过去。

她默许了，酒精让她恍惚，心跳得厉害。

酒瓶晃晃悠悠越转越慢，悬空的瓶嘴承载着所有人的目光和期待，最后指向了白雨檬。

在一片怂恿声中，白雨檬保守地选择了“真心话”。

阮清言昂着醉醺醺的脸，没客气地大声问："雨檬，你喜欢在场男生里的谁啊？"

队友们一听这个问题兴奋得不行，全哄笑在一起。

白雨檬环视一圈，捋了捋美丽的长发，面不改色地道："凡超啊，球踢得好，有胜负欲，是少年该有的样子。"

被夸的顾凡超笑得无比灿烂，他的笑容在派对结束后一直反复出现在阮清言的脑海里，令她很不开心。

从顾凡超家回学校并不远，走路就能到，她和林朔并肩走在人行道上，气压很低。

林朔暗自观察了阮清言一会儿，开口说道："清言，谢谢你帮我解围。"

阮清言莫名地烦躁起来："没什么好谢的。"

林朔有些不解，停了下来。阮清言直直地走到前面，又转回身生气道："我根本就不该替你，或者替白雨檬解围，你看她后面说的什么话，喜欢顾凡超？那她和你发什么微信呢？有什么不敢晒出来的呢？她参加志愿者活动就是为了接近你吧？什么怕顾凡超无聊陪他'吃鸡'，'吃鸡'正好需要四个人，你、我、她、顾凡超，正好是该死的四个人！"

有夜风吹来，阮清言泪蒙蒙地站在风里，激动地继续说："我……我为什么什么都叫你啊？我也是有毛病！"

林朔双手插在衣兜里，沉默不语，担忧又无奈地看着她。

她自己冷静了一会儿，抬手擦了一下脸，宣布志愿者小队解散，"吃鸡"小队解散。

彻底解散。

林朔上一秒还神情严肃，这下却笑弯了腰："原来你喝多了是这样的。"

阮清言一听气得脸更红了："林朔，我在很认真地分析问题！并发表自己的看法！请你尊重一下我！"

林朔收敛笑意，正色道："嗯，可能问题没你想的那么严重，人和人的关系有很多种，喜欢也有很多种，不能一眼就把关系看破的。"

阮清言想了想，突然觉得累，敷衍地点头后，倔强地从林朔的视线中消失了。

林朔没有否认白雨檬在接近自己，这是阮清言混沌的脑子里抓到的重点。那他对白雨檬又是什么态度呢？阮清言觉得自己没有立场问，也懒得问，就按林朔说的那样吧，人和人的关系有很多种，喜欢也有很多种，不能一眼就把关系看破吧！

女生宿舍楼下新种了些叫不出名的花花草草，每次阮清言经过的时候，都会留意它们的长势，暗自担心：它们长得好吗？会不会不适应这里的土壤，慢慢就死掉了？想着这些不能言语的花草，她就伤春悲秋，感叹它们不能选择自己的命运，只是被安排在了这里。她不是花，也不是草，当然要更积极主动地把握自己的命运啦！

阳台上，清风缕缕，阮清言又看着楼下的花草出神。室友罗玉洁来晾晒衣服，看着出神的阮清言，大声说道："清言，最近你都好安静哟，快点儿进来陪我看剧！"

罗玉洁晾完衣服，拉着阮清言坐到了电脑前。

她真的是个紧跟时代、充满八卦娱乐精神的人，电脑里播的居然是时下重新翻红、引发网友热侃的《情深深雨濛濛》。

电脑开着外放，方兰和冉晓云也乐得听个热闹。

电脑里正播着经典一幕：何书桓在阳台上"情不自禁"地和如萍抱在一起，被依萍撞个正着。此刻，何书桓正无辜又头头是道地讲着话，让依萍不要太小心眼。

"渣男！"罗玉洁率先骂出口。

"渣男语录，说这些话的人都是渣男！"冉晓云也跟着骂。

阮清言盯着电脑屏幕，耳朵里自动回响起那天林朔的话："人和人的关系有很多种，喜欢也有很多种……"她不禁小声嘟囔："跟渣男语录好像。"

她的话被耳尖的方兰听到，方兰琢磨着问："跟渣男语录很像？清言，谁跟你说过类似的话了？"

正好校园网卡了，视频缓冲中，大家的注意力都转移到了阮清言身上。

阮清言还没发言，罗玉洁脱口而出道："林朔吧，他经常送清言回宿舍，大概率是他说的。"

大家的脸上浮上暧昧的神色，林朔是经常送阮清言回宿舍，但也只是顺路，被八卦群众罗玉洁一渲染，全宿舍的人都默认阮清言和林朔正在"接触"了。

阮清言坐直身子，表情认真地比画着说道："没错，是他说的，但跟我没有关系。我只是单纯觉得他说的一些话，有点儿那个……而已。"

在大家的强烈要求下，阮清言把林朔的话原原本本陈述了一遍。大家正品着，方兰追问林朔是在什么背景下说出这样的话的。

阮清言垂下眸子道："嗯……他当时站在大街上，背景是一面墙。"

"拜托，认真一点儿啊，我们在帮你分析耶！"罗玉洁无语。

阮清言莞尔，转而是一副冷酷的表情："都说了不关我的事嘛，他和别人怎么样、保持哪种关系，又是哪种喜欢，也不关我的事。"

信息量爆棚的一句话让大家瞬间安静下来，听到自己说出的话，阮清言也有些愣怔。室友们不禁猜测阮清言这些天的反常和这句话有关。

眼看时间差不多了，阮清言借机离开了宿舍，准备去食堂吃完晚饭就去看房。

林朔知道她要看房，很巧地有空，也想去那边转转。他说想看看有无心仪的房子，以后他也租。

房子所在的位置直线距离离学校很近，但因为路比较绕，比较偏，所以走路还是需要十五分钟。这间房子阮清言在手机上看过图片，装修啊，价格啊，都很满意，要是不出意外，她应该当晚就租了。想到马上就有个美美的小窝，走在林朔身边的阮清言快乐得飘起来。

她边走边沉浸在美梦成真的喜悦中，忽然感到手机振动，是江蕾发来消息。

对方发来了一个活动邀请函，又发来一段语音："是创业培训的活动，在都海，名额有两个，看你和林朔都对创业挺感兴趣的，你们可以去参加。"

微信语音是外放的，林朔显然很感兴趣，凑近和阮清言一起看着活动邀请函。里面有详细的活动信息，培训课程很丰富，讲师都是创业大咖，历时两周，在美丽的都海度假村，最关键的是交通、食宿等一切费用全免！

“我去。”阮清言被震惊了。

“我也去。”林朔也很惊喜。

阮清言抬头道：“‘我去’，是感叹词，不是在说我要去。”

林朔“哦”了一声，失落过后安静地看着她，眼睛里有细碎的星星闪动，仿佛在等阮清言说她也去。

阮清言屏息凝神地把邀请函的各种细节再看了一遍，随后感叹道：“江蕾真是个天使。林朔，我们一起去吧！”

林朔点点头，按捺住兴奋之色。

阮清言将邀请函宝贝地点进了微信收藏。刚才她看清了，邀请函是发给公司金瞳科技的。金瞳科技作为本次活动的赞助商之一，有两个免费培训的名额，江蕾竟然把如此宝贵的机会给了自己。阮清言突然头晕目眩，猛然生出为江蕾卖命的冲动。

她刚想回复江蕾，表达自己的感激之情，对方又发来一堆压缩文件，留言道：“合同全核对完，尽快。”

天使江蕾和魔鬼江蕾真是无缝衔接啊……

阮清言飞快打字：“好的，姐姐！”

看阮清言对着手机还在出神，林朔提醒看房要迟到了，阮清言这才心花怒放地继续赶路。

很快，他们见到了房东。房东是个四十来岁、头发油腻、大腹便便的眼镜男。他握着钥匙，热情地邀请阮清言上楼看房。房子位于老小区，是步行房，橘黄的感应灯、充满岁月感的楼道、狭小的阳台、院子里茂盛的老树，让一切看起来虽然旧，倒有点儿文艺的格调。

“就是这里。”房东转动钥匙，回头满脸堆笑地说。

阮清言满怀期待地进门，哪知眼前所见大失所望。眼前的房子和图片上的天差地别，装修没有那么好，家具、家电也很破旧，沙发背后的墙面在掉渣，厕所里累积的污渍也很碍眼……

“和图片看起来不一样啊！”阮清言不满地说道。

林朔蹙眉审视着周围，声音冷峻：“图片只是为了先把人骗过来吧？”

房东不乐意了，开始唾沫横飞地讲“道理”：“你们这些学生真是没经历过社会，没一点儿生活常识，知道首城房租多贵吗？知道汉博附近的房子多难租吗？这一套房是没那么完美，但论价格、距离、性价比，哪样拿不出手？”

在房东说话的时候，阮清言的目光向窗外看去，落到院子里那棵茂盛而古老的槐树上。夜空静谧的星光依稀笼罩着树冠，像宫崎骏动画里会发光的古树。有晚风从窗外吹来，含着缕缕花草和烟火的气息，对面的居民楼灯光点点，偶然传来一阵咿咿呀呀的戏曲声，在漆黑安宁的天空中慢慢悠悠地消失……这一切太让人沉醉了。

“你说得对。”阮清言转头对房东说道，“我租了。”

林朔颇为吃惊，一副搞不懂女生的表情。

房东哈哈大笑，将预先拟定的合同展开在饭桌上，示意阮清言签字。

“我有条小狗。”阮清言握着笔，老实交代。

房东爽快地说：“没事，爱养就养呗！”

对于阮清言签约之前主动和房东沟通自己养狗这件事，林朔在心中暗暗赞赏，认为她还是个挺诚实负责的人。虽然房子有瑕疵，但软蛋算是真正有着落了。林朔的心情也悄然地跟着愉悦起来。付完房租，签完合同的瞬间，两人相视一笑。

房东满意地收起合同，将钥匙交给阮清言，并嘱咐道：“老房子没那么隔音，你们年轻人动静小点儿。”

空气凝固了几秒，显然房东误以为林朔是阮清言的男朋友，他们同居住这儿。阮清言正想解释，却被林朔抢了先。林朔笑着点头：“谢谢您提醒，我们会注意的。”

送走房东，阮清言卖力收拾着房子，一边埋头收拾，一边还是没忍住问：“林朔，你干吗那样说啊？”

林朔一脸无辜：“我哪样了？”

阮清言听了想操起扫帚行凶。

林朔却平静道:“哦……你指刚刚那个啊，那样说，百利而无一害。”

阮清言气得把扫帚捏得更紧了，挑眉反问：“哦？默认你是我的男朋友，是大吉大利的大好事啰？”

她的语气一半生气，一半玩笑。林朔嘴角忍不住地上扬，沉声道：“嗯。”

他还“嗯”？

阮清言好久没和他吵架了，正想抓住机会重温昔日的战斗激情，对方又补充道：“房东是中年男性，知道你一个女大学生独居在自己的房子里，不如不知道的好。所以让他误会我是你的男朋友，住在一起没什么不好。”

他说得如此一本正经。

阮清言冒出一声气音，喉头里的话也跟着烟消云散。

他说得对。

打扫完，林朔整个人放松地靠在沙发上，被汗浸湿的黑发在灯光下亮晶晶的。

“这间房，格局很像以前我们帮球队的王老师打扫的房间。”他抬起手指，“你看，也是狭窄的阳台，阳台到里面有扇门，也是老旧的居民楼。”

被关阳台的经历实在太刻骨铭心，阮清言很快反应过来，确实挺像的。

这天晚上，打扫完房间后，她烧开了在新家的第一壶水，倒给了家里的第一位客人。天气热，他们就耐心地等着水变凉。时间能守凉一杯热水，让它温润入喉，也能让两个陌生敌对的人，拥有共同的回忆。阮清言忽地发现，她和林朔有共同的回忆了。

一眨眼，周六又到了。

在这个不用忙着上课、不用忙着开会的悠闲日子里，汉博校园里成双成对的情侣一夜之间多了起来。湖边坐着聊天的，路上手牵手遛弯的，超市里一起购物的，食堂里一起吃饭的，目光所及之处很难找到一个落单的人。大概落单的人，都在宿舍宅着吧。

阮清言早上九点便精神抖擞地出门，和顾凡超约好了去他家做饭。她虽然嘴上说着才不要做他的保姆，但青梅竹马的情谊尚在。顾妈妈要是知道宝贝儿子瘸腿在家无人搭理，恐怕要心疼得晕过去。

刚进顾凡超的小区，阮清言便接到了干妈的电话。照样一番问候关切之后，顾妈妈说她终于忙完，准备和顾爸爸一起来首城看望儿子。阮清言热情地回应着，仔细地记下了他们来首城的日期和航班，想好好和许久不见的干爸干妈聚聚。可惜她发现日子不巧，那时候她应该是和林朔一起去都海参加培训了。

她一进顾凡超家的门，就把这个消息告诉了顾凡超。面对父母的到来，他倒是显得很平静，平静的眸子里隐隐泛出些许焦虑之色。阮清言一眼看透他，宽慰他说："唉，别想那么多嘛，父母担心是很正常的，别自责啦，受伤又不是你的错！"

顾凡超闻言点点头，但依然是一副没放下的样子。

从小到大，他都知道父母为自己付出了很多，所以总想变优秀，总是很拼命，一看到父母担心或者失望的神色，就受不了。在这一点上，他和阮清言颇有难兄难妹的意思，他们天然地能看见彼此成长路上那些硌人的石子，能在被难关难住的时候，恰到好处地牵起手，合力迈过那个坎儿。

这次也不例外。

球队给顾凡超请了打扫卫生的阿姨，每周日来一次。今天周六，正好是家里最脏最乱的时候。阮清言叉着腰，尽量冷静地环顾家里一圈后，发出肺腑之言："顾凡超，你需要个女朋友。"

顾凡超从手机里的足球转播比赛中抬起头，不以为然地道："不，我不需要。"

阮清言用两根手指夹起一只他的臭袜子，屏住呼吸说："你……你需要。"

顾凡超冷笑一声，撇了撇嘴："女朋友是用来爱的，不是当保姆使唤的。"

臭袜子一下从阮清言的两根手指中掉下来，她转而对顾凡超竖起了一个有味道的大拇指，夸赞他说得对。

眼看十点半到了，正是超市采购的黄金时间，阮清言喂完软蛋的早餐，便雄心勃勃地急着出门。哪知顾凡超不甘寂寞地留守在家，要和她一起去。

“医生说了，我出院后应该适当锻炼。”顾凡超搬出理由。

阮清言顺着他说：“对对对，而且超市的走动模式，不快不慢，还有购物车做辅助，特别适合康复训练！”

顾凡超嘿嘿一笑，暗淡多日的浓眉大眼，完全绽放出昔日的神采。

很快，他们就来到了最近的一家大型生活超市。顾凡超推着巨大的购物车，穿梭在各个商品区间。阮清言采购着食材和一切做饭需要的东西，要知道顾凡超家里连瓶酱油都没有。

“你想吃什么菜啊？”阮清言拿起两瓶酱油在挑，一瓶是烹饪酱油，一瓶是佐餐酱油，适合做不同的菜。

顾凡超皱了皱眉：“我都要吃，都买。”

阮清言嘲笑了他一声，转手将一瓶通用型酱油放进了购物车。

在逛超市的半小时中，顾凡超总共说了十二句“我都要”、十八句“多买点儿”、二十三句“拿最好的”……

结束之后，四大包购物袋沉甸甸地立在他们脚边。阮清言吐口气，拍拍手道：“好了，这下我们回不去了。”

顾凡超腿没好，不能提重物，自然是要叫车的。

阮清言放眼四周，看不见一辆空出租车，她的目光落到了几步外的共享汽车那儿。她赶紧摸出钱包，发现身份证、驾驶证都在，于是朝顾凡超抛去一个暗示的眼神。

“你要开车？！”顾凡超吼了出来，“现在是上午十一点二十分，你开车，我怕下午都到不了！”

其实阮清言车技不差，只是领了驾驶证之后，便一直没开过，而且为了偷懒不开车，就一直在人前说自己车技烂，有恐路症，所以当顾凡超知道她要开共享汽车回家的时候，是惊恐和拒绝的。

“展现我真正实力的时候到了！”阮清言点开共享汽车软件一通

操作，然后再根据提示蹦到了一辆待租的共享汽车前。车门自动打开后，她敏捷地钻进去，按下按钮打开了后备厢，再屁颠颠地跑过来，先后把四包沉甸甸的购物袋放了进去，随后重新回到驾驶室，单手扶方向盘，摇下车窗，将车恰到好处地停到顾凡超身边，示意他上车。

顾凡超惊呆了。

系好安全带的瞬间，顾凡超扭头对阮清言说："一名优秀的可能影响中国足球未来走势的青年足球队员正坐在你的副驾驶座上，请阮清言同志……"

话没说完，阮清言一踩油门，车便驶上了路。

阮清言是疯狂的，顾凡超知道，只是她平日没有表现出来而已。阮清言又是理智的，在做出某项疯狂的行为之前，她就已经分析出了最坏的后果：从这里出发到顾凡超的小区，全程限速50迈，大家的车都开得很慢，万一遇到情况，她会第一时间减速刹车，大不了就是个轻微碰撞或者摩擦事故。

最坏的后果她能承担，便没什么大不了。

车内放着好听的歌，阮清言轻松地驾着汽车，有些生疏，却又有条不紊地行驶在车流里。顾凡超悬着的心渐渐放下，放空地看着前方的街景。

前方十字路口，红灯亮起，人流涌动。

阮清言将车跟着车流停了下来，埋头看手机，检查江蕾有没有布置新的工作任务。

就在人群走过斑马线的某个瞬间，顾凡超突然说："那是不是林朔和白雨檬啊？"

阮清言闻声抬头，努力寻找却没找到林朔和白雨檬的身影。她放下手机，淡淡地道："你看错了吧？"

顾凡超探头左看右看，迟疑道："可能是吧……"

回到顾凡超家后，阮清言打开做菜软件，在厨房手舞足蹈地一顿操作，桌子上便摆满了满满的一桌菜。顾凡超惊诧地盯着满桌的菜，嘟囔道："吃得完吗？"

沉默了半晌，阮清言打开微信，给林朔发去视频通话。

对方很快接了起来，不过令她意外的是，手机里出现的是白雨檬那张精致好看的脸。

“清言。”白雨檬愉快地打招呼道。

阮清言愣怔半秒，举起手机把满桌的菜展示给她看：“快看啊，这么多菜，你们来不来吃啊？”

白雨檬看着满桌的菜，又遗憾地摇头：“哎呀，没口福了，我和林朔正准备玩密室呢，马上我们就要进场了。”

阮清言眯起眼睛笑：“哈哈，那下次吧！”

说完，她飞快地挂了视频。

密室候场区，林朔刚从洗手间出来，看到白雨檬拿着他的手机有些疑惑。白雨檬摇摇手机解释道：“清言发来视频通话，她和凡超做了一大桌菜，问我们要不要去吃呢！”

林朔的脸色暗沉了一下，又恢复如常：“嗯，你怎么说？”

白雨檬慵懒地伸着懒腰：“我说下次啊，我们玩密室来不及嘛！”

林朔从白雨檬手中拿回手机，没再说什么。

其实在过马路的时候，林朔看到阮清言了。

他惊讶于阮清言居然会开车，看到阮清言的瞬间，下意识地拉起白雨檬钻进更深的人流中，明明没做亏心事，却害怕让她看到自己和白雨檬在一起。白雨檬邀请他很多次了，他总要答应一次吧！

晚上，泛白的月亮出现在夜空的蓝幕中，不甘寂寞的蝉和蛐蛐还在唱着白天的那些歌。阮清言立在偶有微风的阳台上，神情平静，脑子空空地凝望着远方，她白色的睡裙偶尔被风撩起，才让黑暗里凝视人间的鸟知道她不是一尊纤薄、好看、一碰就碎的雕塑。

她放在花盆旁的手机，忽然响起两声振动。

林朔。

“原来你还会开车。”林朔说。

阮清言语塞。

今晚的林朔似乎有些神经质，说：“既然你会开车，为什么过年的时候，让我一个人开了两千多千米？”

阮清言没有理会他的问题，回道：“你怎么知道我会开车，你看见我了？”

林朔沉默了，仿佛和眼前的黑夜融为一体。

阮清言也回到床上，将耳机的音量调到很大声。她知道的，白天顾凡超没有看错。她笑自己自作聪明，笑自己在玩真心话大冒险的时候自以为聪明地帮林朔化解“尴尬”。可能他和白雨檬的聊天内容不太适合晒出来给大家看吧，可这不正是游戏的“爆点”吗？

她感觉到自己在生气，却分不清在生什么气，是在生自己的气吗？好像也不是。她在薄薄的被子里露出一双眼睛，紧盯着黑漆漆的天花板，就这么一眨不眨地盯着。眼睛感到酸涩了，她才眨了一下，生气的情绪不知道怎么的，慢慢地变成难过。

她察觉到自己在难过。

她不想陷在这样的情绪里，太神经了吧，想马上睡觉。可是她把眼睛闭上之后，脑子里又钻出白雨檬接起视频的画面，她的心就在这个瞬间抽痛了一下。她又赶紧转移注意力，想想远在千里之外的父母，想想可爱的软蛋。可她忽然感到辛苦，明明舒服地躺在床上，怎么就这么难受呢？

这样反反复复，她熬到凌晨三点半，把某首歌听了无数遍之后，在万籁俱寂的夏夜里叹了口气，似有似无，却又那么沉。她很焦灼，为自己感到担忧，不禁问自己是不是喜欢上林朔了？

汉博的戏剧社在周三晚上有演出，罗玉洁是戏剧社的，送了票给室友们。本来方兰和冉晓云会去给罗玉洁捧场的，临时都有事就没去。阮清言独自一人拿着票，很早便来到了学校的演出场馆。她散着黑发，戴着帽檐低低的棒球帽，穿着黑T恤、浅色直筒牛仔裤，手里握着加冰的布丁奶茶，安静又百无聊赖地坐在观众席的一角，神情淡漠地看着忙碌的人群。

戏剧社的人还在为演出做着最后的准备，观众席里，只有零散的两三个人。阮清言含着吸管，不知道在想什么，出神的她自然也没看到不远处正有男生在打量自己。

直到男生犹犹豫豫地走到她面前，她才茫然地抬起头。

“嘿，来这么早？”男生局促地搭讪。

阮清言迟缓地露出个礼貌又疏离的笑容。

被回应的男生瞬间安了心，继而说道：“我也是金融系的，只是没和你一个班。”

见对方又愣又紧张地看着自己，阮清言试图想让对方放松：“噢，你好。”

男生尴尬地挠挠头，小心地指向阮清言身旁的空位。阮清言却恢复到先前淡漠的神情，眯了眯迷茫又无辜的眼睛，拒绝了。

男生愣怔半秒，识趣地打道回府。阮清言拨弄了一下吸管，侧眸瞄向男生高挑的背影，心想：还不错嘛……

只是她今天懒得和人说话。

很快，观众陆续进场，节目开始了。

灯光一打，舞台变得绚烂起来，最中央出现一个身形夺目的人。她眉目含情，只是短暂地望了望观众席，所有的人便被她夺去注意力。她讲台词的声音被音响扩大，像温暖的河水流进每个人的耳朵里。光是听她温柔无瑕、张弛有度的声音，观众就已经被折服了。

阮清言看着舞台上夺目的白雨檬，也不由得露出欣赏和沉醉的神情。阮清言望着她，细致入微地观察着她，从上到下、从局部到全身，以观众看向演员的名义。

她真美啊……阮清言听到自己内心发出的声音，嘴角缓缓泛起一丝略带酸涩的笑。

阮清言回想起见到白雨檬的第一刻，白雨檬也是被光环环绕着的。男生为了给白雨檬抢座，把自己当成傻瓜来哄，伎俩越是拙劣，越是显得阮清言的渺小和无关紧要。那时的男生眼里只有白雨檬一个人，就像此刻舞台上，所有人眼里只有白雨檬一个人一样。此时身在观众席的阮清言，忽然便明白了当时男生着魔的心境。

表演进行到后半段，罗玉洁才出场，她饰演一个配角，并在后半程中规中矩地完成了自己的表演任务。演员们谢幕的时候，白雨檬笑着一弯腰，便收获了全场排山倒海的掌声。

在震耳欲聋的掌声里，阮清言觉得如果白雨檬和林朔在一起，那是再应当不过的事。白雨檬都主动喜欢他了，他还有什么可拒绝的？

像雨滴坠向土地，像气球飘上天空，像河水汇入海洋，通通无法拒绝。

演出结束后，阮清言来到后台等罗玉洁。罗玉洁显得懒懒的，很没有精神，大概这些天连续排练已经耗光她的精神，连浓厚的舞台妆，也难掩她苍白的倦色。阮清言有些心疼，拿来卸妆水和卸妆棉，将她挪到自己身前，帮她卸妆。

“我的掌声好少。”罗玉洁瘫靠着椅子，怏怏地说。

阮清言安慰道：“没事啦，你在后面出现，在后面谢幕，观众拍累了嘛！”

听阮清言这么说，罗玉洁傻笑一下，挪开阮清言帮自己卸妆的手，含情脉脉地看着她：“清言，你真好，真羡慕你未来的男朋友呀！”

阮清言皱了一下眉，只是语塞。

罗玉洁忽而想起什么，暧昧地放低声音道：“对了，演出开始前，那个和你说话的男生是怎么回事？”

阮清言神情冷冷地道：“路过的。”

罗玉洁狡黠地笑：“路过问……可不可以坐你旁边的？”

阮清言敷衍地笑笑，下一秒就挨了罗玉洁一拐子。罗玉洁遗憾地说：“干吗不让人家坐呀？据我所知，他也是金融系的，人家样貌、身材、衣品哪样不好？”

阮清言佩服罗玉洁的八卦小雷达，怀疑她是不是在身上安了隐形的八倍镜，舞台离那么远都看清楚了。

“干吗连大帅哥也拒绝啊？是不是心有所属了？”罗玉洁眯着眼睛凑近问，她强大的八卦气场压得阮清言喘不过气。阮清言见她恢复元气了，收敛起温柔的模样，让她赶紧收拾收拾回宿舍。

下午一点半，烈日静默地炙烤着大地，晒得发亮的树叶一片片地反着光。叶片上最亮的光点仿佛沸点，在热风的吹拂下，摇摇欲坠，下一秒似乎就要落到地面烧出个洞来。无数亮晶晶、绿油油的树叶熙熙攘攘地簇拥着这个盛夏。

阮清言又站在阳台上，眯着眼看着眼前的光景。她放松垂下的手，一点儿一点儿地握紧，像是要握住眼前无声溜走的夏天。

还是方兰提醒她，她才回过神。

“搬家车还有十分钟到。”

阮清言认真地点头，走到床边，郑重地扫视着眼前一件件打包好的行李，最后视线落在自己那张被搬空的床上。她仿佛看到了大一报到的第一晚，焦虑不安地辗转难眠，担忧着未来、害怕着明天的自己。

本该早就搬了，竟然被她磨蹭到现在，心底的不舍远比想象中多吧！

她站在青春般盛放的日光里，收回视线，会心一笑。盼望的蜕变在这一刻终于来了。

“嘀嘀——”搬家车发出信号。

342 宿舍的人一个激灵，纷纷搬着行李，赶紧往下赶。

将行李放置妥当后，罗玉洁、冉晓云、方兰也一起上车跟着阮清言来到了她的新家，还要帮她把行李搬上楼。

车开到学校大门口的时候，逐渐减速慢行，因高温而膨胀的空气，仿佛一个放大镜，向一个瘦削又挺拔的身影缓缓靠近。

他的脸在岗亭红白的遮阳伞下，让人看不真切，垂下的手臂肤色苍白，在烈日下暴晒着。

阮清言随着身影侧头凝望过去，目光泛起波澜。

“林朔。”罗玉洁说。

阮清言若无其事地回正头，下一秒却听到司机大哥豪爽又感激的声音：“谢谢你啊，小兄弟！”

林朔从伞下走出来，轻轻挥了挥手。

司机大哥转头对女生们说：“你们学校的男生咋又帅又热心呢？我刚才进不来，是他给门卫说的。”

冉晓云摇下车窗，眉飞色舞地朝林朔喊：“小哥哥来帮我们清言搬家不？”

罗玉洁戏精上身，一下歪倒在车窗前：“哎呀，我们是手无缚鸡之力的弱女子……”

方兰在后座推了一下眼镜，捂脸道：“真的是够了。”

林朔走到车门前，客气地笑道：“我倒是愿意帮忙。”

话没说完，车门即刻被拉开，罗玉洁做出迎宾的姿势：“那您就上车吧！”

林朔上车后，阮清言全程无话，室友们的话已经叽叽喳喳无间隙地填满每一寸空气，仿佛她们在默契地玩一个叫作“别让场子冷下来”的游戏。

阮清言偷偷揉了一下太阳穴，心想，怎么还不到？

虽然大家对阮清言的新家做了心理准备，但当陈旧的防盗门被推开的刹那，罗玉洁还是冒出了一句：“哎呀，妈呀，我去！”

大家一起搬完行李后，都瘫坐在沙发上休息。阮清言赶忙打开空调。

她从一个收纳箱里拿出来一瓶泡好的柠檬片，左摸摸右摸摸，又拿出来一串一次性纸杯，然后又从另一个收纳箱里提出来一个保温瓶，里面是令人垂涎欲滴的冰水，她挨个往纸杯倒好冰柠檬水后，眼神示意大家自取。

她的一举一动，都被林朔不经意地看在眼里。

方兰端起冰水，吐槽道：“我算是知道行李为什么如此之重了。”

罗玉洁灌了一口水，学着电视里的雪碧广告，发出“啊”的一声气音后，赞道：“透心凉，心飞扬，雪碧，痛快一夏！”

阮清言终于忍不住了：“喂，你们今天很奇怪啊。”

罗玉洁马上和冉晓云抱成一团，委屈巴巴地道：“你才奇怪呢！林朔在这儿，你怎么变哑巴了？平时你可不这样！”

阮清言旋即战术转身，去厨房清洗水瓶。她好怕罗玉洁身上安装的隐形八倍镜，能把她脸颊最细微的那抹红看得一清二楚。她的心跳得厉害，摸着水龙头，耳朵莫名红起来。察觉到自己细微变化的她，伸出脚尖将厨房的门掩上了。此刻的她既怕出去，又怕人进来。她把自己困住了，困在不声不响、不明不白、不断发酵的情绪里。

“怎么回事啊，阮清言？”她撑着洗水池，质问自己。

垂下的头说着她的无奈，手背鼓起的青筋说着她的抵抗。她一直保持着这个姿势，直到以为耳朵不红了，才打开凉水冲了下脸准备出去。她的指尖刚碰到门把手，就听到外面在说：

“对了，林朔，你刚才站在校门口等谁啊？”

“没有等谁。”

“你也是热心，平时看见外来车进校，也会帮忙吗？”

“也不是，大哥的车一看就是搬家车。”

“噢，你知道清言今天搬家？”

“不知道。”

“那还真是巧了，今天遇上你，我们省了好多劲儿！”

林朔安静地看着大家，又看看四周的环境，仿佛在思考什么，见阮清言从厨房出来，便收回四处打量的视线，将目光落在身前的纸杯上。

罗玉洁也跟着仔细打量了一番屋子，说道：“清言，你要不要改造一下房子啊？难不成就这么住下去啊？”

阮清言故作冷静地坐进沙发，打量四周，表示赞同改造房子的点子。

“正好我最近在看室内设计的书，要是需要，我可以帮忙。”林朔说。

大家看向阮清言，以为她会积极地响应，哪知她淡淡地说：“不用了。”

罗玉洁炸了：“什么不用了？昨天晚上你还在跟我念叨想有个温馨舒适的家呢，现在有人帮忙干吗不用了？”

阮清言还是淡淡的语气：“怕给人添麻烦。”

林朔牵了牵嘴角，冷笑道：“不用这么客气，咱们之前相互添的麻烦还不够多吗？”

阮清言回以冷笑，没有说好还是不好。

第八章

他们不同，却彼此爱慕

他趁着夜色笨拙地偷看她。

搬完家的第二天，阮清言便把暂时寄养在顾凡超家的软蛋接了过来。小家伙似乎不太喜欢新家，毕竟从顾凡超那儿的奢，入阮清言这儿的俭跨度太大。看着小家伙一脸疑惑，迷茫地到处嗅鼻子的模样，阮清言暗下决心，一定要把家改造得又美又温馨，让软蛋和自己都有归属感。

这天傍晚时分，阮清言上完课刚回家，便收到江蕾的微信："我想吃糖醋排骨。"

阮清言点开外卖，又收到微信："不要外卖。"

阮清言打开美食软件，查看着公司附近的餐厅，又收到微信："不去餐厅。"

这可难倒阮清言了，难不成在她助理的工作里面还有私厨这一项？心里犯着嘀咕，她还是乖乖地打开做菜软件，查看糖醋排骨的做法。

"那我试着做吧，姐姐。"阮清言回。

"吃了吗你？"江蕾又说，"多做点儿，一起吃。"

阮清言算是明白了，江蕾根本就是打算让自己做菜送到公司去的。别说，给江蕾当助理的这段时间以来，不管是生活上，还是工作上，阮清言都学到了一些隐性的技巧。

做完糖醋排骨，喂完狗，阮清言提着热腾腾的饭菜往公司赶去，一进公司发现灯全关了，只有老板办公室的灯亮着。江蕾真拼啊，精力可真好，阮清言暗自佩服。

一看阮清言来了，江蕾"啪"的一声合上笔记本电脑，离开办公桌，慵懒地坐到会客区的真皮沙发上。阮清言熟练地把饭菜摆上桌，再递去碗筷，两人就这么坐在一起吃起来。

"味道挺好的。"江蕾挑了一下眉梢，夸道。

阮清言点点头，心里美滋滋的。

江蕾停下筷子，微昂着头，抿了抿精致的嘴唇说："知道……为什么那天在电梯里见到你，就想让你做我的助理吗？"

"乐于助人，助理最需要的品质？"

"不是。"

"啊……那是？"

"感觉你能把一些从未做过的事情做好，你看，这次让你做糖醋排骨不也不错吗？”

江蕾是发自内心地在夸，之前从没让阮清言送过饭，她做起来却是那么熟练又让人舒心，碗筷什么的都准备得妥妥当当。

江蕾越说笑意越浓：“管这叫天赋也好，能力也好，总之很难得。而恰好你有。”

阮清言口中酸酸甜甜的糖醋汁，仿佛流进心窝里，美得她不知说什么好。她喜欢江蕾夸她，对方的赞美会给她一种无形又神奇的力量，让她充满干劲儿，内心恬静地憧憬未来。她开始幻想自己未来也像江蕾一样独当一面，能力出众，有自己的公司，生活有滋有味，事业风生水起。

吃完饭，两人倚在沙发上休息，有一搭没一搭地聊着工作。见阮清言不时看手机，江蕾拿起老板的架势道：“清言，能不能不看手机？”

阮清言赶紧放下手机，有些后知后觉地道：“不好意思，姐姐……”

她好像没意识到自己在看手机，被这么一说，突然有些发愣。

江蕾察觉到她的异常，一双精明的眼睛眨了眨，语气轻松：“谈恋爱了？”

“不是不是。”阮清言连忙否认。

“那就是有喜欢的人了？”江蕾懒洋洋地顺了顺头发。

面对这个问题，阮清言没有像上一个问题那样回答得干脆利落，而是迟疑了两秒，这两秒怎么可能逃过江蕾的眼睛。

“没有啊！”阮清言答。

然而江蕾已经不相信了。她纤细好看的手指敲着手机，眼帘低垂，像是在对阮清言说，也像是在自言自语：“喜不喜欢就真的那么清楚吗？”

阮清言无言，望着落地窗外城市的夜景，脸色沉静而落寞，像蒙上了一层雾。

末了，江蕾起身伸了个懒腰，表明这场对话该结束了。阮清言把碗筷收拾好，正准备离开，江蕾忽然喊住了她：“记得去培训……和林朔一起。”

“好。”

阮清言还以为她是交代工作的事。

为了参加培训，阮清言向辅导员请假，花了她好一番口舌，辅导员才答应了，汉博金融系假难请名不虚传。怕阮清言会落下课程，方兰表示会按时把笔记和课程资料发给她。出发那天，阮清言一个人来到机场，像是在等谁，又像是谁也没等。她没和林朔联系过，就像林朔没有联系她那样。

但是她还是没忍住抬眼去望过往的人流，林朔从人群里走来了。他拿着两本书，一本是宠物大全，一本是室内设计。和阮清言打了照面后，他就坐在旁边自顾自地翻起来。明明是很熟的人，却没有话讲，阮清言瞄了一眼书页上的图，说："真可爱。"

林朔翻书的手停住了，眼神冷淡："嗯，也很可怜。"图上的品种狗乖巧可爱，却是人类干预繁殖的结果，为了保证血统纯正，人类让它们近亲繁殖，以至于落下了先天缺陷和遗传疾病，饱受痛苦。

阮清言轻叹了一口气，试图不再触及这个话题。她指了指那本室内设计，问："可以吗？"

林朔把书给了她。

书厚厚一本，阮清言翻开发现，里面有新写下的笔记，心跳便不争气地加快，只是脸色比平时还冷。林朔望过来，不经意地说："新爱好。"

看样子，他一直记得帮自己改造房子的事。

阮清言胸口闷闷的，像一棵幼苗在顶大石头，她听见幼苗发芽了："那个，我家改造的事……"

林朔微微愣怔，摸出一张草稿图。图很抽象，阮清言看不懂。林朔指着图道："这是我的初步设想，现在主要是软装。"

阮清言不好意思地把眼光从图上移开，点头："嗯。"

机场广播提示他们登机了，林朔率先起身，背着包走在前面。阮清言看着他的背影，猛地出神，那个背影干净利落，走在前面，却给她一种他在等她的感觉。

果然，他回头了。

他疑惑地看着停在原地的阮清言。

"你在干吗啊阮清言？"她暗骂自己，加快步伐追了上去。

当飞机冲破云层，航行在平流层的时候，阮清言在闭目养神，怕自己一睁眼，又会看出自己的窘态来。而一旁的林朔低头看着创业培训营的日程表，阳光透过舷窗映在他白皙俊逸的侧脸上。这张侧脸慢慢转头，朝向了阮清言的方向。

他在看她，趁她闭眼的时候。

舷窗关上，飞机里可以假装黑夜，闭上眼睛，难道就真的看不见了吗？他的呼吸游走在她的睫毛梢上，让眼皮颤动，而为了掩饰这一切，她更加一动不动。

行程过半，阮清言才睁开眼睛，偷偷将准备好的信封放到林朔的小桌板上，信封里是她欠他的钱。她也不明白为什么要用现金装信封的方式还钱给他，透着一股莫名的郑重和傻劲。

不知从哪个时间点起，她便开始做出这些奇怪的举动了。

林朔疑惑地打开信封：“这是？”

阮清言脸一红，佯装要抢回信封：“我就知道你忘了，都过了这么久了……”

林朔一扬手把信封举高：“欠我钱这种事，怎么可能忘。特别是你。”

阮清言微微翘起嘴角，没再说话。飞机航行在空中，有固定的航线和目的地，而她坐在飞机里，却感觉自己在混乱中飘浮，不知道心情的目的地。

首城暴雨倾盆，雨幕像一层层厚厚的网，誓要把整座城市蒙住。

顾凡超的父母颇为狼狈地从机场抢了辆出租车，按着儿子给的地址，堵了一路之后，终于抵达了儿子的住所。

顾凡超来到门口迎接，反倒惹得顾母心疼，挨了一顿骂。

“你腿没好利索，不能走。”顾母把营养品放好，紧张地盯着儿子的腿说。

顾父拿着毛巾有些恼火地擦着被打湿的衬衣，环视一圈后，不怒自威道：“清言呢？”

顾凡超迟疑了一会儿道：“她有事，去外地了。”

顾母将沙发上散乱的衣服折叠好，蹙眉不解地问：“她不是在上学吗？去外地做什么？”

“别人有别人的事，管这么宽干吗？”顾凡超不以为意地躺在沙发上，假装爱学习地拿起一本书看。

顾母不爱听，沉着嗓音说：“清言哪里是别人，你们一起长大的，我也是她干妈，关心一下不是合情合理吗？”

顾父坐定，喝着儿子事先给他泡好的大红袍，点头表示认同。

顾凡超的脸被书挡着，让人看不清表情。沉默一番后，顾母似乎觉得哪里不对劲，拿走儿子的书，正色问道：“说，你和清言是不是闹矛盾了？”

没了书本遮脸，顾凡超的脸色像个孩子一样完完全全地暗下来。他将一个苹果塞到母亲手里，轻声说：“没有。”

知子莫如母，顾母认为他们一定闹别扭了，但也晓得儿子的脾气，便不再追问，自然地将话题转移到腿伤和学习上。队里给顾凡超请了最好的康复医生，每天都做着昂贵的康复训练，他的腿好得比预计的快，不出意外，顾凡超很快就会重返球场。

顾母和儿子继续聊着家常，顾父安静地坐在一边，脸色越来越不明朗。他很久没见阮清言了，还怪想那丫头的，这次好不容易来一趟，还以为能见到呢！

顾父郁闷完，开口对儿子说：“清言那丫头在干吗呢？你给她打个视频电话。”

这个提议得到顾母的连连附和。

顾凡超被赶鸭子上架，显得很是无奈：“别人有别人的生活，万一她在上厕所呢？万一在睡觉呢？突然给她打视频电话多不好！”

听完顾凡超的话，顾父顾母都有些愣怔。什么时候儿子和阮清言这么见外了？这简直让人不敢相信。

顾母沉思片刻，认为自己听出了弦外之音，轻声试探：“清言那丫头……交男朋友了？”

这句话像按开关的手，一下把顾凡超脸上最后一点儿光亮都按没了，他吐了口气说：“妈啊，你能不能别乱想啊？你们是来看望我的，怎么左一句阮清言右一句阮清言的，到底谁才是你们亲生的啊……”

“哈哈哈，好啦好啦，不说啦，你当然才是我们的宝贝儿子啊！”顾母欢喜地抱住儿子，连忙讨好地说。

顾父的脸色也缓和很多，露出淡淡的微笑。

为了给父母接风，顾凡超在一家高级中餐馆订好了包房。席间，顾父喝多了酒，一些闷在肚子里的话一下就漏了出来。

他晃着酒杯嘟哝：“儿子啊，清言是个好姑娘，你可不能欺负她！现在你们也大了……”

剩下的话因为舌头打结，被浸在酒里。

顾凡超拿过父亲的酒杯，不让他再喝：“放心吧爸，要欺负也是她欺负我。”

顾父一顿一顿地点头，眼里缓缓漾开欣慰的神色。顾母撑着脸心满意足地看着一老一少两个男人，眼里有无限的柔情溢出来。

回到家后，顾母从行李箱里拿出一袋桃子，让顾凡超转交给阮清言。桃子是阮清言家后院种的，是温芳的劳动成果。

顾凡超刚把桃子接过，门铃便大响。

“是不是清言来了？”顾母惊喜地去开门。

门一开，一张甜美精致的脸探了进来。对方见到顾母，露出意外的神色。

顾母回头问儿子：“凡超啊，你朋友来了？”

顾凡超尴尬地走到门前，迎白雨檬进门。

都海，白天的阳光灿烂过后，夜晚也是星光璀璨的好天气，让人不由得感叹这里不愧是海边度假胜地。

夜空下，柔软的沙滩上，一个一个亮着灯的帐篷里人影晃动。

谁能想到主办方出其不意，完全不按日程表的内容来呢？报到当日，所有学员就被“保管”了手机，要求大家面对面交流，增进了解。

大帐篷里，六七个人，有男有女盘腿坐成一圈正在进行自我介绍。这是报到时，抽签分成的小组，谢天谢地，林朔和阮清言被分在了一组。

阮清言有些瞌睡，耳朵听着一位中年大叔唾沫横飞地介绍自己的创业史，心已经飞到首城。干爸干妈应该已经到了吧？她不能打电话去问候一下，真是感到心有不安。

直到所有人的目光看向她，她才猛然回神。

阮清言：“嗯，该我了？”

大家宽容地笑，示意就是该她了。

阮清言随即大声说道：“大家好，我叫阮清言，现在在汉博大学念书，金融系，这次来参加创业创新培训，是我上司给的机会，她真是个大好人……”大言不惭地说到这儿，突然卡壳了，阮清言下意识地摸着手腕上的小骨头手绳，在想还要怎么编。

林朔看她忐忑地摸着小骨头的模样，不免幸灾乐祸，可还要装作一本正经的样子。

阮清言继续说：“和刚刚那位大哥一样，不知从何时起，我心里也埋下了一颗创业的种子。创业到底是什么呢？到底要怎么创业呢？我还没太想明白，但我明白的是，我想要独立自主，创造美好富裕的生活，而创业是一个很好的途径，能让我到达理想生活的彼岸……”

各式各样的脑瓜连连点着。林朔的脑瓜显得不合群，他有些失神地凝视着讲话人，整个人定住了。阮清言见林朔那样看她，逃难似的草草结束发言。直到林朔把目光移走的瞬间，她才如释重负。

轮到林朔，还没开口讲话，一位美女就托着下巴，全神贯注地面向他，一副陶醉倾慕的神色。林朔浑然不觉，阮清言倒是看得明明白白。

林朔盘了一下腿，坐直身体说：“我叫林朔，汉博大学学生……”

突然，一个人惊诧地打断他的话道：“哇，你们是校友耶，都是汉博的，优秀啊优秀，后生可畏！”

林朔和阮清言冷静地看了对方一眼，点头回应。

林朔继续说：“从小我妈就带着我创业，她付出了很多，也取得了成功，我也因此过上了很长一段时间奢侈无忧的生活。后来我妈生意出了差错，具体原因我不知晓，反正就是负债累累，生活一下变得艰难起来。现在虽然好些了，但我不服气，我相信我有能力创业成功，把失去的一切都挣回来。富足自由的理想生活谁不想要呢？要是能带来额外的社会价值当然更好。”

说到“理想生活”，林朔和阮清言目光撞到一起，显然这是他们的共鸣。

林朔说完，听得热泪盈眶的美女带头鼓掌，鼓得他的脸微微泛红。阮清言看在眼里，无声地冷笑一声。

白雨檬从厨房出来，把洗好的车厘子放在茶几上，乖巧地坐好。

顾父顾母看似不经意，其实每个眼神都在审视打量着眼前的女孩。

“谢谢，真是不好意思，还让你洗。”顾母客气地说。

白雨檬一来就热情地洗水果招待顾凡超的父母，这一切就这样再自然不过地发生了，令顾父顾母都有些错愕。

“吃吧！”顾凡超靠着沙发，仰头扔进一颗车厘子。

“吃吃吃。”顾母张罗道，好像要“吃”走桌前的尴尬。

简单聊了几句后，白雨檬把张阳送给顾凡超的球鞋给了他，解释道：“我哥买的限量版，上面还有签名呢，因为穿着不合适，打算送给你，官网上你的码数没错吧？”

顾凡超难以置信地接过鞋：“他给我的？”

白雨檬：“嗯，顺便祝你早日康复，重返球场。”

大家都说张阳不仅球品好，人品也好，果然名不虚传。好歹是自己球队的队员犯规踢伤了顾凡超，张阳作为球队队长，这点儿表示也不为过。球鞋除了穿，更有收藏的价值，只是因为不合适就把签名限量版球鞋转手送人，这显然有点儿牵强。顾凡超知道张阳只是为了送得不那么刻意而已。

顾母得体地替儿子道谢，顾父则接过球鞋饶有兴致地看着。

“叔叔阿姨，时间不早了，我先走了，你们早点儿休息。”白雨檬起身准备离开。

顾母客气道：“再玩会儿吧，车厘子洗了你还没吃呢！”

白雨檬淡淡甜甜地笑了一下，看向顾凡超。

顾凡超意识到白雨檬有话要对自己讲，便起身，将她送到门口，掩上门。

“林朔失联了。关机。”白雨檬说。

林朔是向来不关机的。

顾凡超神情淡淡地道：“所以呢？”

白雨檬有些焦急：“你联系一下阮清言呢？”

顾凡超无语，突然很生气地低吼：“她和林朔有什么必然联系吗？”

顾凡超有些受够白雨檬总是把阮清言和林朔联系在一起了。他不说，不代表不知道白雨檬通过他和阮清言的关系，在找接近林朔的机会。

白雨檬被问得有些蒙，今晚的顾凡超显然比以往暴躁。

白雨檬：“就让你联系一下清言嘛，你干吗这样啊？”

顾凡超想了想，敷衍地拿出手机：“说不定他俩一起关机了，在某个酒店里。”

话刚出口，两人都沉默了。

白雨檬骂了句“神经病”，相处以来顾凡超第一次见白雨檬骂粗，觉得有些好笑，又有些心酸。顾凡超心软了，给阮清言打去电话。

那边果然传来机械冰冷的女音：“对不起，您拨打的用户已关机。”

两人同时瞪大眼睛。

就在这时，“儿子，你在外面干吗？快，清言打电话来了！”顾母趿拉着拖鞋，兴奋地跑来。

顾母按着手机免提，细声细气地道：“清言呀，你吃过了吗？”

电话里，阮清言也细声细气地回：“干妈，我吃过了，我现在在酒店里借别人的手机和你打电话呢！我在参加一个封闭式的创业培训。”

顾母不免露出担忧的神色：“封闭？不会是传销组织吧……”

阮清言哈哈大笑，连说不是，让干妈不要操心。

顾父走来点点头，叮嘱了阮清言几句，脸上绽开欣慰的笑容。对嘛，这孩子不会不问候他们的。

顾母把手机递到顾凡超嘴边：“清言呀，让凡超和你说几句！”

顾凡超一愣，竟然不想说什么。

于是白雨檬又很自然地接过话：“清言，你去培训了呀，自己一个人吗？”

阮清言听到白雨檬的声音很意外，迟疑地说：“嗯……不是。”

白雨檬顺势追问：“和谁呀？”

阮清言的声音发生了细微的变化：“林朔。”

破案了。

白雨檬适时地退下来，示意顾母继续讲。

由于是借别人的手机，阮清言不好意思多讲，又问候了几句便收了线。白雨檬走后，顾母一个人坐在客厅里，心思沉沉。她确定，顾凡超和阮清言闹别扭了，疏远了，关系不如从前了，顾凡超不和阮清言讲电话便是最好的证明。她想，大概是因为白雨檬？

可恰恰相反，顾凡超对阮清言，是因为心走得更近，话才更少了。他在乎着阮清言，才犯神经，才小气地不主动联系阮清言，不和她讲话，是在意和她说的每一句话了。

还完手机的阮清言松了口气，有些疲累地回到房间。主办方为每位学员开的是标间，她正巧和那位美女住一间。她刷卡进门，美女正趴在床上用主办方提供的平板电脑看资料，见她回来了，立马坐起来：“亲爱的，我们要不要提前准备方案啊？”

主办方将学员分组，培训到最后，每组会提交一个创业方案进行评比，获胜者最终会获得主办方的大额风险投资，奖励可谓十分诱人。说不定不经意间，某些人的命运就被改变了。

阮清言回答：“不要了吧！按照主办方的规定来，前面阶段我们就专心学东西。”

美女名叫Lily，Lily显然有些不满，嘴一下抿出冷酷决绝的弧度。她认为阮清言一个人说了不算，万一其他小组偷偷提前准备，那他们不就吃亏了吗？为了征得其他人的同意，Lily裹了件睡袍准备挨个去敲其他组员的门。

“那个和你同校的美男住几号房啊？”Lily语气冰冷地问。

阮清言不想回答，但又不想把关系搞僵，只好含糊道：“我记得是50……几来着？”

“记起来了，509！”Lily又将睡袍胡乱裹了裹，表情甜蜜地开门出去。转身关门的瞬间，她露出的深V尽入阮清言眼底。

据她所知，同组的其他组员有住3楼、4楼的，Lily看样子是直奔林朔去啊？

一股无名的火气顿时在胸间涌动，在两秒之内形成火山爆发之势，阮清言冲了出去，大喊：“亲爱的，我们一起去——”

幸好Lily还在等电梯，阮清言笑嘻嘻地走来，冠冕堂皇地道：“那我也听听大家的意见，少数服从多数！”

Lily有气无力地“嗯”了一声算是回应了。

阮清言将一件外套披在Lily身上，关切道：“亲爱的，披着点儿，你着凉了的话，我们组的损失可就大了。”

Lily不乐意地抖抖肩膀：“亲爱的，现在可是夏天！”

阮清言一脸心疼：“亲爱的，现在可是在都海，海风可猛啦！”

言语来往间，电梯到了，Lily率先钻进去，直接按下楼层5，手指上的美甲亮片晃到了阮清言200度的近视眼。她跟在Lily身后，来到了509门前，看见房间显示灯是“请勿打扰”状态。Lily却似乎没看见，连续按下门铃，急促的门铃声像一阵混乱的拳打脚踢，撞在阮清言的心口。

两人等了一会儿，门终于开了。

一个半身裹着浴巾的年轻男人，冒着热气地立在跟前，仓促甩落在锁骨上的几粒水滴，映射着房间内昏暗暧昧的光，流畅紧致的肌肉线条在腰间被毛巾挡住，戛然而止。

面对此情此景，两个女人同时语塞。

林朔挠挠湿漉漉的头发：“有事吗？”

一向见惯大场面、阅人无数的Lily不知为何在林朔这儿翻了船，她脸微微发白，手指一拐：“她、她找你有事。”

确定亮晶晶的美甲在指自己，阮清言的五官扭成了一个问号。

林朔转向她，目光幽深地俯视着她。

阮清言接过话：“现在在征求每个组员的意见，要不要提前准备创业方案。”

林朔沉吟一声，做思考状：“不了吧！我想先好好学习。”

阮清言暗松了一口气，心里生出小小的喜悦，林朔居然和自己的想法如出一辙。不过她又见他回头一望，话锋一转道：“我谨代表自己的意见，我房间的另一位组员已经睡着了。”

“哦。”阮清言不知道说啥了。

应该说再见了，林朔却一动不动地看着阮清言，阮清言也神情愣愣地立在门前。就在旁边的Lily看不下去，要开口说话的时候，林朔和阮清言同时说了声“晚安”。

流程当然要走完，接下来，阮清言和Lily挨个把意见问了个遍。结果是林朔的房间里睡着的那位意见可以忽略不计了，除了Lily，其余人都不赞成提前准备方案。

“呵呵，这些人一点儿胜负欲都没有，我看他们都是来度假的。”回到房间，Lily躺着敷面膜，不甘心地说。

阮清言今晚本来不打算敷面膜的，看了一眼Lily，也在脸上细心地盖上一层滑溜溜的精华面膜。她嘴唇微动地道：“谁说……提前准备就一定能赢了？”

Lily来劲儿了：“那你的意思，后准备胜算还更大咯？”

阮清言双手交叉，一脸平静地道：“欲速则不达，输赢自有定数。”

Lily见鬼状，起身问：“说话这么老土，你几岁啊？”

也不知道哪根筋搭错了，阮清言脑子里电光石火地闪过一个念头：“我？我和509房间的林朔同一年级呀，十八岁，刚成年不久啊！”

阮清言也不懂自己提林朔是怎么回事，看见Lily听完话后用力地把面膜按在脸上，心里暗爽。

忽然Lily拉家常似的又问：“林朔有女朋友吗？”

阮清言不假思索地道：“有。”

Lily似笑非笑道：“应该不是你吧！他看上去不会喜欢你这款哟！”

阮清言的胜负欲一下上来了：“那可不一定哟！”

Lily安静了一会儿，突然恶作剧地凑近：“我知道了，你暗恋他！姐姐我久经情场，这点儿东西还看不出来？”

阮清言故作镇定，淡淡地道：“哦，你说是就是吧！”

Lily眼睛一眯，“哼”了一声：“明天我就告诉他。”

“他”字落得很重，如一块大石板砸在头上。

阮清言强撑着场面道：“您晚安。”

第二天，阮清言整个人像套着一根细线，被人提在半空中，一点儿风吹草动，她就晃起来，而下面是万丈悬崖。Lily很享受这种感觉，故意围在林朔周围，一副随时要剪掉细线，告诉林朔那个秘密的鬼样子。

在上完培训课程，午休的时候，Lily手指一勾，让阮清言过去。

“什么事？”阮清言问。

Lily遮脸偷笑，像个小学生：“你听我的，我就不告诉林朔。”

阮清言嘴唇微张，面无表情地道：“说话这么幼稚，你几岁啊？”怎么还玩逮住把柄威胁人的小学生游戏呢！

Lily挑眉，生动演绎了一个挑衅加威胁的神情。

阮清言翻了个白眼勉强答应。

Lily听说主办方的人下午要在酒店会议室开会，对会议内容很好奇，猜测大概会与创业方案比赛有关，便让阮清言去偷听。

第一次做偷鸡摸狗的事，阮清言觉得不应该，却又觉得很刺激。

下午开会的时候，阮清言悄悄来到会议室外面，大概是新手运气加成，门是虚掩着的，靠在外面就能听到。不巧的是，门的对面有块装饰性的镜子，站着会被镜子照到，里面的人透过门缝就会看见她。为了不被镜子照到，阮清言便战术性地蹲了下来。

确实有主办方的人在讲话，也提到了创业大赛。

只是除此之外，有个声音也很熟悉，好像是……

那个声音说了句“稍等”，再然后，门就被推开了。因为铺了地毯，对方走过来完全没声音，阮清言被突然推开的门吓得够呛，身体猛地前倾，扑在了地上。

“几天不见，你改成四肢行走了？”

阮清言仰头往上看，发现江蕾精致的下巴正指着自己。

她跳起来，慌乱后正色道：“刚刚不小心摔了一跤，江总，你怎么来了？”

江蕾不置可否，表情忽明忽暗地瞪了阮清言一眼，转身去了别处。

一瞬间，阮清言感到酒店里的中央空调温度都降到了零摄氏度以下，心里拔凉拔凉的。

晚上回到房间休息，Lily 跟没事人一样，哼着歌儿敷面膜，对阮清言的“失败”只是表示失望，没有继续要对林朔“胡说八道”的意思。而阮清言却没有得救，表情凝固地盯着今天的学习笔记，继续魂不守舍。

忽然，门响了。

Lily 张了张嘴：“亲爱的。”

阮清言回神去开门，门打开一条缝的时候，一只深沉忧虑的眼睛就出现在她眼里了。

林朔立在门口问：“清言，感觉今天你不在状态，是不是生病了？”

他这是专门来关心慰问的？阮清言黑乎乎的心情仿佛钻进一丝阳光。她面无表情地道：“没有。”

两人僵持着，Lily 见是林朔来了，正要发话，门却一下关了，阮清言被林朔拉了出去。

林朔：“江蕾在等我们。”

酒店顶楼是露天酒吧，夜色渐深，人影渐少，空气中隐约飘浮的萨克斯声和洋酒混在一起，让人身心放松不少。

江蕾坐在一个角落里。

阮清言刚落座，江蕾便说：“阮清言，今天你翘着屁股趴在会议室门口听什么呢？听到比赛的消息了吗？”

阮清言委屈地道：“没有。”她又赶忙解释，“我是受人之托，逼不得已才……我是个好人。”

江蕾摆摆手，疲乏地揉着太阳穴，示意林朔倒酒。

三人默契地喝着酒，夜色眨眼更浓稠了，混入鼻息的风像在海水里泡过。

江蕾放下酒杯，沉声道：“比赛结果内定了，我是来撤资的，不想赞助一个弄虚作假的活动。”

这句话像个炸弹，让人反应良久。

最后阮清言很平静，林朔依然瞪着眼睛。

阮清言垂下眼眸道：“唉，其实我们也没损失什么，毕竟名人名师那么多，干货不少，我学到很多。”

林朔显然不同意：“弄虚作假就是不好的，一心想着努力赢得比赛的人，还不知道自己是炮灰吧？”

阮清言抠手指：“那也得到了锻炼。”

林朔目光冰冷：“阮清言，你的思路总是让我刮目相看。”

江蕾没言语，自顾自地喝酒。

阮清言有些急了：“拜托，我只是站在普通学员的角度讲话。我知道，你想维护公平正义，可我只是个普通的学员，只能从不可改变的局面里看到对自己有利的一面，然后将这一面最大化啊！你以为人人都是战士啊，我只是普通人。”

林朔苦笑：“那你为什么连普通人的是非观都没有？”

阮清言委屈不已，颤动的目光仿佛有眼泪要滑落。她狠狠憋住了，骂自己神经病、玻璃心。怎么林朔一凶她，她就要哭啊？！

江蕾挥手：“好了，不要吵了。世界上有那么多的争吵纷争，就是因为有人总是要求别人和自己想的一样、做的一样，这不是异想天开嘛，管好自己不就好了？我决定撤资，就是做好我自己的部分。”

阮清言和林朔沉默地点头。他趁着夜色笨拙地偷看她，看清她快要隐去的泪光时，嘴角往下一沉。

“这酒吧还不错吧！我先走了，晚安。”江蕾看了一眼时间，拿起包便走。

一张圆圆的小白桌前，就剩阮清言和林朔两个人。

海边吹来的夜风撩得桌布一晃一晃的。

林朔从厚厚的书本里拿出一张设计稿：“给你参考，终稿。”

阮清言没接，心里还有气。

林朔的神情温柔下来：“刚刚不是说，要从不可改变的局面里看到对自己有利的一面吗？”阮清言的家需要改装，免费设计稿是有利的一面。

阮清言“哼”了一声，瞄向别处：“接你的设计稿，是不可改变的局面？”

林朔低声道：“是。”

有服务员来提醒酒吧打烊了，阮清言将设计稿放进包里，非常轻地说了声“谢谢”，不知道林朔听到没有，像有人在追赶她似的，她飞快地逃回了房间。

早晨一起来，林朔的退出便是大家在早餐桌上热议的话题，Lily说她问到了原因，这让阮清言心口一紧。面对大家好奇的脸，Lily说，林朔是因为学校突然有很重要的事，才要回去的。听到这儿，阮清言哑然失笑。他干吗编这么个理由，照着他昨天的性子，把真相告诉大家才对不是吗？

中年大叔惋惜地叹气：“唉，多好的机会啊，等他工作以后会发现，很难有大段集中的时间来学习，也很难有通过专业的比赛锻炼来提高自己的机会了。”

大家各有感悟地点头：“是啊，是啊，多好的机会。”

阮清言一个劲儿地往嘴里塞包子，躲开发表意见的机会。

中午，阮清言在房间午休。培训强度很大，明明很累，她皱眉侧身睡在床上，却怎么也进入不了睡眠，难受地飘浮在现实各种日常琐碎杂事之上。

门突然开了，Lily兴奋地跑进来：“亲爱的，出大事了！”

阮清言猛地起身，仿佛一直在等这个瞬间。

Lily手里扬着一张皱皱的纸，阮清言看仔细后，发现是林朔写给主办方的退出说明。培训期间如果中途退出，主办方是要求写说明的。

林朔的说明简单直白，对接下来比赛的不公正性表示不满，所以才退出。

“你说，我要是复印好多份，每人发一份会怎样？”Lily又露出小学生恶作剧的神情。

阮清言倒显得理智："这只是林朔的一面之词，毕竟没有证据，大家会信吗？"

Lily坐下来，冷眼道："呵呵，大家不是傻子，之前就听到比赛内定的风声了，你以为我让你去偷听主办方开会是为了什么？据我所知，某位学员是某大集团董事的阿斗儿子，为了镀金，专门组织了这场活动，最后获胜方案是他的团队的，最佳创业者也是他。他打败了那么多人，多风光啊！"

这世界好像是有权有钱者的一场游戏，不过总会有林朔、江蕾或者Lily这样的漏洞不是？

既然如此，阮清言笑着接过退出信。她知道复印机在哪儿。

复印的时候，Lily背靠复印机，义愤填膺地说，她是在主办方的办公室外的垃圾桶边发现信的，主办方太自大了，扔也不扔得小心点儿。

复印完成，她们趁着晚上大家都睡着后，将林朔的退出信偷偷塞进了每个学员的房间。

后来，有人退出课程，有人退出比赛，而也有人留到最后。

有趣的是，大家都把林朔的信藏在私下，各自心照不宣，没有去挑破那层摇摇欲坠的窗户纸。主办方对此竟一无所知，一切风平浪静。比赛如期进行，获胜者毫不让人意外。

只是最后奖杯的含金量沦为一个笑话。

这场活动后来也成为业界人士酒后谈论的笑柄。

第九章
打捞沉默的真心

林朔“扑哧”一声笑出来，眼里好像装着细碎的星星。

喧嚣散去，生活归于平静。

大段的时间仿佛在悄无声息地流失，回过神来，阮清言已经坐在改装完毕的房子里晒太阳，脚边躺着昏昏欲睡的软蛋。眼前焕然一新的家，是她完全按照林朔的设计来改造的，简单地动动手指，点开他附上的购买链接，把东西摆在他说的地方，让工人把坏掉的墙面处理好，去掉一切粗糙和不堪的东西，用各类物件增加文艺和精致感，她就住在林朔脑海中那个理想的家里了。

最重要的是，总费用不超过3000块，林朔连改装成本都精确地算好了。

太阳往西边滑了一截，她从藤椅上起身，准备牵着软蛋去遛弯。

老旧的小区里弥漫着夕阳的味道，软蛋屁颠屁颠地走在前面，沿着每天固定的路线往前走。阮清言一手牵着绳，一手插着兜，看着软蛋扭得有节奏的屁股，忽然感受到了幸福是什么。

软蛋在一棵小树边停了下来，眼巴巴地望了主人一眼。阮清言蹲下来摸了摸它："桃子树还在长，要吃到桃子可能要两年后了，也可能……不会结果子哟！"

阮清言把母亲温芳送来的桃子吃完后，敲开核，把里面的果仁浸泡过，剥去一半外皮后，让果仁发了芽，种在了小区的土里。

软蛋嗅了嗅树干，又舔了舔，仿佛在学主人呵护树苗的模样。

如果不知道时光是什么，撒下一颗种子，它便会长成一棵树的模样。

给树浇了水，阮清言的手机振了两下，她拿起一看，是顾凡超发来的信息。

"晚上七点半，准时来。"他说。

这场比赛是顾凡超伤愈复出的首次亮相，他到底恢复得如何，影不影响未来的职业生涯，这些疑问都会在本次赛场上揭晓。可想而知，这场比赛对顾凡超意义非凡。

来到球场入座以后，看着身边陌生的球迷，阮清言才发现林朔和白雨檬并没来，或者说，顾凡超只给阮清言一个人留了位置。

全场庆祝顾凡超复出的气氛热烈，一个女球迷拉横幅的时候，还不小心打到了阮清言的头。在比赛开始倒计时的时候，观众席做起了人浪，阮清言混在人潮中突然心一酸，生出惭愧来。顾凡超伤愈复出这么大的事，她怎么一点儿表示也没有？

小时候，阮清言陪顾凡超训练是常事，训练太苦顾凡超撑不下来的时候，阮清言总会花式哄他，往往她手心里的一颗糖，就会神奇地化去他所有的苦。看着男孩们为一个球争得面红耳赤，仿佛在吵天底下最重要的事，对足球不感兴趣的她也不禁好奇起来。偶尔顾凡超吵不过，埋头坐在草地上憋眼泪的时候，阮清言就会很气。她耐心地钻研足球，学会以后帮顾凡超一起吵，谁谁最牛，谁谁太逊了，谁踢得才是不要脸，吵着吵着把对方吵无语后，两个人就得胜地傻笑。

“你嘴真笨！”阮清言骂顾凡超。

顾傻子的美名就是那时候阮清言起的，她很少当面说，只在心里叫。

转眼多年过去，阮清言看着此时此刻球场上的顾凡超，心里百感交集。她祈祷着他一定要好啊，一定要像没有受过伤那样，不要有阴影，要有勇有谋，畅快淋漓地往前冲。

比赛进行到第 42 分钟，顾凡超带球突入对方禁区。面对三名后卫的严防死守，顾凡超没有横冲直撞，战术性“造点”成功，为球队赢得了点球的机会。

网络平台的解说颇为感慨，带观众回忆顾凡超受伤的那场比赛，也是面临类似的处境，不过这次他做出了不同的选择，解说激动地夸道：“时隔近一年，顾凡超回来了，一个更成熟睿智的顾凡超回来了！”

热烈之后，全场安静。

场内场外所有球迷的目光都聚焦到站在罚球点的顾凡超身上。他穿着天蓝色的球衣，目光如炬地看向前方的球门。裁判一声哨响，所有人都以为他要蓄力踢出这一球的时候，却发现他站住了，他坚定又温柔地望向观众席，望向了观众席上的某一人，竖起食指，向她示意，这个球是为她进的。

足球冲进球网的瞬间，有球迷的眼泪掉了下来。

阮清言鼓着掌，心中嘟哝：傻子。

别的足球明星都是进球后把球献出去的，哪有没进就先献的，万一没进怎么办？顾凡超依然是个憨憨。

比赛最后以大胜完美收场，顾凡超上演帽子戏法独进三球，完成了一场高调梦幻的复出赛。

赛后接受完采访，顾凡超裹着高领外套，戴着低低的渔夫帽和阮清言一起走出场馆。他收到了很多的礼物，全都放进了车里，臂间只拥着一束花，是阮清言中途跑出去买的。

这是阮清言第一次送花，已经很不好意思了，顾凡超偏还捧着，走得如沐春风。

“这是什么花？”顾凡超对着一朵玫瑰发问，饶有兴趣地嗅着。

阮清言的脸色更窘了：“玫、玫瑰啊！”

顾凡超长长地“哦”了一声，重重地重复：“玫瑰啊！”

阮清言手捏成拳：“很匆忙，没有好好选，应该选象征祝福或者赞美的花的。”

顾凡超不以为然地道：“没关系，我喜欢。”

走到停车场附近，他们碰到一对熟悉的身影。一辆白色的宝马车前，白雨檬正在向林朔撒娇：“哎呀，你开嘛，我不想开了。”

他们也来看顾凡超比赛了。

林朔率先发现了阮清言，转过身有些尴尬地笑了笑，目光落到玫瑰花上，又若无其事地移开，仿佛没看见。

四个人就那么站着。

“踢得不错，恭喜。”

“谢谢。”

两个男生讲完场面话，氛围又陷入尴尬。四人的关系不知道什么时候发生了非常微妙的变化。

白雨檬转向林朔，更靠近地撒娇道：“我们要不要先走？怕来不及咯？”

林朔对着白雨檬说话，却像在对某个人解释：“你同学在等你，要不你先走？”

见林朔和白雨檬并没有接下来的安排，阮清言鼓起勇气道："林朔，那你要不要一起吃夜宵？"

白雨檬和顾凡超同时愣怔了一下。白雨檬用眼神哀求林朔无果，半分赌气地自己上了车，油门一轰，消失在夜色里。

大家目送白雨檬离开后，林朔刚要说话，却被顾凡超抢先。

顾凡超神情阴沉地道："林朔，要不下次，这次不方便。"

林朔望向阮清言，见她没有反应，便点头道："嗯。"

在一家音乐烧烤酒吧坐定后，阮清言盯着菜单，有些拿不定主意，抬眸问："有别的人要来？"

顾凡超摇头。

阮清言皱起眉，嘟囔道："那不方便是什么意思？"

顾凡超巨响地拉了一下椅子，神情傲慢地道："我和你吃夜宵，有林朔在不方便。"

阮清言咽了一下口水，重新打量眼前的人："你赢了比赛膨胀了？"

顾凡超没有说话，一张棱角分明的帅脸在酒吧的灯光下忽明忽暗。三小时前，解说对所有球迷广而告之，一个更成熟睿智的顾凡超回来了，却没有讲，一个清醒过来的顾凡超也回来了。意外导致的严重受伤使他疼痛，使他恐惧，在家养伤的这段漫长时间里，他紧张地关注着自己的恢复情况，不能正常行走，不能在球场上奔跑，他像丢了魂一样，却又要装作没事。他独自被困在家里，困在世界的角落里，仿佛看着生活中的一切都在极速地离自己远去，健康、队友、球技、成绩、名声……

这些原本拥有的，本都严丝合缝地嵌在生命里，以至于无形，以至于理所当然，让他感受不到存在的东西，在他受伤之后，都一个一个从生命的凹槽里被挑出来，零散地被洪流卷走。

他眼睁睁地看着，心慌得不行，可和上述的东西比起来，阮清言的渐行渐远更令顾凡超受不了。他恨自己腿伤了，不能陪她遛狗；恨自己看着她和林朔在一起，还要装出平常的样子。他是阮清言的发小，不是男朋友，有什么理由显露"平常"之外的一丝神情呢？

明明是坏了腿，他却像坏了脑子，一天到晚在房间里疯想，想出了之前一直没想过的问题：阮清言早就像一块积木，嵌进了他生命的凹槽里。

这场受伤让他清醒过来，之前谈的恋爱为什么没有恋爱的感觉，阮清言的渐行渐远为什么会让他有撕扯般的疼痛。

因为她早就嵌进了他的生命里，在离他心脏最近的位置。

店里在播落日飞车乐队的《我是一只鱼》，菜上好了。

顾凡超将一串烤得金黄的馒头片递到阮清言手里，阮清言接过咬了一嘴，露出惊喜的表情，有些可爱。

“好吃是不是？”顾凡超知道阮清言喜欢烤馒头片。

阮清言微微歪头，一副品味状。

顾凡超看不懂了，就如他一直看不懂阮清言，他怎么会知道阮清言正在想什么呢？她咂摸嘴品味的，是顾凡超今天反常的举动。

以往，他是不会给她递馒头串的，两人都是各顾各的。

猜她是觉得美味吧，顾凡超将整个烧烤盘子推到她的下巴底下，又在杯子里倒满她喜欢的冰啤酒。

等歌响完最后一个音符，阮清言终于开口：“嗯，好听。”

顾凡超傻笑，原来是歌好听？

阮清言吃着吃着，表情严肃起来：“那个，为什么林朔在不方便啊，你是不是要给我讲你和白雨檬的故事啊？”

嚼完一根玉米粒，阮清言继续说：“故事是完结了吧？”

白雨檬已经放飞地去追逐林朔了，再不完结，顾凡超就不是傻子了，是瞎了。

顾凡超的表情变得奇怪和失落，果然和他预想的一样，阮清言还没意识到他发生的转变，他现在表明心意的话，是不合适的。

顾凡超配合地笑了笑：“对啊，你又把我看透了。其实我和白雨檬都是把彼此当好朋友的，但是男才女貌玩在一起难免被传绯闻。你看我们不是也没怎么样？”

他大言不惭地说完，谨慎地观察着阮清言的反应，只见她擦了擦嘴，面无表情。

反正都过去了，阮清言不是个喜欢纠缠事实真相的人，她举起酒杯示意：“好，你没事就行，不说那些了，庆祝你成功复出，干杯！”

阮清言仰头把满杯的啤酒喝了个干净。

顾凡超沉默半晌，逗她：“你醉了。”

阮清言哈哈大笑，正色道：“实不相瞒，我还没醉过，真想试试呢！”

顾凡超叫人拿来一件啤酒，挨个打开瓶盖：“那今天就试试你喝多少瓶啤酒能醉！”

见顾凡超当真，阮清言有些迟疑。

顾凡超自己先吹了半瓶，阮清言也拿起酒瓶喝起来，清爽苦涩的酒很快就让两人心跳加快，打开话匣子。

顾凡超单手托脸，做深沉状：“清言，有人问过我一个问题，我现在还没确定答案。”

阮清言好奇地说：“什么问题？”

顾凡超脸上呈现出球场外从未有过的认真神色：“问题是……如果喜欢一个人，一直没有在一起，会放弃吗？”

阮清言垂眸想了想道：“会。”

顾凡超愣了愣，转而如释重负，两根骨节分明的手指拿起酒杯，仰头喝了个一干二净。

他似笑非笑道：“这么轻易就放弃啊，科学家要是都像你这样，世界还进不进步了？”

阮清言不以为然道：“唉，我好极端哟！关于感情我是不相信什么外界不可抗力，现实中两个相爱的人不能走到一起的，根本原因就是不够爱嘛，既然如此，干吗不放弃呢？或者就是你喜欢别人，别人不喜欢你，才没在一起，那更要放弃了。怎么忍心让喜欢的人接受他不喜欢的人或东西呢？”

噼里啪啦打开话匣子的阮清言显得分外可爱，粉红色的酒晕像恰到好处的腮红，看得顾凡超移不开眼睛。精致的耳垂、白皙发亮的皮肤、优雅的肩颈线条、青筋偶现的手、时不时闪过的妩媚眼神，如果阮清言换一身新衣服，背对着坐在某个咖啡馆里，他一定认不出她，只认得这是个吸引人的漂亮年轻女人。

他已经在阮清言身上看到一个成熟女人的影子了。

这让他心驰神往。

顾凡超又要往自己酒杯里倒酒，阮清言呵斥道："这瓶是我的，别乱了。算着数呢！"

顾凡超认㞞，把酒还给她："放心，给你记着呢！今晚你的酒量一定会有一个精确、科学的数据。"

阮清言是真的喝多了，开始晃来晃去，上一秒还是高兴的神色，下一秒就忧心忡忡，跟受了委屈似的。

"干吗啊？"顾凡超好笑地问。

阮清言："烦。"

阮清言说完，两只手握着手机盲目地看着，神情变得冷漠。

顾凡超确定自己知道她在烦什么，他像个神经紧张的疯子，担心她会像酒后发疯的人一样给通讯录里的谁拨去电话。他忽然起身，拉起她就走："好了，该回去了。"

阮清言看神经病一样看他："酒还没……"

顾凡超快速地把她拉到路边，塞进了出租车里。

他关掉了她的手机，语气冰冷地道："回家就睡，别玩手机别发疯。"

阮清言委屈地指着自己："我发疯？"

出租车司机饶有兴致地看了他们一眼。

不一会儿，车停到了阮清言家楼下，她一个人步履打晃地走下车，回头看了顾凡超一眼。顾凡超在克制自己不去扶她上楼。

车拐弯驶走的时候，阮清言指着车大骂："顾凡超，你神经病吧！酒品太差了你！"

这一晚，抱着科学精神进行的一场酒量实验无疾而终，那个精确的数据被人为腰斩。

周三。

眼看着又到发工资的日子，阮清言坐在教室里，一边听课，一边注意手机。以前她觉得江蕾给自己6000元的月薪实在是太高了，而现在，她觉得自己挣的是血汗钱。

她只要当一天江蕾的助理，就永远不知道明天会发生什么。

手机“嗡嗡”振动两声，像在哭：血汗钱到了。

月薪进账，阮清言习惯性地点了一下账户余额，看了一眼数字，又按灭手机继续听课。

讲台上的老师忽然把注意力从PPT上移开，拿起了花名册。

老师要点名了？阮清言放眼四周，到课率真的有点儿过分了。她无精打采地看着PPT，又觉得，像这样把课讲得枯燥如干草，照着PPT念经的老师，到课率低也怪不得谁。她不打算给同上这节课的罗玉洁通风报信，罗玉洁在逛街，只有穿任意门才赶得回来。

她对着镜片比酒瓶底厚、行动缓慢、脸上长着老年斑的老师思考，如果她一人分饰两角，有没有帮罗玉洁蒙混过关的可能性。可是教室里人真的太少了，这个办法不可行。

老师拍了拍话筒，开始点名。

点到“罗玉洁”的时候，阮清言举手应了声“到”。点到“阮清言”的时候，她悄悄地答“到”。罗玉洁再不“到”，她的平时分就会被扣光了，装完“罗玉洁”的阮清言马上把自己评为了感动342宿舍年度人物。

课间休息，有女生小心翼翼、试探地走来，说道：“同学，你的书还给你。”

阮清言瞪大眼睛，表情充满疑惑：“嗯……认错人了吧？”

女生推了推眼镜：“你不是罗玉洁吗？”

阮清言使眼色：“点名你懂的。”

女生恍然大悟，还是有些疑惑：“你真的不是罗玉洁？”

阮清言纳闷道：“同学，你是借了罗玉洁的书吗？怎么会不认得她呢？”

女生呆萌地挠头：“不好意思，我有些脸盲……”

阮清言被空气呛了一下，接过书示意她还书成功了，说会转交给书的主人。女生并没有走，在阮清言身边坐了下来，看了看阮清言，想说话又说不出口。

阮清言主动问：“同学，你是有话要讲吗？”

女生得救地点头：“你、你是软蛋的主人吗？听罗玉洁说，你在宿舍偷偷养狗。”

阮清言差点儿晕过去，解释那是八百年前的事了，不过幸好罗玉洁的喇叭嘴传播的是过期的往事。

女生自我介绍叫小九，一只成年母京巴的主人，想给狗子找个伴，配个种，无奈如今养京巴的人越来越少了，专业配种价格太高。

阮清言：“可是我的是母狗耶！”

小九：“噢……对哟，母狗和母狗好像不太可以。”

阮清言：“嗯……”

阮清言提议：“你可以去贴吧论坛宠物群问问。”

小九一副无奈状：“没用。现在都没人联系我。”

阮清言感到蛮奇怪的，不过相信小九说的是真的。她和小九加了微信，说会帮她留意。

本以为话题已经结束，小九又望着她，或许是阮清言鼓励的眼神有些温柔，小九脸一红，鼓起勇气说：“其实不配种也没关系啦，就是想找个人一起遛狗聊聊天，交换养宠心得什么的……”

阮清言恍然大悟，对小九比了个“OK”的手势。

回到家，阮清言无聊地点开小九的朋友圈，发现她果然是个有社交恐惧症的人。朋友圈除了宠物，就是学习，整个散发着宅、孤独又渴望朋友的气息，一路刷到情人节那天，小九发了张图，弱弱地透露出想谈恋爱的信息。阮清言会心一笑，脑海里迅速搜罗着适合陪小九遛狗的人，还真找到一个，对方性格也软软的、呆呆的，感觉不会一个遛太快一个遛太慢而走不到一起。

于是阮清言把男生的微信推给了小九。

CBD（中央商务区）的烤肉馆，今天宿舍的人在这里聚餐。

阮清言看着罗玉洁把整盘五花肉放在烤盘上烤，忽然想到什么：“玉洁，我忘了把小九还给你的书带来。”

罗玉洁烤肉的手一顿：“她把书还给你了呀？没事，下次吧！”

罗玉洁是烤肉好手，一出手，其他三个人只用耐心等肉。

方兰和冉晓云在玩手机游戏，阮清言托脸看着罗玉洁，提醒道：“你别逃课啦，平时分再被扣就要不及格啦！”

罗玉洁夹肉的手一抖：“点名了？”

阮清言点头笑道：“我帮你混过去了，下次别再逃了。”

罗玉洁感动不已，夹起一块烤得金黄的五花肉放进阮清言碗里，当作报答。

阮清言吃着肉，忽然就想起小九：“你和小九是在课上认识的吧！她还挺有意思的。”

方兰和冉晓云正好打完游戏，纷纷往碗里夹肉，一边满足地吃肉，一边关注话题。

罗玉洁瞪大眼睛道：“有意思？她太宅啦，宅到有点儿奇怪……”

方兰擦着镜片上刚溅的油渍说：“罗玉洁，你这个逻辑关系有待商榷啊，为什么不是本人奇怪，所以宅呢？宅没有问题，不要嫁祸给宅。”

冉晓云扔了个香菇到方兰碗里，想堵住她的嘴：“是是是，宅没有问题，你宅是正确的。”

一来二去，大家把话题扯到“宅”上，又扯到校园社交，扯到养宠，最后像摊大饼似的把话题扯到当今中青年社会人际关系的议题上。

平时大家聊娱乐八卦热火朝天，聊到这些稍微严肃正经的话题，火热的势头竟然不比聊娱乐八卦的少。四个人除了阮清言，高中时可谓都是学霸，只是类型不同，虽然上了大学自由度高了，但知识储备、读书见识那是相当丰富的，思辨能力、思想深度都是两个字——优秀。

阮清言看她们聊得火热，体贴地给她们添菜，不时又抛出一些灵魂发问，引得她们聊得更深、更广又更接地气，引经据典，事例频举。

聊着聊着，她们开始了辩论，论题核心是“当今社会，宅到底是被动行为，还是主动选择”。

添了一轮菜后，她们又把论题精确为：大部分人的宅，到底是被动行为，还是主动选择。

这可有得吵了，她们边吃边说，越吃越有劲儿。

阮清言纳闷，为什么她们一个也没有参加汉博大学辩论队，感慨高手真的在民间。也不知道哪根筋起了作用，听着她们的精彩辩论，阮清言转身掏出了纸笔，将精彩言论和观点逐一记了下来。

最后炭火渐熄，肉菜吃光，阮清言的纸上正反面都是密密麻麻的笔记。回过神的罗玉洁她们惊诧于阮清言记笔记的行为，期末抄重点都没见她这么认真。

冉晓云大声道：“干吗啊清言，要给我们出书啊？”

罗玉洁和方兰也对阮清言的行为表示不理解，阮清言宝贝又疑惑地举着那张纸，自己也没想明白：“啊，嗯……就是觉得你们太优秀了，说的这些我很感兴趣，也很有意义，就记下来了嘛……”

罗玉洁揶揄地竖起了大拇指。

眼看外面夜色不浅，腹饱之后特有的昏昏欲睡感让阮清言想回家洗完热水澡倒在床上。她们一行人结账后，散步到CBD广场准备打车。正是黄金时间，出租车紧俏。阮清言手疾眼快地招来一辆空车，正打开车门要上去，江蕾的电话打来了。

阮清言赶忙示意室友们上车先走，江蕾的电话指不定要她干吗呢！

司机大哥也不耽误，人上齐一溜烟就跑了。

阮清言接起电话：“姐姐，什么事？”

江蕾有些急：“清言，现在去公司帮我找资料，再打印五份送过来。”

江蕾通过微信发来具体信息，阮清言便招了辆车往公司赶。到了公司她打开江蕾的电脑，按照江蕾说的路径并没有找到需要的资料。

“姐姐，没有啊！”阮清言打电话给江蕾，电话没人接，只好发微信告诉她。

江蕾回：“你再找找，看D盘有没有。”

听江蕾这么说，阮清言的心凉了一半，平时江蕾说在哪儿找便能找到，这次不仅找不到，她还盲目地扩大了搜索范围，应该是急得没办法了。

能让江蕾急的事，想必非常重要。阮清言跟着口干舌燥着急得不行。她以最快的速度把电脑翻了个底朝天，明确地回复江蕾资料没了。

江蕾有天重感冒，晕着脑袋上班，不小心把一份准备好的重要资料误删，并在几天后清空了回收站。江蕾说资料一定是被清空了，让阮清言四十分钟内找回并打印好送过去。

电脑前的阮清言呆滞了两秒，感叹江蕾真是足够“信任”自己。之前对方坐在沙发上夸她总是能把事情办好的话，像一口毒奶呛得现在的阮清言无话可说。

她马上百度，按照查到的方法一步一步地试着找回清空的文件，可是明明按照办法做了，文件就是找不回。她感到无助，心快掉下万丈悬崖似的给顾凡超拨去电话，“嘟嘟嘟”的忙音仿佛在踩踏她的心脏。她只好挂了，给同班男同学拨去电话。

男同学：“喂，清言。”

阮清言：“大神，你知道怎么找回回收站清空的文件吗？”

对方的环境很吵，像是朋友在聚会，男同学提高音量道：“这个我跟你在电话里说不清楚……”

一团嘈杂的声音过后，她听到一个隐隐约约的声音：“让我跟她说。”

阮清言的心猛然狂跳一拍。

林朔接过电话：“你在哪儿？”

阮清言抓紧手机，克制地应道：“公司。”

林朔说他马上赶过来，空空的办公室里，原本要窒息的感觉瞬间没有了，她的呼吸畅快起来，有种得救的轻松感。

聚会的地方离公司很近，十分钟左右，林朔面无表情地喘着气跑来了。他一屁股坐下，招呼也没打，便开始一通操作。

阮清言看了一眼时间，心又提到了嗓子眼儿。

“好了。”林朔抬眸说，“要哪个文件？”

阮清言俯下来看电脑，身体和林朔之间只有几厘米的距离。林朔有些不自然，站起来把位置让给了她。

阮清言把文件拷出来，打印了五份装进托特包，自从当江蕾助理以来，她就经常背容量大装东西方便的托特包。

林朔说他开朋友的车来的，阮清言激动地看了他一眼，两人便一起驱车赶往江蕾所在的酒店。

马路很空，但是有限速违章拍照，隔一段路，就会有“电子警察”检测超速、越线行驶等违章行为。不管是直行还是弯道，林朔都完美地压着最高限速疾驰，一点儿都没有违章，阮清言心中不免嘀咕，车速好快，他开车怎么这么熟练？

飞驰的车中，副驾驶座的昏暗里，余光瞄着林朔的阮清言，脸渐渐发烫。意识到自己反常的她别过脸，不再去看林朔。林朔倒好，直视前方开始开玩笑："你打电话来的时候，我们正在讨论你。"

阮清言吃惊道："讨论我？"

意识到"我们"两个字会引起误会，林朔马上改口："你同学他们在聊你，正好你打电话来，说你无事不登三宝殿，一定有急事，果然如此。"

阮清言中箭般"啊"了一声，嘟哝道："该不会说我很高冷，有事才找他们帮忙吧？"

林朔淡淡笑了笑，没否认。

阮清言："冤枉啊，我才没把他们当工具，本来就是有事才找嘛……难道没事我联系他们聊新出的口红色号吗？算了，不解释了。"

林朔"扑哧"一声笑出来，眼里好像装着细碎的星星，看了一眼阮清言的侧脸。

阮清言沉默良久，忽然冲动地想问林朔一个问题，问他为什么要这么帮自己，会不会也像别的男生一样，认为她只是拿他当工具。

就在她要问出口的那一刻，顾凡超的电话来了。

阮清言接起来，告诉他没事了。

林朔的表情顿时不同，闷闷的，有点儿难以察觉的臭。遇到困难的时候，阮清言第一个电话打给了顾凡超，第二个电话打给了同班同学……她根本一点儿也没想到他林朔。

在她的世界里，他忙活了这么久，存在感还是这么低吗？

林朔无声地叹了口气。

"到了到了！"阮清言指着远处灯火通明的酒店大堂说道。

她飞快下了车，跑了几步又倒回来向林朔致谢："谢谢，谢谢，帮大忙了！"场面一度像她在感谢萍水相逢的一个雷锋大兄弟。

林朔一言不发地看着她，似乎在等她的下一句话："明天请你吃饭！"

阮清言也愣愣地看着他，似乎在等他说：“没事，不用谢。”

两人愣了三秒，都没说话，于是阮清言率先转身，百米冲刺般离开了林朔的视线。林朔独自留在车里，望着阮清言跑走的方向，单手扶着方向盘，低低地“汪”了两声。

“林朔，工具狗。”他自嘲道。

他猜阮清言会不会送了文件就回来，于是在车里等了一会儿，探头探脑地没望到人，便驱车走了。

下一秒，阮清言从酒店里走出来，看见林朔的车开走了，便站在原地失落地望了望夜空。

江蕾在和大客户谈合作，如果她没让阮清言走，阮清言是可以留下来服务，顺便学习学习偷师的，可想到林朔可能在等她，阮清言忙完就主动离开了，这让江蕾颇感意外。放在平时，阮清言铁定会精明地留下来，明面上在服务，暗地里在学习。江蕾喜欢她，也想培养她，便没有妨碍她。

今天阮清言的脚底像抹了油。

高档小区里的顾凡超家。

客厅满目狼藉，杂物满地，看一眼便知道一群人刚开完狂欢派对。顾凡超正趴在栏杆上吹风，握着半罐饮料，目光幽远地看着城市的夜景。白雨檬蹑手蹑脚地穿过客厅，来到顾凡超身后拍了他一下。

白雨檬轻声道：“真羡慕你啊，朋友一大堆。”

顾凡超眼皮不抬地道：“狐朋狗友。”

白雨檬嗤笑一声道：“总比我好吧！不好意思啊，我没什么朋友，以后都跟你混了。”

顾凡超冷笑，仰头将半罐饮料一饮而尽，又用力捏扁了空罐。

良久，顾凡超才侧过头玩味地说：“好啊，他们都挺喜欢你的。”

白雨檬马上摆出臭脸，明示自己不开心。

认识久了，顾凡超和白雨檬之间说话更没有遮拦，对彼此的想法和性情也懒得做过多的修饰和隐藏。以前，顾凡超觉得白雨檬是挺女神、挺优雅的一个人，现在完全不这么想，觉得她美好的气质下面，藏着一丝残忍和野蛮。

两个人无聊地吹着城市尽头飘来的夜风，各怀心事，有一搭没一搭地聊着。

顾凡超："今天晚上我没接到清言的电话。"

白雨檬："哦。"

顾凡超："打回去她又说没事了，我觉得我今天晚上都睡不着了。"

白雨檬可怜地看了他一眼："真是活该呢！"

顾凡超反唇相讥道："你也活该。"

白雨檬明白顾凡超在说什么，喜欢一个人都活该。

她点亮手机看，微信没有林朔的消息，朋友圈也没有。

她悠悠地"唉"了一声，忽而咯咯地笑："那天真的，碰到一起真的是凑巧吧！"

顾凡超复出赛，他和白雨檬商量好，他不请她和林朔，只请阮清言一个人，这样白雨檬能顺利地约林朔出来看球，他和阮清言也没别人打扰。

顾凡超忧郁的脸一下被点亮："嘿嘿，清言还买了束玫瑰花，太好笑了。"

因为他清楚地知道阮清言本意不是送玫瑰，所以才觉得好笑。

顾凡超和白雨檬笑着互望对方一眼，眼神又都暗淡下去。

在无聊、平淡的日子里，在心事迭生又找不到出口的瞬间，在想要靠近喜欢的人又害怕被讨厌的心情里，顾凡超和白雨檬成了彼此的密友。他们可以毫无顾虑地互发消息，分享心情或者点滴日常，报喜或者抱怨。

他们像站在无边旷野中的两个小人儿，倔强地仰头望着巨大的太阳，风吹旷野，沙土眯眼，为了站稳继续望着巨大的太阳，牵起了手。

两人正式"牵手"的那天，是阮清言和林朔一起失联的那天晚上。

早在父母来的前一天，顾凡超就盼着阮清言能主动联系他，他们好一起聚聚，带两个长辈在首城好好玩玩，可是阮清言一个泡也没冒。毕竟不是阮清言的父母来了，顾凡超不好主动要求阮清言什么，便也没联系她。直到父母来的当天晚上，发现她和林朔一起关机，顾凡超的心仿佛被人一拳捶醒，他不能再无动于衷，眼睁睁看着阮清言离自己越来越远了。

夜里，他和白雨檬一直聊微信，聊啊聊，聊到了后半夜。

渐渐把沉没在表面之下的真心打捞起来，他们开诚布公，坦承了彼此的真心所属，同病相怜令他们惺惺相惜，才决定结盟帮彼此一把。

第十章
暗恋，像生了一场无形的病

“如果他喜欢我，为什么要我表白？如果他不喜欢我，我为什么还要表白？”

阮清言家，阳光正好。

难得一个没有被江蕾把控、没有学习任务的午后，她清理了换季的衣服，该洗的洗，该换的换。她从没有像现在这样把平时爱穿的衣服摆在床上审视过。

这个风格是不是过时了？她是不是应该买一些从来没尝试过的新衣服？

她开始关注白雨檬的朋友圈，不自觉地关注白雨檬的妆容和服饰。

从一个小女孩开始，阮清言似乎总比别人慢一拍，同龄人打了耳洞，戴上漂亮的耳饰之后，她才后知后觉地注意到这个问题。

突然，她的思绪又拐到林朔身上，脑海里浮现出平时林朔穿的衣服，细细琢磨着他的衣品和他喜欢的风格……她打开淘宝，也搜索起相近风格的女款来。

逛到一半，她突然清醒，猛地扔掉手机。

“我也挺好看的，没必要，没必要。”阮清言自言自语地走到书桌前，强迫自己转移注意力。

她没有自夸，虽然她总落后别人一拍，但“好看”从没有输别人一分。她好看得有些漫不经心，经常是穿一件普通的衣服，别人就会惊讶地问：“呀，清言，你今天好好看，衣服在哪儿买的？”

就在这时，群里分享了一个链接，是换季最新款女性内衣必入清单。

罗玉洁：“姐妹们，来挑套美美的内衣吧！”

方兰：“都是单身狗，大可不必。”

冉晓云：“时刻做好战斗准备，有备无患！”

阮清言：“……”

阮清言点开链接，哇，真的好好看啊，她的心思开始荡漾起来。

罗玉洁：“我选了豹纹的，我是个成熟的大人了，我相信经典永不过时。”

冉晓云：“豹纹？太适合你狂野的内心了。”

方兰：“就没素一点儿的吗……”

阮清言配合地发了个狂野勾引的表情包。

罗玉洁：“哎呀，野不过清言，我看到了她的潜力。”

阮清言："……"

方兰偷偷私聊阮清言："清言，那个……你还有刚刚那样的表情包吗？发我。"

这些表情包都是阮清言在江蕾的公司群里存的。在江蕾的带领下，公司氛围很有互联网的年轻态，很开放。阮清言想也没想，随手把一大堆性感狂野、搔首弄姿的表情包发了出去。发完之后，她有点儿愣地看见和方兰的聊天框被挤到了下面。电光石火之间，她纳闷，那现在在微信聊天栏里最上面的那位是谁？

刚刚她把一大堆表情包发给了谁？

然后，她看清林朔的头像排到了第一位。

仿佛心脏被箭击中，她快要猝死了。

她抖着手，以最快的速度一个一个撤回，可实在太……大一串了。

林朔："不用撤了。太晚了。"

阮清言："发错了……"

林朔："没关系。"

阮清言："哦。"

阮清言心怦怦跳着，拉回到最前面，看林朔刚刚给她发的消息是什么，原来是学校活动的一些新闻，涉及金融系的，所以林朔转给了她。

阮清言平复着心情，转回到群聊战场，看见大家在问她看中了哪款。她假装无事发生地说了一句："我刚才在上厕所。"

这时，阮清言又突然收到林朔的消息："我脏了。"

阮清言捧着手机一下栽倒于床上。

罗玉洁："清言？"

冉晓云："清言？"

方兰："她怎么又消失了？！"

阮清言爬起床，草草和朋友们聊完后，为了平复心情，开始整理东西。她仔仔细细地把每本书擦了一遍，把地拖了两遍，把软蛋的狗毛梳了三遍，然后又整理学习笔记和工作相关的事。她拿出了那张上次聚餐记录满篇的纸，用装满黑墨水的钢笔，以小楷规规整整地誊抄在新笔记本中，又把笔记本腾来倒去，最后放在了左手边第二格抽屉里。

她嘴角带笑地完成了这一系列动作后，突然发现一天就过完了。

第二天一早，太阳还未挣脱东边浓稠的云层，阮清言就被炸响的手机吵醒，她睡眼蒙眬地看了一下手机，老家渝州那边的号码，只是她不认识。

阮清言：“喂？”

电话那边传来声音：“清言，你好，我按照阮总的吩咐，已经把相关资料发到你的邮箱了，请查收。”

阮清言仍在睡意中，听到对方的话更怀疑自己是不是在做梦。

阮清言：“什么资料？”

电话那头的人说：“阮总给你的资料。”

阮清言听清了对方提到自己的父亲，眉头一皱，答应了事。

本来还想继续睡的，阮清言混沌疲倦的脑子里却挥不开刚刚的电话，辗转一番，挣扎一番，她干脆起床，打开了笔记本电脑。邮箱里果然有一个压缩包，很大，她下载了半天。

她打开一看，全部是常生生物科技有限公司的资料，常生生物是阮守信的公司。

明显地，犹如一根水蛇浮游在水面的不良预感钻出阮清言的心头。就像阮守信不曾提前打招呼就发来资料一样，一直以来，阮守信都没有和阮清言沟通过关于公司的事，阮清言也从来没提过学成毕业之后的职业规划。阮清言怕提，就带着侥幸安于沉默的状态，可事到如今，阮守信一个巨大的压缩包砸来，证明她并没有躲过这被安排的幸运。

阮清言离开椅子，去给自己泡了杯茶。茶味苦，喝一口阮清言便清醒一分。她看着屋外渐渐亮白的晨色，心神却渐渐暗淡下去，像堕落无边的夜里，昼夜颠倒。

该来的还是来了。

阮清言逼迫自己看了几眼公司的资料，好歹是父亲的心血，好歹是让他们一家人无忧生活的来源。它像从他们阮家生长出来的一棵大树，虽然冒失了点儿、突进了点儿，好歹盘根错节，根已扎进阮家的骨血里。

看了半小时，阮清言便觉得累了。她揉揉眼睛，坚持继续看着。

她对生物科技领域完全不感兴趣，疫苗、试剂、生物耗材、医疗器械……这些专业的词汇令她没有任何感觉，她更对阮守信平时饭桌间透露出的关于公司的只言片语感到反感。阮守信皮笑肉不笑的表情下，藏不住利欲熏心的真实面孔。

“要是我我才不要买爸爸产的东西呢，又贵又没什么好的，还不如买别家的。”上初一的阮清言抱着饭碗嘟哝，随即便遭到温芳温柔的眼神警告：“在你爸面前可别这么说，你的话最伤他的心了。”

阮清言把筷子咬得“咔咔”响，逃离饭桌了事。

三更半夜，阮清言出来上厕所，看见父亲书房的灯还亮着。他瘦削愁苦的脸在灯光下显得更为枯瘦了，一双眯得精明的眼睛正在钻研什么，虽然已是个商人，但终究摆不脱一副穷苦技术人员的影子。

“清言，快去睡觉！”阮守信抬头严厉地对女儿说。

阮清言一愣，飞快地跑回了卧室。

她知道父亲辛苦，都是为了这个家，所以谨记温芳的话，从来不在父亲面前表露一丝一毫“不应该”的情绪。她本来就对此不感兴趣，久而久之便形成了从不主动提及公司的习惯。

直到现在。

太阳彻底被困在厚重的云翳里了，天空像被盖着一层陈旧泛黄的棉絮，开始下起了雨。潮湿的泥腥气透过窗户，涌进阮清言的房间。今天她不打算出门了，外面的世界因为这场雨，泛黄得像是一场昨日电影。

她点开微信，手指滑动到与林朔聊天的消息界面上。

他说，他脏了。

她是不是该回复他出去淋雨洗一洗，呵呵，简直傻得可以。

感觉精神魂魄被抽走一般，阮清言软绵绵地趴在床上，侧头看着外面的雨。都说世界末日会有征兆，不知道这场雨算不算。

忽然，好几个微信群转发了一条“小猪佩奇踩泥坑，汉博学子释压行”的活动链接。大家讨论得热火翻天：

组织者A：“天气预报很准，真的下雨了！”

组织者B：“按照约定大家准时来！”

学生C：“可不可以穿雨衣……”

学生D：“看自己吧，怕感冒就穿。”

学生E：“是在新天城公园进门左拐爬坡后的那块荒地吧？”

组织者B：“对对对，泥坑胜地。”

组织A：“目前累计有21个佩奇、33个乔治报名踩泥坑了哟！”

学生F：“本趟活动帮买保险吗？”

众人：“哈哈哈哈哈——”

女生统称佩奇，男生统称乔治，明面上汉博大学是顶尖名校，学风严肃，一本正经，其实底下亚文化盛行，各种作死活动层出不穷。学生压力大，校领导层似乎默许了各种活动组织，好歹都是拔尖录取的学生，做事有分寸，一直以来也相安无事，汉博大学的亚文化美名早就在各大高校传开了。

阮清言慢慢地从床上爬起来，原本没打算当佩奇的她，心生冲动。昨天林朔转了条链接给她，今天她也转条链接给他，不过分吧？遂转。

林朔发来一头猪表示疑惑的表情：“你不怕感冒？”

阮清言发去一头猪自闭的表情。

透过屏幕，林朔大概觉察到什么，发来一头猪做加油的表情：“想去就去吧！我也去。”

阮清言灰暗的心顿时生出一束光明，她马上滚下床，找出不要的旧衣服和旧裤子，两下套上，一副马上要冲进泥坑的阵仗。

软蛋围着她转，还以为要出门玩呢！

手机作响，罗玉洁开着免提吼道：“清言，你去踩泥坑不？”方兰和冉晓云凑过来：“我们都要去——”

阮清言兴奋地跳起：“好啊好啊，我们一起去！”

阮清言又给林朔发消息：“和我室友一起出发。”

暴躁快乐的一天马上就要拉开帷幕，阮清言赶紧又翻出平时很少穿的旧运动鞋准备着。这时她又接到顾凡超的电话：“清言，你们汉博的什么佩奇活动，你参加吗？咱们去参加吧！”

阮清言打字的手顿了顿，顾凡超的鼻子怎么变尖了？

“好啊！”

到了约定的时间和地点，阮清言和朋友们看着林朔和白雨檬同撑一把伞走来。队伍一下壮大，说话的人却很少。白雨檬眼神带笑地打量阮清言全身，表情玩味。

阮清言懒得看他们，原地不动地给顾凡超打电话：“顾凡超，汉博门口，我等你。”

“凡超也要来？”白雨檬发问，没人回她。

一行人就这么立在雨中的校门口，等着顾凡超来。白雨檬和林朔站在一起，罗玉洁她们站在一起，阮清言握着手机游离在他们之外，埋头走来走去。

顾凡超开车来了，阮清言走上去抱怨道：“著名前锋就这速度？”

顾凡超一愣，感觉今天的阮清言吃火药了。

阮清言钻进副驾驶座，回头说：“大家上车啊！”

罗玉洁她们不客气地挤满了后排，留下车外的林朔和白雨檬面面相觑。

顾凡超兴奋地挥手道：“你们打个车，我们在那边会合！”

开车过程中顾凡超有意无意地瞄向阮清言的侧脸，觉得生闷气的她可爱得让人想笑，想她大概率是因为林朔和白雨檬一起出现而不开心。顾凡超却道：“不好意思嘛，车停得有点儿远，就慢了点儿。”

后座的罗玉洁接话：“没事，我们原谅你了！”

朋友们嘻嘻哈哈地笑起来，和顾凡超开着玩笑，说他真人比电视比赛中更帅。顾凡超心情大好，说以后要多出来玩。

方兰把预防感冒的药分给大家，阮清言没接。

怕感冒她就不会来了，生一场病对现在的她来说，或许是一个情绪发泄的出口。她突然渴望脆弱，不想要什么坚强。

活动开始以后，瓢泼的大雨浇得每个人都发了疯似的。泥坑很深，泥量很足，有人从高处跳下，溅起疯狂的泥水；有人猛踹泥坑，想让泥巴飞起来；有人互扔泥团，砸中对方的脸就开心得要死；有人大喊“救命”，说泥水进眼睛了。

混乱的间隙，有片刻的安静。

一个大四学长泥猴似的蹿上高处，在雨中展臂大喊：“我要好工作——我要女朋友——”

大家起哄嬉笑，希望这一天神仙显灵，喊出来的愿望都能实现。

上气不接下气的罗玉洁歪倒在阮清言身上，突然伤感地问：“清言，我们大几了？”

阮清言双眼空洞：“大三？”

冉晓云在远处吼：“傻啊，我们是大一的鲜学妹啊！”

方兰无语：“神经病。”

突然阮清言感到后背一凉，有人用泥巴打她，她迅速转身，像个野人露出狩猎的神情，锁定目标后，气势汹汹地朝顾凡超走去，甩去一个不成样子的泥团。

顾凡超转身，显得有些意外，一把抱住了累得失去平衡的阮清言，阮清言也抱着他，得以喘息。

而林朔站在远远的高处，心想：阮清言这个白痴，谁打的她都不知道。

林朔将手中准备再飞向阮清言的泥团砸到地上，从高处跳下来，转身准备离开，迎面却被白雨檬的泥团砸中。见他毫无反应，白雨檬又连续扔了几个泥团在他身上。林朔犹如一尊泥雕，无言地看着她，神情暗淡。

白雨檬顶着一张花脸凑过来，关切地道：“要走了？”

林朔：“嗯。”

白雨檬跟着林朔离开泥坑，前方的林朔忽然停下来，问白雨檬：“有事吗？”

白雨檬微微愣怔，正色道：“我想和你聊聊。”

雨渐渐变小，空气中的水分渐渐被抽干，转眼天要变晴了。

林朔走到离泥坑很远的地方，抱腿坐下，眼神平静地望着空气中的某一点。白雨檬在他身边坐下，看了看他，小心翼翼地道：“时间过得真快啊，我们已经到大三上学期了。”

林朔：“嗯。”

白雨檬：“对未来做何打算呢？考研？工作？”

林朔：“创业。”

白雨檬沉默良久，点了点头，忽而问：“林朔，你反感我吗？”

林朔侧头疑惑地看着白雨檬，一抹笑容浮上他略微苍白的脸：“对不起。”

白雨檬眼睛水盈盈的：“对不起什么？”

林朔躲开她的眼神：“我不该让自己的不良情绪影响别人，我只是心情不好，你别多想。”

白雨檬更加直直地看着林朔，缓慢而郑重地颔首笑了。

林朔继续说道：“我想开始做一些事情，非常想，最近在和已经创业的学长学姐们交流这件事。学习他们的经验的同时，自己也在做一些准备，只是不知道这些准备到底起不起作用。”

白雨檬：“试试就知道啦！”

林朔：“很难的。”

白雨檬凑近：“要启动资金对不对？我可以帮你！”

白雨檬说得那么干脆、那么肯定、那么轻松，让林朔觉得她在开玩笑。

林朔身子后仰，望了一眼天：“我脑子一团乱，没有好的想法，空有一腔热情，这是钱解决不了的问题，不过谢谢你。”

白雨檬用手在地上乱画：“我才不信呢！我觉得你一直都是很有自己想法的人，只是不肯和我说罢了。”

林朔愣了愣，见白雨檬一脸失落有些不忍：“有倒是有，我想做个免费平台，这也是之前我去乡镇兼职得到的启发，但也仅此而已，具体做什么，我不知道。”

白雨檬坚定地看着林朔：“慢慢来，你会知道的。我相信你。”

林朔：“谢谢。”

雨不知什么时候停了。

白雨檬突然站起来，让林朔跟她走到一棵巨高无比的树下。

白雨檬："林朔，你过来，再过来，到我身边来。"

林朔只好走过去，在她身边站定，不明所以地看着她，白雨檬忽然掏出手机自拍。

林朔："干吗突然拍照？"

白雨檬凑近把照片给他看："看，有彩虹。"

泥坑活动结束了，众人都跟鬼似的精疲力竭地游散出公园。阮清言一个人失魂落魄地走在前面，后面跟着顾凡超和罗玉洁她们。

罗玉洁："清言怎么了？今天怪怪的。"

冉晓云拍了拍顾凡超的肩膀："喂，顾凡超，你知道吗？"

顾凡超耸肩，表示自己是无辜的，转而低声道："不好意思，不能送你们回去了。"

罗玉洁她们走后，顾凡超跟着阮清言走了一路。走到半路中，顾凡超觉得事情没那么简单，想知道到底发生了什么。

顾凡超恳求道："清言，上车，我送你回家吧！"

阮清言侧过头，语气是疯过之后的平静："和我走在一起很丢人吗？"他们满头满脸浑身是泥，像野人，也像难民，一前一后走在繁华的大街上，引来无数注目礼。

顾凡超："不丢人。"

阮清言停下，等到顾凡超来到面前，两个泥人又并肩往前走着。

阮清言："顾凡超，我好羡慕你啊，可以把喜欢的足球当职业，以后老了，还可以当教练，一辈子做自己喜欢的事。"

顾凡超高声道："你也可以做自己喜欢的事啊！"

阮清言转头空洞地笑："哦，我可以吗？"

顾凡超："可以啊！"

阮清言自嘲地一笑，想说什么却没有说出来。

顾凡超掰过阮清言的肩膀，眼睛似乎要把她看穿，一字一顿道："清言，没有人能逼迫你做不喜欢的事，如果有，我第一个去揍他。"

阮清言："我爸。"

顾凡超："啊？"

阮清言："我爸阮守信。你要去揍他？"

顾凡超的手缓缓从阮清言的肩膀上滑落，他神情挫败地道："叔叔……你和叔叔好好沟通，他要你做什么？"

阮清言抬手擦了一下眼睛："没什么，家里有矿，要我继承。"

顾家和阮家彼此知根知底，顾凡超自然知道阮清言指的什么。他低头思考半晌，认真地道："叔叔的想法也没错，现在就业压力这么大，如果能在家族企业好好……"

"顾凡超，你很搞笑。"阮清言语气冰冷地道。

顾凡超挑眉："我说得不对？我不想你那么辛苦。"

阮清言退后一步，上下打量一番顾凡超："你现在黄得像一坨屎。"

顾凡超无奈地笑："你怎么还和小时候一样？不讲道理，乱骂人。"

阮清言没回话，一扭头钻进公交车走了。

顾凡超看着公交车越开越远，明明被骂，心情却跟着阮清言的公交车诡异地绕着弯，一下明朗愉悦起来。阮清言不是因为中途消失的那两个人才如此心情低落的，不是吗？

回到家，阮清言彻彻底底地洗了个热水澡，擦着毛巾，吹完头发，滚到床上。明明释放了精力，身体还是那么重。她靠着床，刷开朋友圈，都是今天佩奇活动的图文，手指往下滑，发现白雨檬也发了条九宫格图片的朋友圈，照片拍得都很有趣……只是中间的图，是她和林朔的自拍。

雨后的大树下，林朔正看着她，远处有彩虹。

配文："泥"在一起。[彩虹]

阮清言心想：是腻在一起吧，真是一语双关，才女啊才女，差点儿没忍住点个赞。

她讨厌此刻酸不拉几的自己，讨厌对未来的主导权快要易手，生活快陷入失控状态，却不努力振作的自己，明明把一身泥水洗得干干净净、彻彻底底，可她还是感到如身陷泥潭般……

狼狈。

"嗡嗡……"手机响了，罗玉洁发来微信："今天干吗不开心？"

阮清言心头一暖："日常发神经咯！"

罗玉洁又说：“背后砸你泥团的人是林朔，不是顾凡超。”

阮清言装傻：“啊？大家都互砸啊……记这个干吗？”

罗玉洁点到为止，发了个抱抱的表情：“嗯，多喝姜茶驱寒，晚安。”

白雨檬那条朋友圈一定很多人看到吧，光是共同好友，阮清言就看到接近二十个人点赞了。他们都看到了，看到白雨檬和林朔在一起了。

深夜，公司。

阮清言对着电脑像在思考什么，又像什么也没想，手边的咖啡早就冷掉，电脑发出的莹莹亮光在黑暗中像一只孤独的眼睛。

江蕾提着包，从办公室走出来，看见阮清言不免一愣，这个时间点，她竟然还在。

江蕾走过来关心地看了她一眼：“干吗呢，还不走？”

阮清言抬眸，眼里盈满清冷的孤寂：“没什么，姐姐你回去休息吧！”

江蕾一笑，反而放下包，坐下来。

她睁大眼睛，凑近看阮清言：“怎么啦？跟我说说。”

见江蕾这么关心自己，阮清言愣愣地看着她，嘴角忽地一撇，委屈道：“难受。”

“哪里难受？”

“哪儿都难受。”

也不知道哪里来的勇气，或是谁的指示，阮清言顺势抱了过去，下巴抵在江蕾的肩膀上，像条小狗嗅了嗅，似乎想要从江蕾身上汲取些能量。江蕾也抱着她，抱得更紧了点儿。

江蕾望着天花板，眯眼道：“哪儿都难受……我想想啊，先听哪一个坏事好呢？”

阮清言离开她的怀抱，孩子气地看着她：“我不会讲。”

“哦，你不会讲啊？”江蕾也一副逗小朋友的语气，“那我讲吧！”

阮清言灰暗的脸一下被点亮，倒想听她讲些什么。

江蕾望着窗外的夜色沉吟片刻，转头正色道：“我大学的时候，暗恋一个人……”

她没有讲下去，而是观察阮清言的表情，见她被戳中，便继续讲：

“也不知道为什么，就是鬼使神差地喜欢上了，当你都不知道为什么喜欢那个人的时候，才是最要命的。”

阮清言埋头看地上，目光波动。

江蕾：“喜欢一个人，特别是暗恋，会像生了一场无形的病，症状有紧张、胆小、心悸、犯傻、发神经和委屈，情绪很容易波动……人就特别特别难受，特别特别卑微，特别特别装。”

“特别装”逗笑了阮清言：“然后呢，你表白了吗？”

江蕾扬眉：“表白了啊！暗恋了一段时间，我就想明白了，为什么要自己悄悄地难受呢？一切都是因为那个人而起啊！关我什么事？”

阮清言听得一愣一愣的，努力反应江蕾是不是在胡说八道。

江蕾表情认真地道：“要是没有那个人，你就不会喜欢，不会喜欢，你就不会难受，所以明摆着的，都是那个人的错。”

阮清言目光震动，竟然点了点头。

江蕾好看的脸上浮起愠色：“都是那个人的错，凭什么要我独自承担啊！所以必须告诉那个人他犯下了什么罪！”

阮清言缓了口气，小心翼翼地问：“表白了，然后呢？”

江蕾不屑地摊开手：“我不在乎！”

表演完毕的江蕾回到平时的高冷模样，后仰在椅子上，意味不明地望着阮清言笑。

阮清言八卦地追问：“我在乎，我在乎，姐姐，最后你和那个人怎么样了？”

江蕾淡淡地说：“在一起了。”

“真好。好冲动。”

江蕾坐直身体，傲娇道：“那不是年少冲动，是本能，我是个商人，有商人基因，抓住机会是商人的本能。不表白的话，怎么会有机会呢？”

阮清言沉思良久，忽然傻傻地抬头笑：“我们怎么在说这个？”

“嗯？”江蕾不解。

阮清言垂下眸子，语气低落：“看来我真的是喜欢上那个人了。竟然不知不觉说起这个话题。”

江蕾掩面：“你看你都傻成什么样子了。”

阮清言神情一暗，声音冷酷：“不过我是不会表白的。”

江蕾意外地看着阮清言，觉得自己刚才的卖力演出都是白搭。

阮清言平静又坚定地道：“如果他喜欢我，为什么要我表白？如果他不喜欢我，我为什么还要表白？自取其辱。”

江蕾又气又笑，最后露出欣赏的神情，觉得眼前自尊心膨胀的女孩很可爱。她希望眼前掷地有声的阮清言在暗恋的途中也能延续这份傲慢与强势，不受暗恋一个人时分分秒秒的苦，少受一些自作自受的摧残。

可阮清言好像做不到啊，江蕾无奈地想。

其实江蕾刚刚讲的都是假的，她根本没有表白，而是独自痛苦了一个大学时代。

她想怂恿阮清言，可阮清言比同龄时的她还要倔，倔得有理有据，自成体系。

也不知道从哪一天开始，黑夜的存在感变得如此之强，仿佛变成了一片海，要将阮清言吞没，而她没有救生衣或游泳圈，只能漂浮在海上，随机地睡去。阮清言失眠很多天了，试过一些对抗失眠的方法，没什么用。她开始不去想失眠这件事，说不定还能睡得好一点儿。

这天，图书馆依然人来人往，汉博从来不缺学霸，特别是在又一个临近毕业的关口。

阮清言左手撑着脸，右手在书上写写画画，努力让自己不睡过去。人总是需要睡眠的，晚上睡不着，白天怎么会好过。终于，她还是身子一趴，睡过去了，像之前很多天一样。

隔着一条走道，林朔无言地望过来，确定阮清言又睡着了。这次他站了起来，走到饮水机那儿泡了杯热咖啡，再走回来，将咖啡重重地放到阮清言的桌子上。有两滴滚烫的咖啡溅落在阮清言白皙的手背上。

阮清言缩手，抬起蒙眬的睡眼：“你干什么？”

林朔居高临下地看她：“要睡回家睡，别占着茅坑不拉屎。”

阮清言没有埋会，目光转移到溅了咖啡的桌面上：“麻烦你给我擦干净。”

林朔有些失望地又看了她一会儿，转身走了。

又这么稀里糊涂地度过一天，晚上回家，阮清言一点儿睡意也没了。时间来到凌晨，她依然打开书本，打开工作相关的东西，又打开阮守信接二连三发来的资料，味同嚼蜡，行尸走肉般看着。

此刻一切好像静止了，灯光把房间照成琥珀。

直到阳台传来奇怪的声音。

阮清言探头望向阳台："软蛋，别调皮哟！快回来。"

软蛋毛茸茸的身子从玻璃门中间挤出来，安静地望了阮清言一会儿，见没什么事，又钻了回去。

直到软蛋兴奋地"汪汪"叫出声，又跑到玻璃门前对着阮清言舔了舔嘴，阮清言才站起来，推开玻璃门抱住软蛋，奇怪地问："软蛋，你吃什么啦？该不会吃老鼠了吧……"

阮清言摸着软蛋，站在阳台边到处打望，忽然看到楼下一个人影闪过。

阮清言："我看见了，别躲了。"

林朔从树影下出来，继续若无其事地将手中的鸡肉干抛向阳台前的软蛋。软蛋在阮清言怀里挣扎，伸脖子要去接零食，阮清言只好将就它，移动着步子，好像她被林朔投喂了一样。

阮清言语气有些生硬："深更半夜的，你怎么在我家楼下？"

林朔喂得差不多了，将鸡肉干封好，双手揣兜仰头望她："好久没见软蛋了，有一点儿想它，所以就来看看。"

阮清言摸着狗："那也要问问它同不同意。"

林朔拍手："软蛋，爸爸来看你了，开不开心？"

阮清言抱着软蛋后退一步："什么爸爸，你适可而止。"

林朔笑了，望着阮清言忽然认真道："阮清言，你白天睡大觉，晚上在干什么呢？"

阮清言："失眠。"

林朔想了想问："是有什么烦心事吗？"

阮清言："没有。"

林朔沉默了，阮清言不知道他在想什么，忽然他又仰起头："是不是房子风水不好，无缘无故失眠，我上去看看？”

阮清言如临大敌，抱软蛋抱得更紧了：“深更半夜的，你的想法怎么奇奇怪怪的？！”

一分钟后，林朔站在阮清言家门外擂门，阮清言忍了忍，还是给他开了门。

自从上次帮阮清言搬家来过以后，林朔便再没来过了，一进门，看见整个房间都是原原本本按照他的设计改造布置的，他的嘴角浮起一抹得意的笑。

“大晚上的，你这样笑很恐怖。”阮清言放下软蛋，抱怨地说。

林朔收敛笑意，突然像想起什么：“我是不是打扰到你了？”

阮清言：“嗯。”

林朔：“对不起。”

阮清言指门：“那你出去吧！”

林朔：“是不是来不及了？”

阮清言裹紧睡衣：“来得及。”

林朔顿了顿，转身向门口走去。

阮清言喊住他：“回来，你、你大晚上跑来不会没有事情吧？！”

林朔转身，看着面前的阮清言竟然一时语塞。要是刚才他动作再快一点儿，就不会被阮清言发现，就会什么事都没有，这依然是一个安静的，不会让他此时此刻如此忐忑、不知所措的夜晚。林朔希望此刻有个小行星适当地撞一下地球，把所有人的注意力都转移，让阮清言不那么目光如炬地看着他。

“嗡——”阮清言的手机响了，来电人是顾凡超。

阮清言立马挂断电话，继续目光如炬地看着林朔。

林朔：“怎么不接？”

阮清言：“不想接。”

林朔声音忽然喑哑：“吵架了？”

阮清言走到沙发前一屁股坐下，她和顾凡超因为上次要不要听阮守信的话而冷战，顾凡超知道阮清言晚上没睡。

阮清言好像没听到林朔的话，思绪不知飘到哪儿。

阮清言：“林朔。”

林朔：“嗯。”

阮清言：“记不记得大一的时候，我爸来首城，看见我和你倒在一起……”

林朔走来坐到了阮清言旁边，点点头。

阮清言淡淡笑了笑：“本来是件很丢人的事，我爸也觉得我丢他的人了，但是很奇怪，我觉得很轻松，如释重负。”

林朔：“明白。”

阮清言：“你真的明白？”

林朔：“你在你爸眼里一直是乖乖女吧？其实你不是，扮演得累了，终于有一天露出破绽，反倒轻松了。”

阮清言侧过身子，抱着抱枕眼睛一眨不眨地盯着林朔。这些天来窒息的感觉像被人戳了个小洞，让她得以喘息。

阮清言：“嗯，但也不是乖乖女那么绝对，那种感觉很难形容，我至今也没理清我和我爸的关系，我是说，怎么和他相处。”

林朔：“也许你根本就没理过。”

阮清言愣愣地看着林朔，忽然就讪讪地笑起来。

林朔顺势追问：“清言，你和你爸……发生了什么吗？”

看着林朔那清澈的目光，阮清言没有意识到自己在说什么，下一秒就听见林朔说：“这样子啊！”

林朔：“既然不想，你就和叔叔直接说。”

阮清言垂下眼睛：“说了没用呢？”

世界安静了几秒，林朔语气很轻，又无比坚定：“那就用行动反抗。”

阮清言简直厌恶听到自己的声音再问下去：“反抗了，和我爸、和家里闹僵，一切关系都毁掉了呢？”

林朔：“你还有你自己的世界。”

阮清言：“林朔，你真冷酷。”

林朔眯了眯眼睛：“清言，你是在夸我，还是在骂我？”

他等了好一会儿答案。

阮清言："夸。"

凌晨的世界能把所有声响都放大，风、水滴、鸟的呓语，还有胸腔里那突然怦怦的心跳声。

林朔一下站起来，吓阮清言一跳。

林朔："我该走了。"

阮清言窝在沙发里，仰头看他，他也看她，并没有挪动步伐，难道还要她送他不成？

林朔："阮清言，我有话对你说。"

阮清言突然浑身没了力气，继续瘫在沙发里，望着他："说啊！"

林朔说得无比认真："如果你愿意，可以加入我。"

阮清言："啊？"

林朔："你也想创业不是吗？上次培训你在帐篷里自己说的。"

阮清言嚅动嘴唇，最后冒出很小声的一句："对。"

对话到此结束，林朔自己开门出去，转身关门的时候，眼神落回到房间里空气中的某一点上，仿佛把什么重要的东西交付在了这里。

门"啪嗒"一关，阮清言的心跟着一跳。

她发现啊，这个夜晚因为林朔的出现，悄悄变短了一截，没昨天难熬了。

第十一章
祝我们梦想成真

你知道一片云的重量吗?

第二天，阮清言睡醒之后给林朔回了话，并在下一秒给阮守信打去电话，告诉了他这件事。和她预料的一样，阮守信语气平静地说着一些极力反对的话，并打算尽快飞到首城，和阮清言当面聊。

阮清言做出这一系列举动的时候，内心有种异样的平静，好像是看着别人在这么做，平静之中又会突然惊诧，她竟然这么做了，在毫无准备、毫无头绪、毫无计划、毫无实际行动的情况下，这般举动就好像在任性地告诉世界自己要做一个轻飘飘的白日梦。

而一起做白日梦的人，还有林朔。

知道彼此要联手创业之后，阮清言和林朔之间发生了微妙的变化。

两人之间的相处显得更为静谧，并默契地维持着这份静谧，好像知道未来在酝酿更大的风浪似的，珍惜眼前的静谧是他们不必言说便达成的共识。

周围的人对于他们要创业这件事，给予礼貌性的鼓励之外，更多的是一种看戏的状态。

“创业？街边卖煎饼吗？”

“初出茅庐的大学生要什么没什么，创个啥？”

“钱呢？”

“想法很好，要是没什么代价，我也想。”

“啊，创业很难吧，他们不怕辛苦吗？”

“九死一生。”

…………

对于他人的询问，阮清言和林朔的回应出奇一致。

“就试试。”

“不行就干别的。”

听上去很随意，其实他们内心都无比认真和坚决。

然而这份随意的态度，反而吸引了罗玉洁。大三了，她也迷茫未来要干什么，不太想早九晚五挤地铁上班，不太想千军万马再挤一遍独木桥考研。创业人概会让时间和财务相对自由，好像还蛮符合自己对未来的期许的，不如试试吧！几乎没多犹豫，罗玉洁也正式上了阮清言的“贼船”。

“大众创业、万众创新，这不是一句口号！我愿意用我的青春和热血，浇灌出时代最美丽的花朵！”

“花要是枯了呢？”

“枯了……枯了也香过啊！”

一次聚餐，吃撑的罗玉洁和朋友们发生以上对话，她觉得人生不折腾真没什么意思，在瞎折腾这条路上，幸好还有阮清言这个手牵手一起蹦蹦跳跳、疯疯癫癫的姐妹。

时间忐忑地在阮清言心口磨过。

没过几天，阮守信真的从渝州飞到首城了。或许因为害怕见到父亲，害怕被说得心软动摇，害怕看到父亲失望难受的脸，会面的时候，阮清言想拉一个人同行，但愿在她无话可说的时候，那个人能让场面不那么“死亡”。林朔自告奋勇要陪她一起见父亲。

深秋的季节，街上行人裹着围巾偶有经过。一场秋雨刚刚下完，天亮了一些，未蒸发掉的水汽飘浮在空气中，朦朦胧胧的，又附在咖啡馆橘色灯光映照的玻璃窗上，更加朦朦胧胧的。

咖啡馆内，阮守信面无表情地坐在对面，对面同样是面无表情的阮清言，和精神高度集中的林朔。

对话以阮守信看向林朔开始。

阮守信冷淡又焦心地看了林朔片刻，转而对阮清言说：“你身边的同学很眼熟。”

阮清言和林朔交换眼神，似乎都在询问对方，这份存在感是哪里来的。

阮守信蹙着皱纹波澜的眉头，沉思片刻道：“啊……我想起来了，你就是那个男孩子。”

应该是大一的时候，林朔和阮清言抱在一起的画面太过深刻，让阮守信留下印象了，再加上他们后来也一起出席了刘伯伯的寿宴，阮守信记得林朔也不是太奇怪的事。

林朔正准备说什么，阮守信忽然叹口气，直勾勾地盯着女儿：“清言，就因为谈恋爱，你就对未来做出这样草率的决定吗？”

阮清言吞下口水，摆手道：“不、不，爸，你误会了。我和林朔只是同学，不是……同学都不是，是校友、校友。不是你说的那样。”

林朔耷拉着眼皮看了阮清言一眼：“叔叔，是我邀请阮清言创业的，但她做出这样的决定，和恋爱没有半点儿关系。”

阮守信程式化地点点头，身体后靠，抱胸看着眼前的年轻人。

两边都沉默着，林朔想说些让阮守信能同意的话，可看阮守信那副精明透彻的模样，林朔感觉自己说的话，阮守信其实都明白，便不再多言。林朔清楚，一切都是立场问题。

其实阮守信接到女儿的电话时十分震惊，从小到人，阮清言都不曾那么突然、那么直接干脆地表明心意。他明白女儿和自己很像，话不会轻易说出口，但既然说了，便几乎没有挽回的余地。所以，他才立马从千里之外的渝州飞了过来。

令他更意外的是，和女儿同行的居然还有个男生。虽说是创业伙伴，但他总觉得没那么简单。阮守信抬起干瘦的手，无奈地揉了揉太阳穴：“清言，你知道万一失败有什么后果吗？”

阮清言答：“我们会找天使投资。”

阮清言的潜台词是说，不会花家里一分钱，不让家里受任何影响。

阮守信干巴巴地笑了，身体又往前蹭了蹭，以一种全新的眼光缓慢地打量眼前的女儿。眼前的阮清言不再是那个丢了伞便甘愿被惩罚冒雨前行，淋得一身狼狈的小女孩了，她已经找到反抗的方式，或者说是解决问题的办法。

她找到了那把庇护自己的伞。

林朔觉得阮守信和阮清言应该更多地沟通，便一直安静地没有讲话。阮守信的目光从女儿身上移开，又转移到林朔身上，目光最后在他们之间游来移去。

阮守信咳嗽了一声，声音忽然严肃得恐怖：“清言，你为什么要创业？”

阮清言嘴角绽开一抹灿烂天真的笑：“我想看看自己的能量有多大，

想要时间和财务更自由，想要创造价值，还想要更美好、更自由自主的生活。”

阮守信的脸色越来越恐怖，最后“哼哼哼”地笑出声。

“太天真了，”他喑哑着嗓子说，“你真的太天真了……眼看你要出社会了，爸爸是想保护你，可你拒绝这份保护。你以为当了老板以后，就天下太平、花好月圆，世界以你的意志为转移了吗？自由？哪里来的自由！”

阮清言垂下眼睛，抠着手指，没说话。

林朔往阮守信的杯子里加水，说道：“叔叔，我们还年轻，想活成自己想要的样子，这点希望你能理解，毕竟叔叔你也年轻过。”

阮守信以一种老者对后生、居高临下的神态久久看着林朔，忽然轻蔑地笑了。他觉得自己在这里大动干戈真是可笑，可笑至极，因为根本不用他阻拦，最后阮清言都会被社会教训得服服帖帖，然后夹着尾巴回到他身边。

这么多精明强干的能人在创业这条路上九死一生，何况是几个小孩？想明白过来的阮守信神色陡然变得轻松，像有人松开了他脖颈的绳索。他缓过气来，慢慢笑起来的他甚至显得有些和蔼可亲。

为了将他们的成功率降至最低，阮守信做出让步的样子，说道：“好吧，林朔说得不错。这样吧，清言，我给你一年时间，如果一年以内做不出个样子，你就回来，必须回来，回渝州，到爸爸的公司工作。”

听父亲这么讲，阮清言心里大大地松了口气，他好歹是同意了。

阮守信追问：“清言你答应吗？这是我们之间的承诺。承诺了就要做到。”

一年的时间未免短促了些，何况他们完全是新手，林朔想要说什么，却被阮清言拦下了，她的脸上呈现出从未有过的光芒：“我答应，爸爸。”

阮守信笑了，获胜似的看了他们片刻，突然站起来要请他俩吃饭。“好不容易来一趟，走，我请你们吃顿好的。”阮守信轻掸着高级西裤上的几粒灰尘说。

而林朔神色阴沉，有些恍惚。

阮清言根本没有注意到林朔，她像个获胜的将军，高兴地把罗玉洁、冉晓云、方兰全叫了来。

夜幕降临时分，他们在一家高级餐厅大快朵颐，甚至开了两瓶高级红酒。在父亲面前摇曳酒杯的感觉很是微妙，阮清言突然觉得自己是个大人了，隐隐体会到了一种自由，一种难以言明的自由。

席间，林朔也表现出高兴的样子，只是偶尔沉默。

阮清言知道他在担忧什么，凑到他耳边，吐着热气说："你就对我们……这么没信心吗？"

热气令他的耳朵飞速变红，他抬眸安静地望着她，笑了笑。

阮守信喝得微醺，在一边和方兰探讨某个技术术语，突然脸色凝固，一拍大腿道："清言，怎么不叫凡超来陪我喝几杯，像什么话！"

阮清言撒娇："哎呀，爸，怎么可能不叫他嘛！"她拿出手机，展示屏幕，"看他的行程，他去外地比赛了。"

阮守信眯着醉眼，凑近一看："噢……那他知道我来了吗？"

面对父亲说谎，阮清言还办不到："没。"

阮守信摇头晃脑："清言，这就是你的不对了。他知道我来，一定会飞回来见我的。"

大家不约而同地看向阮守信，他的笃定，实在是让人侧目。

阮清言："爸，你喝醉了。"

林朔看得出阮父的酒量，离醉还差得远。他不仅看出阮父的酒量，还看出阮家和顾家的关系，看出阮父对顾凡超的喜欢，看出咖啡馆里阮父对自己和阮清言可能存在的恋爱关系的反感。

本来想敬叔叔一杯的，他打消念头，自己干了。

拜访完该拜访的人，没在首城多待一天，阮守信就飞回渝州了。温芳在家里等他，走之前他去汉博校园里散了步，捡起黄了的银杏叶给老婆做书签。阮清言时常羡慕父母的爱情，没有惊天动地，没有过多言语，爱就在他们相处的每个细枝末节间暗涌流动。摧枯拉朽的岁月不是洪流，而是雨露，让那些爱又悄然无声地生长出新芽。

父亲返程的那班飞机在天空中划出的那道白线，好像一道时间的起跑线，又像一道现在和未来的分界线。阮清言的心跳开始踩着时间跳动，每一分每一秒都变得有了重量，她知道，一年倒计时开始了。

几乎没有耽误，三个没有头绪的大学生约在一家汉博校内的创业咖啡馆见面，打算说说各自的创业想法。北方的秋天更生猛了些，阮清言缩在一件灰绿色的高领毛衣里，露出一双清澈又略带焦虑的眼睛。她敲敲原木色笔记本，示意可以开始了。

"我没有想法。我打辅助。"罗玉洁直截了当地说，"辅助"的用词，让人感觉她在游戏人间。

阮清言目光投向林朔，林朔端起咖啡，抿了一口："我暂时的想法已经和你们交流过了。"

也就是说，关于创业项目到底是什么，做什么，他没有想法，只说了个想做个免费平台的大概意思。

阮清言突然感到空气稀薄，有些窒息，身体里的力量猛然聚集到右手，她"啪"地一拍桌面，四座皆惊。

阮清言："你们真的没在开玩笑？这样怎么能行呢？"

林朔和罗玉洁互看一眼，表示自己其实很认真，只是今天没有想法而已。

一看阮清言发脾气，林朔的心不可抑制地乱跳得飞快，可他冷静道："清言，说说你的想法。"

阮清言翻开笔记本，上面混乱地写了些东西。她抬眸望了二人片刻，突然变得不好意思："瞎想的，你们暂且听听。"

于是接下来的十多分钟，阮清言叽里呱啦地讲了一堆，偶尔会停下来，出着神，仿佛在琢磨自己刚刚讲了什么，然后又像没有停顿似的，接着讲下去，直至结束。

讲完后，她研究着林朔和罗玉洁的脸，心里像被人浇了一碗冷粥。

阮清言："嗯……有什么想法可以说，欢迎发表意见。"

罗玉洁难为情地摇摇头，看向林朔。林朔清了清嗓子，郑重道："清言，我们是创业，重在一个'创'字，要有新意胜算才更大，才能获得挑剔的投资人的投资，可是听你讲的，我好像没有听到太创新的东西。"

氛围静滞了几秒。

阮清言扶额：“哦，好吧！老实讲，其实我也没有很好的想法。”

阮清言这个反应让林朔和罗玉洁同时松口气，从决定一起合作起，他们就默认了阮清言是团队的核心，担心她的情绪或脾气会让事情变得棘手，现在看来似乎不用太担心。

看到两人暗自松口气，阮清言眉头一皱，脾气反倒上来了：“喂，我说，你们干吗这样啊，好像我很可怕似的，我虐待过你们吗？”

“没有没有。”罗玉洁赶紧说。

阮清言顿了顿，忽然摆出一副江蕾开会讲话的架势：“那就好，罗玉洁、林朔，我们既然决定一起干，就应该彼此坦诚相待，敞开心扉，有话就说，好话坏话都欢迎，不用担心说完后会有人不愉快。我们必须做到无障碍沟通，减少内部的沟通成本，才更有可能接近好的结果。大家明白吗？能做到吗？”

林朔瞄了阮清言一眼，点头微笑，罗玉洁比出大拇指。

阮清言合上笔记本：“好吧，既然今天大家都没想法，就到这里吧！”

说完，阮清言翻开另一本小小的厚厚的黑色新日程本，在今天的日期下写了两笔，记录今天会议的进展。同时这么做的，还有林朔，他也在一个专门的日程本里写了什么。

写完，两人合上笔盖的声音重合，互看一眼，无言。

回去的路上，林朔以尽量不是“追”的步伐，追到了阮清言面前。他说：“清言啊，我建议制订一个计划，确定一些时间节点，到了一个节点，我们就最好完成什么。你觉得呢？”

秋日西落的曚昽日光中，阮清言抱着笔记本驻足，又露出那双清澈、焦虑，又新增了忧郁的眼睛。

“林朔。”她停顿了好一会儿才道，“我也这么想过。”

林朔：“嗯？”

阮清言看向脚尖，又抬头：“可是……计划赶不上变化，还是算了吧！”

林朔平静的脸孔上晃过一抹失落之色。

阮清言笑着说：“我们虽然信誓旦旦，可都不知道明天会发生什么。

不止创业，生活也一样，既然如此，做好今天的事不就好了吗？不抱那么多期许，我们是不是都会轻松很多？”

林朔沉默片刻，又望向阮清言，心里某个地方忽然酸疼了一下。

“嗯。”他答。

不要计划，不去设想未来，劝自己做好今天的事，这样的话，结果来临的那一瞬间，惊喜是不是会大一点儿？如果没有惊喜，受到的伤害是不是也会小一点儿呢？

不只生活，人和人之间的关系不也是这样吗？

两天后，城市夜幕降临时分，阮清言在家里手忙脚乱。准备下锅的菜一一切好，又把一瓶红酒倒进醒酒器里之后，她站在厨房里望了一眼窗外的蓝色，摸着时间，将菜下锅。等她把菜装盘上桌，醒好的酒安静地躺在高脚杯中的时候，门恰好响了。阮清言快步去开门，江蕾一进门就感叹：“好香。”

江蕾脱下大衣，坐定在饭桌前，看着似乎微微紧张的阮清言，嘴唇勾笑：“怎么突然请我吃饭？还是亲自下厨，很有诚意嘛！”

和阮清言熟了之后，语气里高冷的成分慢慢从江蕾的唇齿里蒸发掉了。此刻江蕾的语气有开玩笑的成分，也有认真的部分，阮清言掩饰地笑了笑，脸颊猝然生出淡淡的红。

江蕾真不是好哄的，这顿饭不先把话说在前头，看来是吃不舒坦了。

阮清言拉开椅子坐下，挺直身子：“姐姐，那我就开门见山了。我打算创业了，做你的助理的事应该就……”

江蕾沉默片刻，倒不显得太意外，轻松地笑着说：“是决定现在就辞职吗？”

阮清言连忙说：“不不不，现在我们还没进入正轨，前期筹备都够呛呢！我想先和姐姐你说一声，免得我到时候突然辞职，给你添麻烦。”

江蕾颔首，用筷子去夹面前的糖醋排骨。

这是她“点”过的菜，时至今日再吃到嘴里的滋味和从前一样酸甜可口，又似乎多出一番滋味来。

见江蕾动筷，阮清言也动筷，她早就饿了，为了准备这顿丰盛重要的晚餐，连午饭也没顾得上吃。最要命的话题一来便说破，两人都轻松很多。阮清言在心里很感激江蕾，正是她的适时出现才让阮清言有能力住在自己的“家”里，有了第一笔来自社会的正式收入，有了第一个学生以外的身份，有了第一份独立和安定感。而且，通过给江蕾做助理，阮清言更是汲取了很多花钱也得不到的见识和经验。

阮清言举起酒杯，敬江蕾：“姐姐，遇见你是我的幸运，我很感谢……”

江蕾“扑哧”一声笑出来，仿佛瞬间变回大学那个青春的少女。她摆了摆手：“阮清言，你好好笑，在说什么台词呢！从现在起，我们完全是朋友了，不用讲那些套话。”

阮清言悬在空中的酒杯没有罢休的意思，顿了顿，她更加认真地说：“我很感谢你这么长时间以来对我的帮助和关心，工作上、生活上，多方面的……感谢。”

后面的话竟语无伦次，这是阮清言没料到的。

江蕾发现了她的小小窘迫，为了解救她，举起酒杯和她碰了一下，酒杯清响的瞬间，两个人都笑了。

整整六个菜，三荤两素一汤，一瓶酒，还有水果和甜点，这个夜晚长着呢。

江蕾见阮清言如此诚心，心里也涌起暖流，心尖泛起一种感动。这种感动是她在商场打拼厮杀多年很少感受到的。她凝望对面的女孩良久，缓缓张口，语气显得郑重无比：“清言，既然你叫我姐姐，那我以后便是你姐姐了。创业很辛苦，如果遇到困难或者有不知道怎么办的地方，你尽管和我说。”

深蓝色的晚风从窗口拂进来，有隐隐的花草香。

阮清言挪了挪椅子，轻轻和江蕾拥抱，明明很开心，眼眶却悄悄湿了。

夜更深的时候，阮清言和江蕾讲了更多的话。阮清言讲了和她一起拼的人还有林朔和罗玉洁，讲了他们第一次正式开会便无功而返，讲了和父亲的一年之约，讲了母亲和家里的后院，讲了懵懂的少女时代和小时候。

像第一次在办公室见面那样，她们聊了很多，仿佛第二次认识。

周日的训练场，太阳白晃晃，绿茵场上顾凡超的球队正在做着日常训练。队友从远处给顾凡超传球，他走神片刻，球从他脚边滑蹭而过，滑稽的样子惹得队友们哄笑。助理教练委婉地提醒了这位当家球星，顾凡超迅速把精神集中回来。此时，球场边忽然传来两声争执，一位球队工作人员正在阻拦白雨檬。

工作人员："小姐，不好意思，我们正在训练，无关人员不准进入球场！"

白雨檬踩着细高跟鞋，以为鞋跟会损害绿茵场，便抬头优雅又平静地说："那好，请你叫顾凡超过来。"

顾凡超离她并不远，她要是音量稍高，完全可以喊他过来，可她不。

工作人员转头看了顾凡超一眼，又看看眼前的女生，正犹豫为难，忽然有队友高声说道："凡超，雨檬小姐姐又来找你了！"

顾凡超闻声回头，正好撞上场边白雨檬望来的眼神。顾凡超把足球一脚踢走，向白雨檬走去，走到中途有队友坏笑地拍了拍他的屁股："难怪心不在焉。"

顾凡超和白雨檬一起坐进场边的防护棚里，尽管是秋冬天气，顾凡超还是满脸热汗，训练的辛苦一眼可见。白雨檬从包里拿出纸巾递过去："擦擦吧！"

顾凡超接过纸巾，心不在焉地擦着，擦着擦着他感觉到一股奇怪的味道，认真闻纸巾："你有毒吧，白雨檬。"

白雨檬不解："啊？"

顾凡超示意她把纸巾和女生特殊时期的卫生用品放在了一起，有股那种味道。白雨檬反应过来，优雅尽失，仰身大笑。

顾凡超将纸巾揉成一团砸进了垃圾桶里，浓眉紧锁："说正事。"

两人约在球场见面，是想商量怎么办，怎么应对林朔和阮清言一起创业这件重大的事情。

顾凡超生气的模样像个五岁孩子："哼，什么创业，你说他们的脑子怎么就傻到一块儿去了？！真是不知人间疾苦。"

白雨檬淡淡地笑，因为她和林朔聊过未来的打算，对于他们突然的举动显得平静很多。不过她的担心和顾凡超是一致的，未来的林朔和阮清言势必会朝夕相处，同甘共苦，说不定哪天就发来结婚请帖了。

白雨檬心里有应对办法，但还是问顾凡超：“我的军师大人，你有什么对策？”

顾凡超仰头灌了一口水，闷闷地道：“你也去，加入他们的团队。”

顾凡超的想法竟和白雨檬不谋而合。

白雨檬抛出顾虑：“我也这么想的，可是他们现在三个人，会答应我加入吗？”

顾凡超神色阴沉地说：“那就给出不能拒绝的理由。”说完，他把空水瓶奋力地一扔。

这句话听着耳熟，是著名美国黑帮系列电影《教父》里教父的经典台词。电影里，如果有人拒绝教父的要求，教父便会给出不能拒绝的理由，那个理由往往是一把指向对方头颅的手枪。

白雨檬佯装惊吓状，又眯眼凑近道：“明白了，我用霰弹枪对准他们，不答应就开枪！”

顾凡超被逗笑，哼了一声：“你怎么不用平底锅啊？”

两人私下一起玩“吃鸡”游戏，不知不觉段位都成“星钻”了。

白雨檬收敛起笑容，表情沉静又凌厉地和顾凡超对视良久，他们从对视里了解了彼此的心意。虽然没有明说，他们觉得自己在玩一场幼稚又无聊的游戏，可又对这场游戏满怀希望，像极了不服输的天真孩子。如果两个人真心喜欢，他们怎么能挡得住呢？怎么可能挡住二人相处中，分分秒秒的时光中，流露出来的五彩斑斓的情愫和喜欢呢？

他们挡不住的啊！

可难道他们就袖手旁观，对命运束手就擒吗？

不。

绝不。

晚上八点左右，阮清言把论文文档一关，揉着眼睛便想睡觉，可脑子里回响着白天课堂上老师讲课的片段，又不舍得去睡。大三了，学业压力比大二的时候少些，但也少不到哪儿去。阮清言心里沉甸甸的，感觉自己处处有压力。有那么一瞬间，她想变成树梢上的一只鸟无痕地飞走，或者变成狗窝里的软蛋悄无声息地活着。

她回过神，摇摇脑袋把论文文档打开，检查了一遍，发给老师后，她又脸色苍白地打开一个空白文档，盯着空白处发呆。关于创业项目，她该写点儿什么了。离上次咖啡馆开会已经过去一周了。

上次被否定后，她好像经历了一次失败，特别是林朔告诉她如何如何不好的时候，她心情很差，但也不能表现出来，否则会被认为小气，可她就是心情很差啊！不是因为被否定，而是因为被林朔否定。她不喜欢自己的情绪被别人影响，可如果那个人是林朔，她就无计可施了。

空白的文档不会因为被盯着就自己生出字来，阮清言低下头，开始玩手机。团队小群里会分享一些新发现的创业领域和案例，可是却没一个三人同时看上眼的。阮清言认真地看完林朔分享在群里的最新项目后叹了口气，感叹事情越是重大，开头越是艰难。她把头往后一仰，漫无目的地盯着墙顶放空……

或许，他们该做个调研，找找思路？

安静中，微信突然响了，是小九发来的消息。

阮清言很是意外，上次把男生的微信推给小九后，二人便没聊过。小九说，她和那个男生在一起了。阮清言屁股一滑，差点儿从椅子上摔下去。换作别人她不觉得意外，可这是小九啊，有社交恐惧症的小九。

阮清言兴奋地和小九聊了起来，聊到高兴之处发语音过去，对方拒接了。小九说，还是打字吧，怕语音她反而说不顺畅。阮清言会心一笑，继续打字。

原来，小九和男朋友还没好上那会儿，他们便是有一搭没一搭地在微信上交流养宠物的各种事，分享自己的宠物，聊着聊着发现彼此三观很合，很谈得来，便约好一起出门遛狗。陌生人见面这种事，对慢热的两人都是挑战，幸好“见光”前沟通已久，两人第一次“约遛”还算顺利——都没落荒而逃。后来次数多了，两人的宠物自然而然结下亲密友谊，两位主人的关系也慢慢升温……

阮清言为小九感到高兴，和她聊完后，阮清言兴奋得神经突突直跳。她忽然想起什么，拉开左手边第二格抽屉，把笔记本翻出来看，把上面记录的句子提炼出了几个关键词：年轻人、宅、社交、情感。

她微颤着手，在空白的文档上小心翼翼地敲出第一个字，停顿几秒后，一行接着一行的字飞快地出现在电脑屏幕上。

她想，养狗的年轻人越来越多，群体是如此庞大，何不利用每天“遛狗”这个占据时间和注意力的固定行为做文章呢？于是文档里，她把宠物和笔记本上的关键词结合起来，形成了最核心的创意。

凌晨两点，她把创意核心详细地阐释出几千字，又整整修改调整了三遍。关上电脑的瞬间，她忽然感到累得不行，可她的心还是跳动得那么激烈、那么热情、那么充满生命力。

睡觉前，她裹在被子里，在小群里发出消息：

“明天下午两点，咖啡馆开会！”

她发完消息，手机弹出天气预报：明天周六，气温骤降，或迎来今年初雪。

阮清言和罗玉洁中午便来到咖啡馆，点了午饭，喝着咖啡，边吃边聊天。阮清言有段时间没看到冉晓云和方兰了，便询问她们的近况。罗玉洁说她们很忙，冉晓云忙着出国留学，方兰忙着考研。阮清言抿着咖啡，希望她们都好。当牛肉焗饭被服务员端上桌子的时候，罗玉洁转移了话题，一叉子插进饭里，递来一个暧昧的眼神。

罗玉洁：“说完她们，说说你吧！”

阮清言不解：“说我什么？我不是和你一起搞事情吗？”

罗玉洁：“除了我，还和谁呢？”

阮清言埋头吃上一口焗饭，咀嚼半天没说话。

罗玉洁凑近：“林朔挺好的，喜欢就追呗，抓住机会！”

阮清言严肃地直起身子：“谁说我喜欢他了？我活二十年，从没说过喜欢谁的话，你幻听很严重啊朋友！”

罗玉洁脸上那副八卦、自信的表情又出现了：“不是幻听……”她朝阮清言的心口一瞄，“是能听见心声……”

阮清言浑身僵硬，眼睛水汪汪的：“我很明显吗？”

“还好。”罗玉洁答，忽而迟疑地问道，“林朔和白雨檬到底怎么回事啊？他们经常同框啊，上次去踩泥坑，也是一起来的，还自拍来着。”

阮清言瞪大眼睛：“天哪，他们还不明显吗？”

罗玉洁不以为然，搅乱焗饭：“男生和女生不能只是单纯的朋友啊？”

阮清言像没听见，看了一眼时间。

罗玉洁：“啧，等不及见林朔了吧？”

阮清言无语，嘴角隐隐出现一丝倔强又难为情的笑。

降温了，咖啡馆暖气开得很大，吃完饭缺氧的二人都有些昏昏欲睡。服务员收走了餐盘，她们默契地来到角落的沙发休息，罗玉洁睡过去前，问：“今天开会是要……”

阮清言眼睛闪光：“待会儿你就知道了。”

窗外雾蒙蒙的，天空也雾蒙蒙的，看着外面光秃秃的树枝，阮清言仿佛都能感到冷。她眯眼躺在沙发上，又不自觉地看了一眼时间。经罗玉洁一多嘴，她一时分不清是因为期待开会，还是期待见到林朔才如此关注时间。现在是13:15，她也准备睡一会儿，为下午的会养精蓄锐。

睡到中途，她突然惊醒，睁眼一看，林朔没来，时间是13:40。

离咖啡馆几千米远的运河边，林朔和一位师哥刚刚聊完创业的事。送走师哥后，他一个人踱步走在廊道上。走着走着，他忽然驻足抬头望天，天色灰白，亮光时有时无，他又低头看了一眼表，时间是13:45。

忽然，他跑了起来。

他突然想念阮清言，迫不及待地想见到她。当他意识到这一点的时候，竟然跑了起来。为什么不坐车，他不知道，他就是这样一步一步踏在大地上，穿过马路，越过天桥，挤出人群，用尽力气去见想见的人。

跑到离咖啡馆还有一千米的时候，他已经气喘吁吁，满头大汗。换在以前，他一定会骂自己神经病，可现在，他好像在生一场病，做出多奇怪、多匪夷所思的举动也不意外。当他跑过人来人往的斑马线，一个踉跄差点儿摔倒在地的时候，冒汗的鼻尖感受到一点儿冰凉。他弓着身子，双手撑着膝盖，发现有晶莹细碎的东西落在睫毛上。

下雪了。

首城的初雪，令街上的行人放慢脚步，有小女孩抬手，虔诚地接住了那一片片雪花："妈妈、妈妈，下雪了！"

林朔猛喘气，伫立在街头仰望下雪的天空，有那么一瞬间，身体极致的累牵扯了他的神经，竟莫名蹦出一股想哭的冲动。只是稍稍停留，他又奋不顾身地跑起来。

时间来到13:59，没有迟到，林朔上气不接下气地出现在阮清言眼前，两人看到彼此的一瞬间都没讲话。阮清言触电般收回视线，专注地盯着手上的笔记本。

罗玉洁诧异不已："林、林朔，你怎么啦？看你累的。"

林朔的目光从阮清言身上移开，他用手揩着汗："在跑步，锻炼身体。"

阮清言抬眸飞快地看了林朔一眼，又垂下眸子。

林朔拉开凳子，坐到阮清言身边，极力平复呼吸："外面下雪了。"

不说阮清言也知道，看着他头上、眉宇间挂着点点晶莹的雪花，阮清言心间也像挂满了雪，他这副样子，真是……怪动人的。

"好啦，开会啦！"阮清言敲桌面。

接下来，阮清言把打印好的资料发给两个人，进入正题。

阮清言："这是我昨天想到的，大家边看资料，我边陈述。"

阮清言抑制着兴奋，语速平稳地陈述了几分钟，林朔和罗玉洁同时露出惊喜的神色，迫不及待地往后面翻。

显然，阮清言的创意得到了两人的一致认可。

过了好一会儿。

"我们可以做个手机软件，用来承载我们的内容和理念。"林朔建议道，"我的专业是动物临床医学，也可以在手机软件上设立宠物健康相关的板块，增加实用性。"

罗玉洁补充："宠物社交的想法非常好，宠物社交，指宠物之间的社交，也指通过宠物，达到主人之间的社交。遛狗行为是刚需，抓住这个行为做文章非常棒，而且再宅的人，为了遛狗也会出门的，也算为宅一族打开一道连接现实世界的门，蛮有公益意义。”

林朔沉思完，继续说：“养狗的人毕竟只是整个养宠群体的一部分，我们以养狗群体为突破口，做好典型示范，再把范围逐渐拓宽，挖掘其他宠物的社交方式。”

阮清言认真记录下大家的建议，笔尖涌出的墨，像心潮在澎湃。她边记边看林朔和罗玉洁，从他俩脸上也读出了“心潮澎湃”四个字。

林朔眼睛亮亮的：“清言，你怎么想到的？”

阮清言看向罗玉洁：“记得小九吗？是她给我的启发，她和一起遛狗的男生在一起啦！加上上次宿舍聚餐，你们说的那些话……我都记下来了，然后有了这样的想法。”

罗玉洁露出看怪物的表情，不由得比出大拇指。

林朔看着阮清言出神，回过神的瞬间轻笑了一下。

确定了创业项目，一切便能进入正轨了。他们又就项目进行了一番更有深度的讨论，明确分工，接下来的目标是要写一份完整规范的项目计划书。

林朔拿出 U 盘插进笔记本电脑：“中午我向有经验的师哥要了份创业项目计划书，我们可以参考模板写。”

大家都凑过来看计划书，阮清言激动地拉动椅子，一不小心用力过猛，整个人蹭到林朔身上，一瞬间闻到淡淡好闻的气息。

阮清言：“不好意思。”

林朔一动不动，似乎没听到。

不知不觉间，灰白的天空泛出夜色。他们开了一下午会，每个人的笔记本都内容满满。记录好计划书自己要完成的部分，阮清言和林朔又在各自的日程本上郑重写下一笔，与上次不同，他们合上笔盖的时候眼中有笑。

“我请大家吃饭。”林朔走出咖啡馆的时候回头说。

罗玉洁举双手赞成：“好啊好啊，庆祝一下，今天太有意义了啊！”

阮清言挽着罗玉洁的手，暗中捏了她一把。

罗玉洁耳语：“嗯？是要我离开，你们单独相处？”

阮清言心里跺脚，罗玉洁坏笑。

后来，他们在一家渝州江湖菜馆吃的饭。家乡菜的味道绽放在舌尖，温暖在心间，窗外初雪还在簌簌地下。林朔举起杯子，和大家碰杯。

“祝我们梦想成真。”

“祝我们梦想成真！”

雪天夜路，老居民楼巷子偏，是林朔送阮清言回的家。

“拜拜。”

“拜拜。”

转身的瞬间，两人的眼神似乎都有余光留在原地，就在快要撞在一起的时候，阮清言快步上了楼。

阮清言回家以后，望着窗外黑暗中累积起的片片白雪，像看到了一层层坠落的云。

你知道一片云的重量吗？和100头大象一样重。你知道我的心情吗？看上去云淡风轻，毫不在意，其实也和100头大象一样重。

第十二章
我们一无所有

心里的火迅速蹿到头顶，烧红她的额头，犹如一场猛急的高烧。

中午，汉博一食堂的人和往常一样多，阮清言一个人坐在角落里吃饭。她其实是个喜欢安静的人，不存在吃饭逛街一定要找人陪的情况。她正吃着，似有似无间感到有目光在看自己。她抬眸望去，看见两个男生在不远处说话，手里拿着球衣，见阮清言发现他们，立马收回眼神。可他们的对话还是被耳尖的阮清言听到了。

黑羽绒服男："那就是阮清言吧？"

黄卫衣男："嗯，你去试试，看她能帮忙让顾凡超签名不？"

看来他们是想让顾凡超在球衣上签名。

黑羽绒服男："她好像发现我们了，要不……要不撤吧？去找白雨檬，找她的话顾凡超和张阳的签名都可以要到了。"

黄卫衣男："你知道的不少嘛！白雨檬？上次我找白雨檬，她理都没理我。"

黑羽绒服男："这么惨，天哪，好看的女生怎么都这么难接近啊！"

说完，黑羽绒服男猝不及防地被黄卫衣男推了出去，只好硬着头皮走到阮清言面前，展开问候："你好。"

阮清言放下筷子："你好。"

黑羽绒服男看着阮清言，一时说不出话。

阮清言指了指旁边的座位："球衣放这儿吧，签了给你。"

黑羽绒服男惊喜极了，把球衣放在指定位置上："谢谢，谢谢！我在校足球队球迷 QQ 群里，签好了麻烦你 Q 我，我们来拿！"

她加入校足球队球迷 QQ 群是大一时候的事了，那时候为了方便工作联系球迷，阮清言的群昵称直接是本名，现在虽然离开了校队，却一直没有退群。时间过得真快啊……

顺利交出球衣，两个男生满意地走了。阮清言拿出手机，给顾凡超打去电话。

"清言！"顾凡超秒速接起电话。

阮清言："大球星，能否帮我两个同学在球衣签一下名？"

顾凡超："你是阮清言？汉博大学金融系大三的阮清言本人？"

顾凡超有点儿难以置信，阮清言竟然主动联系他。自从上次泥坑活动，因为反对阮清言创业并被她用屎形象地攻击之后，顾凡超一直遭受着阮清言的单方面冷战。

今天，坚冰可终于融化了。

阮清言："嗯。行不行嘛！帮忙签个名。"

顾凡超："你在哪儿？我马上过去。"

阮清言："一食堂的……"

话还没说完，顾凡超就挂掉电话飞快地赶赴食堂。阮清言继续吃饭，食堂的人越来越少，转眼就颇为清静了。当她再抬眼的时候，顾凡超就立在面前。

阮清言惊讶地说："你怎么知道我在几楼？"

顾凡超得意地笑，坐到阮清言对面，下巴指向前面的档口："你喜欢吃这家的鹌鹑蛋红烧肉嘛——"

阮清言埋头把餐盘中最后一颗鹌鹑蛋送进嘴里，忍不住笑。

顾凡超发现座位上的球衣，快速签好后，便蹙着浓眉，抱着胸，眼睛一眨不眨地盯着阮清言。

顾凡超："阮清言。"

阮清言："嗯？"

顾凡超："阮清言。"

阮清言："嗯？"

顾凡超："阮……"

阮清言："你有毛病啊，顾凡超！"

顾凡超不以为然地道："谁让你和我冷战的，现在我是在对你展开报复性说话。"

从小到大，阮清言和顾凡超冷战的次数三根手指都数得过来。这次冷战这么久，顾凡超已经明白了阮清言对创业这件事的认真程度，不敢再轻易说什么。

阮清言瞄了一眼签好的球衣，拿纸巾擦嘴："谢谢啊！大球星。"

顾凡超无语，阮清言继续半认真、半玩笑地道："我打算辞掉江蕾助理的工作，那时候就少了很大一笔收入，要是生活周转不过来，我就去帮球迷们要你的签名，帮一次五十元，收入还是可观的。你说怎么样？”

顾凡超身体后仰爽朗大笑，笑完后，一张小麦色的帅脸正色道：“我养你。”

阮清言：“啊？”

顾凡超重复：“不用如此麻烦，我养你。”

阮清言讪笑：“顾凡超，虽然你很有钱，但干的也是体力活，本质和农民工搬砖没什么区别，你还是珍惜珍惜你的血汗钱吧！”

顾凡超气得站起来，见阮清言吃完了，拉起她便走。

他们一起走出食堂，今天雪停了，雪已经积起来，世界白茫茫一片，不远处的空地上有很多人在玩雪。顾凡超不由分说地拉起阮清言：“走，打雪仗去。”

上次泥坑活动的狂野行为是因为心中郁结需要发泄，如今心情愉快，没什么好发泄的，阮清言抗拒地往后挣：“不去不去，激烈运动不适合我。”

顾凡超愣怔片刻，继续怂恿：“走啦走啦，今年第一场雪，一定要好好玩一下！”

顾凡超没有松手，想要继续把阮清言向雪地里带，哪知脚下一滑，整个人顺带着阮清言猛地失去平衡。为了保护她，他下意识地抱住她。

滑倒的瞬间，阮清言惊叫一声，末了整个人很有弹性地趴倒在顾凡超身上……

结冰的地可真滑。

顾凡超躺着大喘粗气，一动不动，右手臂还环抱着阮清言。

阮清言手撑冰地，极速从地上爬起来，拍拍身上的狼狈，心虚地左看右看，生怕有人发现这一幕。

“怕什么？”顾凡超还躺在地上。

阮清言没说话。

“有什么可丢人的？”顾凡超依然躺在地上。

阮清言蹲下，去探他的鼻息：“你……摔坏了？”

顾凡超气得一蹦而起，湿滑的冰面差点儿让他再次摔倒。他俯视阮清言：“我说，阮清言，你有什么好怕人看见的？”

阮清言纳闷，提高音量道："你很奇怪啊顾凡超！摔个狗吃屎还想让人看见？！你可是球星啊球星，怎么一点儿偶像包袱也没有？"

顾凡超哑火了，这是阮清言发火之后，他的常规反应。

只是这次有些不同，顾凡超尽管没有再发火，但依然臭着脸，气生得很大的迹象。

刚好有人路过，阮清言把顾凡超拉到一边，低声认真道："顾凡超，你还交不交女朋友了？现在别人签个名都来找我，知道我和你关系不一般。更别说那些女孩子会怎么想了……"

顾凡超打断她道："我不想听！"

既然他不想听，阮清言也懒得理他，一个人径直往外走，迈出两步，便听到身后的顾凡超低哑的声音。

"谢谢你替我着想。"顾凡超耷拉着脑袋，让人看不清表情。

阮清言停住，顿了顿，转过身想缓和场面，却见顾凡超抬头突然奇怪地笑："谢谢你替我着想……怕我找不到女朋友，呵呵……其实是你怕我碍眼，耽误你找男朋友吧？"

"要不是同学找你帮忙要签名，你是不是都不会联系我？"

听顾凡超一字一顿地吐出这些话，阮清言心中的血"噌噌"地往上涌，是被戳中了要害，也是因为浓烈的委屈。

"对啊！"

回到家，一晃又到饭点。阮清言没心情好好做饭，自己胡乱应付两口，便进到厨房一如既往地帮软蛋精心地准备狗粮和辅食。一晃又到睡觉时间，阮清言都不知道自己一天怎么过的，侧躺在床上，望着地上的一抹月光发呆。

明明他们刚刚结束冷战，怎么又闹成这样子了？

阮清言叹口气，坐起来，点开微信，林朔没有发任何消息，小群里没有，朋友圈也没有，他在干什么呢？她猜他还没有睡，大概正在奋笔疾书吧，可能不断删删改改，光自己就要修改个十几版。他这个人，表面和自己一样云淡风轻，可总比外人看到的更沉稳努力一点儿。

想到林朔，阮清言的情绪软了下来，心里没有了毛刺，平静很多。

窗外的洁白月光在地上一点儿一点儿地游移，阮清言看着它，心思也一点儿一点儿地在动。她感叹，以前，她和林朔针锋相对吵个不停，现在他俩不吵了，见鬼地换成她和顾凡超吵。不知道顾凡超为什么那么说自己，明明她就是学习、创业两头焦，一时没联络他而已，本来打算尽快去看他训练的，只是男生的球衣先递过来嘛！

“变大牌啦，”阮清言翻个身，点开和顾凡超的微信对话框，撇撇嘴，“脾气大了。”

这时，她竟看到“对方正在输入……”。

阮清言抓紧手机，眼睛一眨不眨。

“对方正在输入……”断断续续，等了老半天，还没等到，她变得兴致缺缺，困意来袭。

在眼皮快合上的一瞬，手机的消息提示音响了。

顾凡超：“对不起，输了球，今天心情不好。”

阮清言立马回：“我也不好，该早点儿联系你的。”

顾凡超：“嗯，今天说了气话，你别往心里去。”

阮清言发去一个“OK”的表情。

顾凡超又断断续续地打出字：“清言，你也说的是气话，对不对？”

不等阮清言回，顾凡超马上发过来一条嘻嘻哈哈的语音：“哈哈哈哈，该睡啦，晚安。”

本来还在盯着手机屏幕发呆的阮清言，因为顾凡超极具感染力的笑，也跟着轻轻笑起来。

“呼——”她松出一口气。

真好，一切又正常了。

第二天清晨，阮清言醒来的第一件事便是点开微信，看里面有无新消息，尤其是林朔的消息。他从来不闲聊，阮清言也不闲聊，尽管如此，阮清言还是点开微信很多次。群里有林朔在七点四十二分分享的一篇创业故事，阮清言点进去看，刚看完群里便有了新消息。

罗玉洁：“啊，大学生首次创业就成功，我们也可以，加油！”

罗玉洁看完故事，发出励志式的感叹。

阮清言："这不算真正的成功吧，父母投资兜底，感觉算不上真正的创业。"

罗玉洁："怎么不算啦？"

阮清言："文章写得比较委婉，实质就是父母拿钱，各种铺路找资源，让这个大学生试水，才成功的嘛！"

罗玉洁："可是创业想法、具体项目、商业模式，都是他自己想出来的啊，反正要找投资，谁投资不是一样的？"

阮清言发出做鬼脸的表情："好啦，你有你的观点，我保留我的意见，我相信，我们会找到真正赏识我们的投资人投资的。"

正如说的那样，阮清言心里憧憬的创业是真正凭借项目本身获得投资人的青睐，而不是别的。

群里没有林朔的发言，但他一直在看，不禁感到一丝奇怪，不知道是自己从来不曾了解过阮清言，还是阮清言在某个时候发生了悄无声息的变化，她为什么变得坚持形式上的"正义性"了？参加都海创业训练营的时候，她不是认为主办方比赛作弊没什么影响，每个学员有收获就行了吗？

那创业的话，有人投资，自己获益就行了，干吗在意投资的来源呢？

他放下手机，摇头笑了笑。

窗外小区里珍贵的五角枫上，一只鸟的叫唤声令白雨檬回过神来。她已在家枯坐了一天，在首城高档别墅小区里枯坐，并不会好过一点儿。她终于站起来，下定决心给林朔发消息了，可走到窗前又开始踱来踱去，踱来踱去……

突然手机响了，她吓了一跳，竟然是林朔打来的电话。

白雨檬看了数秒，镇定地接起电话："喂。"

林朔："雨檬，书看完了吗？我今天要用。"

白雨檬："正好看完，我给你送过去，你在哪儿？"

林朔："老地方。"

白雨檬拿着书，在镜子前审视自己好一会儿，抹上最新款的口红才匆匆出门。她准备借还书这个机会，正式和林朔讲加入创业团队的事。

司机送她到了图书馆楼下，她紧张又兴奋地迈上台阶，来到林朔占据的那张自习桌前，却不见林朔的人影。她左右张望，还是没发现林朔，便在他的位置上坐下，手不自觉地翻开了他的笔记本，里面工整有序地排列着文字，有最新一堂课的笔记……也有一幅看上去像阮清言的画像。

不是像，那就是，细细看，女孩的头发里藏着小小的“阮清言”三个字。

林朔藏得很好，一直很好，以至于让白雨檬幻想林朔对自己有没有好感的可能。或者说，他心里空空的，自己有乘虚钻进去的可能。

那三个字像三个巴掌，第一下打醒她，第二下打痛她，第三下打恨她。

“雨檬？”

白雨檬听到有人喊她，手触电般缩回。

林朔走到面前，客气疏离地笑了笑。

白雨檬仰望他片刻，站起道：“书给你放在桌上了，有空吗……我们聊聊？”

林朔微微诧异，露出为难的神色：“需要很久吗？”

白雨檬一副恳求的语气：“不用。”

他们来到图书馆一楼的水吧，各自点了杯喝的。坐定的那一刻，林朔下意识地看了一眼手表，从阮守信说出一年之约起，他便养成了这个习惯，自己却没发觉。白雨檬见他这么在乎时间，心里酸楚了一下，脸上浮起笑容：“林朔，你们不是准备创业嘛，现在进展得如何了？”

林朔的神情一下点亮：“项目确定了，在分工写计划书。”

白雨檬颔首，手指苍白地绞在一起。

林朔看见她的反应，感到奇怪却也没张口询问的欲望，垂眸喝了口水。

白雨檬把身子往前探，显得颇为急切：“哎，是这样的，本来家里给了我一笔钱，让我创业用的，团队也组建好了，可突然闹了矛盾，人一下就散了。我都不知道怎么和家里交代这件事。”

林朔抬眸：“家里为什么要让你创业？”

白雨檬神情恢复到高冷的样子，甚至带点儿傲慢：“呵呵，大人都这样，在我们圈子里，看见别人家小孩创业成功了，也想让自家孩子创业，而且越早越好，就跟小时候学钢琴考级一样，跟风，瞎较劲。不过这也算是……一种对我们能力的检验吧！”

林朔淡淡笑了笑，不禁想起自己分享在群里的那个创业故事。

白雨檬继续说：“孩子要是创业成功了，能体现本事，家长有面子，证明自己培养得好；要是失败了，也是一种最好的锻炼。总而言之，有利无害，折腾得起。”

林朔隐约知道白雨檬家境优越，首城本地人，世代经商，家大业大。但经过这次谈话，他才直观地感受到白雨檬的家世可能比他之前想的还要好。

林朔：“雨檬，所以你和我聊，是想说……”

白雨檬心里盘旋着顾凡超说的那句“给出不能拒绝的理由”，她稳了稳心神，拿起对什么都无所谓的大小姐架势道：“也没什么，就是想问问你们团队还需不需要人。我对市场公关方面比较擅长，也能出一份力。当然，我也能带来投资。”

最后几个字，她说得不容拒绝。

林朔沉默着，心却不为人知地加速跳动。最后他和白雨檬对视，都不约而同地笑了。一个笑得表面自信，内心忐忑；一个笑得温和礼貌，心有城府。

林朔下意识地摸着表盘，说道：“目前来讲，我、阮清言、罗玉洁三个人便够了，但项目运作起来，肯定涉及更多方面，需要更多人手。我们每个人各有所长，不可能样样精通，如果能凝聚更多力量把项目做好，何乐而不为呢？”

白雨檬嘴角渐渐上扬，悬着的心渐渐放下。

她拿起水杯，做出碰杯的手势：“意思是，我们要一起努力了？”

林朔轻轻摇头，笑道：“这只代表我的个人意见，我得征求团队的意见才行。到时候告诉你吧！”

白雨檬心里知道，阮清言是大概率不想她加入的，关键就在罗玉洁。她对罗玉洁不甚了解，但无冤无仇的，娱乐圈竞争那么变态，拍戏都不会拒绝带资进组的人，何况是大学生白手起家，艰难创业？

但她不知道的是，林朔根本就不打算把她能投资这件事告诉她们。

和白雨檬聊完，空空的水吧里，林朔一个人靠着座椅出神。他觉得自己变了，他要往天平上成功的那端放更多的砝码，不想阮清言创业失败回老家过她厌恶的人生，不想她离开首城，离开他，仅此而已。

当然，至于他自己，毫无疑问，他渴望成功，从母亲破产、家道中落，被人看笑话的那一刻起，他就病态地渴望成功，这也是他大一如此厌恶自己是动物医学专业的原因。在别人甚至自己看来，这样的专业扭转不了家里的命运。

所以，他才一直潜心准备着一切。

回到家的白雨檬，心里被一股恶心感占据。林朔笔记本上阮清言的涂鸦画像如同一个符咒，让她心神不宁。她没有搭理叫她吃饭的阿姨，给顾凡超发去微信：“怎么办？”

顾凡超：“怎么了？”

白雨檬：“我都不知道自己在干什么，加入他们又能怎么样呢？我像个病急乱投医，还装作没事的白痴一样。”

顾凡超：“你今天和林朔说了？”

白雨檬：“嗯，他同意了，但要征求团队的意见，也不知道什么时候回复我，反正他们现在不差人。”

顾凡超：“好消息。”

白雨檬开始自说自话：“也好……要是加入团队，每天能见到林朔也好。”

顾凡超：“没出息。你就这点儿要求？”

白雨檬：“呵呵，你操心一下你自己吧！我发现林朔在笔记本里画你家阮清言，下一步就是表白了吧！”

消息发出，白雨檬的脸色陡然惨白了一下。

顾凡超沉默片刻后回：“那他为什么还不表白？”

白雨檬：“我还想问，他为什么不喜欢我呢？”

顾凡超嘴角自负地扬起：“他是不是觉得，我和阮清言有什么？”

白雨檬：“拜托，你最好和阮清言有什么。”

顾凡超：“我也想。”

白雨檬想了很久才回：“顾凡超，我建议你尽快和阮清言摊牌。”

顾凡超：“不是没想过，可总感觉不是时候。”

白雨檬发来一个无语的表情。

顾凡超恶作剧地怂恿她：“白雨檬，你自己怎么不搞快点儿？”

白雨檬打字的指尖有些刺痛：“对一个明知喜欢别人的人表白，与裸奔撞墙而死有什么区别？”

毫无胜算，又羞又痛。

顾凡超安慰道：“我了解阮清言，她是不会主动和林朔说‘喜欢’两个字的。”

白雨檬无力地笑了笑，突然想到什么：“你是什么时候确定阮清言喜欢林朔的？”

顾凡超：“不知道。”

真的，他不知道阮清言喜欢一个人是什么样子，因为阮清言从未喜欢过谁，但打最初开始，看着阮清言看林朔的眼神，尽管放着狠话，吵着架，阮清言眼睛里都有他从未见过的东西。

白雨檬放下手机，闭上眼睛，感觉一切进入死局。她僵硬地站起来，一脚把垃圾桶踹出老远。

为什么老天要让自己成为不被喜欢的那个人呢？万事辛苦，如履薄冰。

恢复平静后的白雨檬，给同是戏剧社社员的罗玉洁发去消息。

她要增加进入团队的机会，就像用手胡乱抓来得以活命的空气。

第二天。

首城CBD顶楼的甜品坊里，欢快的韩国女团音乐萦绕四周。

罗玉洁来赴白雨檬的约，她掩饰住莫名其妙的情绪，像平时在戏剧社见到白雨檬那样坐下：“嘿，雨檬。”

白雨檬热情地把菜单推出去：“来啦，快看看要吃什么。”

两人点好甜品，视线回归到彼此脸上。

罗玉洁心里盘算，白雨檬这个戏剧社第一女主角今天找自己是为了什么呢？平时戏剧社的节目里，白雨檬是主角，自己是配角，社里两个人遇到，白雨檬也从未主动和自己打过招呼。今天她竟然请自己在CBD顶楼的甜品店吃东西？

白雨檬慢条斯理地挖了块蛋糕，以闲聊的语气笑道："我们戏剧社准备推出一个新剧，卖票演出，但完全是公益性质，票房收入会当作赠予希望小学的善款。这个你知道吧，玉洁？"

罗玉洁点头："嗯，知道。"

白雨檬顿了顿，眼睛看向罗玉洁："社长打算安排我演女主角，但是我觉得我不合适，新剧的角色你更适合，所以我向社长推荐了你。"

罗玉洁的心"咯噔"一下，通过反光的勺子，她看见了自己笑得扭曲的脸。

白雨檬跟着她开心地笑，精致的眉梢有股神经质的雀跃。

罗玉洁："谢谢雨檬。"

白雨檬转而问道："蛋糕好吃吗？本来这件事打算微信和你说的，但是我前期拿到剧本后对角色做了些批注，你应该需要，顺便交给你了。"

说着，白雨檬从包包里取出剧本，递给了罗玉洁。

罗玉洁没有理由拒绝，接过剧本放进了包里。剩下的蛋糕和咖啡，她们是就着新剧和角色吃的。

最后罗玉洁抢着买了单，白雨檬站在高层落地窗前，俯瞰着罗玉洁走进地铁。她知道，罗玉洁在今天之前没有拒绝她加入团队的理由，今天过后，就更没有了。

一转身，罗玉洁把得到角色的事手舞足蹈地和阮清言讲了。阮清言正在小区里给桃子树浇水，由衷祝贺道："恭喜你呀，在戏剧社三年，终于当了一回女主角了。"

罗玉洁蹲在一边，撸着软蛋："软蛋呀软蛋，我一定会把这出戏演好的！"

大三了，今年是罗玉洁待在汉博戏剧社的最后一年。抛开演出的公益意义不说，对于热爱表演，在戏剧社全情投入打了三年酱油的罗玉洁而言，人生第一个也极可能是最后一个女主角当然更是意义非凡的。

怕排练影响写计划书的进度，罗玉洁把自己负责的部分计划书提前写好了，交给阮清言看。

“怎么样？”罗玉洁问，“不好我再改。”

阮清言专注地看着计划书，说道：“我想我们应该都写完了，我问一下林朔，晚上开完会合一下。”

“好！”

晚上，汉博校园里的咖啡馆24小时营业着，这里不仅有阮清言三人，还有其他准备创业的学生。

阮清言点了杯美式，不好意思地对林朔讲：“抱歉啊抱歉，突然通知开会，没有打扰你约会吧？”

林朔喝咖啡的动作一顿：“我没有约会对象，如果有，因为突然开会丢了对象，你是不是得赔我一个？”

罗玉洁假装自己不存在。

阮清言神色平静地打开笔记本电脑，心里像撒下一包跳跳糖。

她想再多嘴，不知足地问：“白雨檬呢？”

可高高在上的自尊心警告她适可而止。

一晚上的时间，他们就把创业计划书合好了，还一起改了三遍，改到每个人都认为眼前的版本几乎完美的时候，天边的月亮从乌云里钻了出来，洒下一地银白的月光。

“接下来，我们先找投资？”经过激烈的脑力运动，罗玉洁有些蒙。

林朔眼眸一抬：“嗯。”

阮清言：“不慌，我先把计划书给江蕾看看。”

大家同意了。

林朔沉郁地思考着什么，手指敲在桌面上，一下接一下，引得阮清言和罗玉洁侧目。

“林朔，还有哪里有问题吗？”阮清言问。

林朔回过神，镇定的脸上被阮清言看得有一丝忐忑：“我在想……

我们现在只有三个人，人数会不会有点儿少了？随着进程的开展，会涉及更多方面内容，需要更多的人，恰好白雨檬说想加入我们的团队，她在市场公关方面很擅长，我们缺这样的人。”

他说完，整个咖啡馆安静得有点儿可怕，有种重大事情突然降临，脑袋空白的嗡嗡感。

“我不缺。”阮清言转头问罗玉洁，“你缺吗？”

罗玉洁低头握着咖啡杯，没有表态。

阮清言把沉默当作否认，大声道：“林朔，我们不缺。”

她把他的名字单独挑了出来，仿佛林朔已然站在了她们的对立面。

林朔很冷静，眼睛里有锐利的光：“可是，按照我们之前大致划分的工作分工，市场这块确实是空缺的。”

阮清言回道：“一者，我可以兼任市场这块的工作；二者，可以像技术外包给专业公司一样，把市场外包给专业公司。”

林朔不想和阮清言纠缠，把目光转向罗玉洁：“玉洁，你的意见呢？”

罗玉洁知道阮清言反对白雨檬加入是因为什么，但她心里认为白雨檬加入是好事。白家在首城不缺资源不缺钱，如果白雨檬加入，当然对团队有利。但阮清言落在她身上的眼神，让她感到后背发冷。

罗玉洁嘻嘻笑着打了个哈欠：“哎，今晚熬太晚啦，再说吧！”

逃跑似的，罗玉洁两下收拾好东西，转身消失在咖啡馆门口。

剩下阮清言和林朔四目相对。

会上林朔的言辞并不激烈，整个人却呈现出一种“非如此不可”的强硬态势。

阮清言心中燃烧着不悦的火，首城的寒冬并没有让这把火烧得小一点儿。当然，阮清言脸上依然是冷冷淡淡的表情，就这么和林朔对视着，对方却突然问：“失眠，失眠好了吗？”

林朔的眼神落到被她喝光的美式上。

而阮清言的火还在旺旺地烧，以伤心为柴，冷醋为油。

“清言？”

阮清言回过神，心里的火迅速蹿到头顶，烧红她的额头，犹如一场猛急的高烧。

她听到自己说胡话："林朔。"

"嗯。"

"我的态度很明确，团队不缺人，但是你说得也有道理，多个人一起努力也没什么不好，所以让白雨檬加入也不是不可以，不过我想听你的理由，真正的理由。"

林朔暗暗屏住呼吸，心跳得很轻很轻，像在战战兢兢地做一个见不得人的蒙面贼，蒙面贼正快步穿梭在高高的房檐上，稍不留神，便惊扰人家，最终万劫不复。

他说："今年、明年，大环境都不会好。"

阮清言皱眉，不明白他的意思。

他说："白雨檬的创业愿望也和我们一样强烈，她、她……"

阮清言冷笑，自以为懂了他的语无伦次。

阮清言打断林朔，无所谓般开玩笑地问："说到她，你怎么这么紧张啊？舌头都打结了，林朔，你是不是暗恋白雨檬啊？"

林朔神情复杂地说："怎么这么说？"

"有什么不好意思的？我理解啊，和喜欢的人一起创业，一起打拼，还挺浪漫的，你想带她加入团队合情合理……"阮清言口齿清晰，冷静地说着话，心里渗出血泪，快要流到歇斯底里的边界，"合情合理的事，干吗要拒绝……"

"不拒绝？"

"不拒绝。"

沉默良久，林朔点头，轻松地笑了。阮清言和他一起笑，笑到她觉得自己快哭出来的时候，起身穿好大衣："很晚啦，我走啦！"

林朔安静地看着阮清言拿起包，就在她转身离开的时候，喊住了她。

阮清言眼睛水盈盈地凝视着他："还有事？"

林朔露出懦弱的神色，声音很轻："不要告诉白雨檬。"

林朔喜欢一个人的时候是这么卑微的吗？阮清言心里猛泛酸楚。

他的喉结艰难地滑动了两下，解释道："我现在一无所有，想……"

"我理解。"

阮清言挤出最后一个笑容，裹紧大衣逃离在夜色茫茫的寒风中。

她理解，除了真的理解，也是因为快速地说出“理解”，能不用听他接下来的话。

那些话会钻进她的脑子里，繁衍在记忆里，折磨她。

一周后，又一个深夜，江蕾的办公室亮如白昼。

对于阮清言交来的创业计划书，江蕾只是润了润色，把一些重点内容安排到了显眼的位置，再把整个计划书的逻辑顺了顺，就交还给了阮清言。

“不错。”江蕾说，“如果需要，我可以帮你们推荐推荐。”

阮清言：“可以吗？”

江蕾看了一眼阮清言，揉了揉眉头：“不要抱太高期望，现在那些投资人都把钱捂得很紧。没办法，气候不好啊，大家怕一不留神风就把钱刮跑了。”

阮清言垂头，低声道：“好项目……好项目是能得到投资人的青睐的吧，姐姐？”

“那肯定。”江蕾温柔地笑起来，“商人都是趋利的，看见好肉谁不抢？”

阮清言笑了，微微松了口气，下一秒又望着电脑出神。

江蕾抬手在她眼前晃了晃：“清言，你没事吧，老走神。”

阮清言不好意思地站起来，该回家了。

“晚安，姐姐。”

江蕾送她到门口：“压力别太大，多休息。找投资可是个漫长的过程。这才第一步，后面还有得熬呢！”

阮清言抱了抱她：“知道啦！”

走回家的路上，夜空露出几颗星星，阮清言仰头望了会儿。她很久没看到小时候那样的漫天繁星了，头顶零零散散的几颗星，像老天爷人到中年秃头剩下的几根发。阮清言嗤笑一声，耳边响起“天亦有情天亦老”的诗句，不知道老天爷在为谁伤神呢？

也许嘲笑被听到了，天空猝不及防地浇下冷雨。

阮清言遮着头，一路狼狈地跑起来，跑着跑着，忽然停下来，大大方方地走在路上，都湿了，浑身湿透。她还躲什么、怕什么呢？

手机突然响。

“清言，下雨了。”顾凡超在微信里说。

阮清言在雨中握着手机，雨滴不断蔓延在屏幕上，让人看不真切。

顾凡超怎么了？他变得婆婆妈妈，一点儿小事都要发来微信。这种情况已经无声无息地持续好一段时间了。

阮清言缩成一团，用冻僵的手指回：“知道。”

“你在哪儿？”顾凡超问，“没在外面吧？”

“雨中。”

她望着雨，恍惚了一会儿，便看见顾凡超开车来接她了。他来得太快，以至于她觉得自己在做梦。

顾凡超撑着伞把她护进车里，暖气开到最大。

顾凡超开着车，一路穿过雨，把她送回了家。

下车的时候，顾凡超抱怨地说：“没带伞也不知道躲一躲，回去洗个热水澡吧！”

阮清言站在车门前，抬手接住夜空中渐小的几滴雨，问：“顾凡超，你说怪不怪，现在这个月份该下雪的，怎么是雨呢？”

顾凡超气极：“怪，阮清言，我看你怪得很！”

阮清言的脸色变得不好看了：“你……别以为送我回家，我就不能骂你，滚。”

顾凡超嬉皮笑脸地离开了。

洗完热水澡，喝了姜茶，阮清言窝进被窝里，漫无目的地刷着手机。

现在顾凡超在微信里是第一个，她点开无聊地看着，聊天记录越翻越前——

“清言，下雨了。”

“起来了吗？”

“中午吃什么？”

“今天降温，多穿点儿。”

“快看外面那朵云。”

“带软蛋出来遛遛。”

“不好意思，我忘记了。”

“呵呵。”

“什么事？”

“在训练，再说。”

“来看我比赛！”

“不懂你。”

…………

她的指尖停在某个分界线之间，一会儿往上滑，一会儿往下滑，不由得想，顾凡超是什么时候开始变得腻腻歪歪的，为什么呢？

她睁着睡眼，盯着分界线那条信息上面的时间看。

写得很清楚，多少月，多少日，下午几点，甚至几分。

可她就是想不明白，那时候发生了什么，让顾凡超起了变化。阮清言转身舒展了一下身子，头陷进软软的枕头里。她给顾凡超发去微信：“警告哟，明天别给我发——‘起来了吗’。”

仿佛没有停顿，网络没有流转，他就在面前。

顾凡超秒回：“不会的。”

“我会给你发：没有感冒吧？我们要不要去晒晒太阳？”顾凡超说。

文字没有声音，在她听不到他的语气的情况下，“要不要去晒晒太阳”只是一个普通的问句，带点儿建议的性质。

阮清言嘴角下撇，哼笑了一声：“不去不去，忙着呢！”

关掉手机，世界安静了，她却失眠了，明明睡在舒服的床上，心里却总感觉硌着什么东西。她打开灯，掀开被子，反复寻找却没找到那个硌人的似有似无的小东西。

夜很深很深的时候，她迷迷糊糊地进入梦乡，嘴里抱怨又迷惑地嘟囔了句：“顾凡超……”

当天光又映亮大地的时候，软蛋在床边玩玩具，发出的声音惊醒了阮清言，她缓缓坐起，摸了一下自己的额头，没发烧。她习惯性来到厨房，准备喝一天的第一杯水。端着水出来的时候，她发现家里摆的花死了。

她明明在好好照顾它，但是花死了。

看着枯死的花，她仰头一点儿一点儿抿进水，身体里还是一片枯萎。

这时手机“嗡嗡”响。

罗玉洁：“清言，去泡温泉吧，冉晓云、方兰也去！”

她该和冉晓云、方兰聚聚了，不知道她们忙活半天，有没有好进展。

下午三点，露天温泉公园，天是含水带雾的样子，这在北方很少见，老家渝州却经常有这样的天。阮清言泡在温泉里，望了好一会儿，不知道一年后自己会在哪片天空下抬头看呢？忽然，她耳边响起江蕾的话，觉得自己不能再发呆了，便笑着问朋友们：“晓云，你出国的事准备得怎么样了？”

冉晓云高兴地说：“还不错，不出意外的话，录取通知书就快下来了。”

大家说着“恭喜”，约定到时候一起庆祝一番。

话题转到考研，方兰眼神无光，慢慢缩进水里。

罗玉洁拉她起来，大声道：“兰兰，振作呀，谁叫你不争取保研的，活该！”

阮清言摸了摸方兰的头：“你可是我心目中的学神，只是有时候比起学习，你对其他的东西更感兴趣。现在考研，大家都一样痛苦的，拿出你的实力，绝对名列前茅！”

方兰脸湿漉漉的，有两道水痕格外明显。

罗玉洁惊叫：“宝贝，你怎么哭啦？”

方兰哭得更厉害了，大家都抱过来，头贴在一起。

方兰冷静的脸上，水痕更加汹涌：“我们以后是不是见不到了？”

沉默蔓延开来。

“胡说！”

罗玉洁断喝一声，说道：“我和清言都留在首城，怎么见不到呢？”

冉晓云连忙说自己留学完也是要回国的。

方兰“嗯”了一声，抹了把眼睛笑了。

时间像此刻泡在周围的水，久了渐渐不太有感觉，直到该起身的那一刻，才发现原来不可以一直这么下去。

阮清言仔细地看着朋友们，心里发誓，如果以后都不联系了，她一定要厚着脸皮，做把大家推到一起的那个人。对于友情，她没有什么好矜持的。

温泉池边的手机响起，罗玉洁碰了一下阮清言，说好不发呆，她还是失败了。

来电人是顾凡超：“你在哪儿？”

阮清言隐去失落的神色：“在水里。”

一个小时后，顾凡超穿着短裤，光着上半身兴致勃勃地跑来了。他在温泉池边绕了一圈，吸附一圈人的目光后，没见到阮清言，又打电话问：“你在哪儿？”

阮清言：“在空气里。”

顾凡超抬头便看见阮清言裹着巨大的毛巾，和朋友们拿着喝的走过来。

“大美男，我们都要泡完了，你才来！”冉晓云揶揄地说，看了一眼阮清言。

顾凡超不好意思地捶肩膀：“哎，不好意思啊，刚刚在训练，训练太辛苦了，我要抓紧时间泡一泡！”

喝完东西他们又重新下水，顾凡超臂长腿长，显得很占地方。

阮清言：“顾凡超，你离我远点儿。”

顾凡超装作没听见，猛回头道：“啊，你说什么？”

阮清言皱着眉，见顾凡超离自己越来越近，她紧紧贴在池边，脸往后缩。

顾凡超：“离你远点儿？”

他都快贴上她了，罗玉洁和冉晓云交换眼神，一起往别处挪。

阮清言一把拉住罗玉洁：“你们回来。”

下一秒，她们被水花浇得尖叫起来，顾凡超搞完恶作剧，自己游到远处去了。

四个女生靠在池边，望着顾凡超在水里健硕的背影。

罗玉洁：“我怎么觉得，顾大球星……”

冉晓云：“有点儿……”

方兰：“和以前不一样！”

阮清言心里“咯噔”一下，她们也是这种感觉？

这时，手机又响了。

阮清言看着屏幕上的来电人，心跳得和铃声一样快。阮清言拿着手机，爬上了岸。林朔很少给自己打电话的，感觉他和自己一样也更喜欢微信聊天的方式，难道这次有什么重要的事或急事？

阮清言：“喂。”

对方沉默着，并没有马上回应。

阮清言的心在这几秒的沉默里又骤然慢下来，慢得要停止跳动。

林朔：“清言，你要过生日了。”

噢，不是重要的事，也不是急事。

阮清言：“嗯，怎么了？”

林朔忽然在电话那头清朗地笑起来，阮清言仿佛看到他在阳光下穿着白衬衫笑的样子。

然后他又说话了，她第一次听到他的不好意思。

林朔：“嗯……我们想给你过生日，也当搞个团建，把白雨檬介绍进来。”

我们？

阮清言看了一眼温泉里的罗玉洁，她敢肯定罗玉洁根本没有和林朔说过这件事，往年过生日罗玉洁是怎样的，她清楚。

阮清言紧抓着毛巾：“不必麻烦了吧，下次开会就可以把白雨檬叫来。”

林朔沉默了，不知道还要怎么说，才可以不露痕迹地让阮清言多说说话，他可以多听听她的声音。他想给她过生日，却为什么得找个理由呢？

阮清言握手机的指尖发白，林朔大费周章就是为了愉快地把白雨檬介绍进来吗？

手机还连着线，没人说话，也没人挂断。

顾凡超见阮清言上岸了，在远处挥手大喊：“清言，过来——”

林朔似乎也听见了：“不打扰你了，挂了。”

耳边林朔的声音不见了，刚刚还那么近，近得像贴着她的耳朵说话。

他打来电话，他挂了，仿佛一点儿也没在意她的感受。

阮清言劝自己不生气、不矫情、不吃醋，手机里不过多了一通已接电话。

温泉里的水很暖、很舒服，身体发冷的阮清言迫不及待地下到水里，一步一步朝远处望着她的顾凡超走去。

第十三章
生日快乐啊

我要是喜欢谁啊，那也会像烟花一样绚烂又不受阻挡的！

天刚刚黑，首城夜幕下的车水马龙像川流不息的时间长河，点点人群浮游在其中，无声地游过马路，游过路口，游向得以喘息的家或下一个忙碌又窒息的起点。

一家连锁面馆外，阮清言手里提着热腾腾的面，望着眼前繁华忙碌的城市，望着远处高楼家家户户碎星般的灯光，想起自己许下的愿望：本地有房、不愁钱、工作好。

她握塑料袋的手紧了紧，像要抓住愿望实现之前的时间似的。

尽管大部分人下班了，推开江蕾的办公室门的那一刻，阮清言看着她还是一动不动地坐在电脑前，神情专注，像座薄削的山。

“姐姐，面来了。”阮清言把餐盒放在茶几上。

面要及时吃，不然就坨了。

江蕾隔了半晌，才站起活动身子，走了过来。

“谢谢你啊！”江蕾舒展倦容，笑着说。

阮清言没记错的话，这是当江蕾的助理这么久以来，她第一次说“谢谢”。阮清言愣怔片刻，埋下头去托特包里找文件。她把江蕾交给自己的工作都完成了。

阮清言把文件双手递上，目光虔诚。

“辛苦了。”江蕾接过后说道。

阮清言不好意思地笑起来：“姐姐，今天干吗这么客气啊？”

江蕾掰开筷子，垂眸轻声道：“不知道，感觉你要离开我啦！”

阮清言一怔，有点儿难过地笑了笑，欲言又止。

“我知道你要问什么，”江蕾吃着面，“抱歉，没有好消息。”

阮清言眼里的光暗淡了一点儿，低着头下着决心。

江蕾听到她说：“姐姐，我觉得我有必要花更多精力投入自己的事了，现在得赶紧找投资，所以助理的事……我现在正式向你提出辞职申请。”

空气安静了几秒。

“好啊，你辞职成功了，阮清言。”江蕾拍拍她的肩膀，像在提携她。

阮清言又想哭又想笑：“哼，早就发出新的招聘启事了吧！”

“答对了。”江蕾一脸赞赏阮清言的表情，“多亏你靠谱，要离职提前告知了，让我能无缝衔接。”

阮清言沉默了，下意识地看了一眼墙上的时间。一年之约仿佛隐形的魔咒，随时随地压迫着她。

江蕾见她焦虑，安慰道：“上次说好了啊，人走茶不凉，我会留意有意向的投资人的，你们没经验、没渠道、没人脉、没担保的，找个投资真的挺难的。”

阮清言：“姐姐，不麻烦你了吧，你这么忙，投资我们自己找。如果是好项目，就会找到好投资的，对吧，姐姐？”

阮清言又重复了一遍上次的问题，这次江蕾没立即回答。

阮清言不安地捋着头发：“我知道现在大环境不好，很艰难……”

江蕾放下筷子，沉声道：“你也知道啊，所以我还是留意着吧，不费事。”

阮清言感动地点头：“嗯。”

这次阮清言出办公室，是江蕾送出来的。等电梯的时候，江蕾捏着她的脸说：“清言，要开心啊！”

阮清言被捏得口齿不清：“好……”

从江蕾的公司一出来，阮清言站在路边等公交车的空当，便拿起手机编辑消息：“大家报一下最近有空的时间，我们得马上开会，说找投资的事了。”

“哦，这次开会，把白雨檬介绍进来。”

消息一发到创业群里，阮清言就把手机按灭揣进了兜里。

她不知道多个白雨檬，团队会变成什么样，她不要去想。坐上公交车之后，她头靠着透明的车窗，看着待了快三年的城市，心里泛起波澜。人和城市也是有缘分可讲的吧？她在首城遇见了江蕾，江蕾那么好，那她和首城也算是有缘分吧？

以后这城市遥远的楼宇里，会有一盏属于她的灯吧？

汉博男生宿舍楼，走廊尽头有扇窗户被推开了，霎时涌进冷冽而清新的空气。空气迎面拂在一张目光沉静的脸上，白皙的脸颊衬得灯光下的鼻影更为浓重。林朔好像瘦了点儿，望着黑黢黢的窗外，一阵风吹来，树影摇曳在脸上，让人看不清他的神情。

“啪。”

他把窗户关了，虽然是北方人，但他不习惯北方封闭的暖气，也只能稍稍开会儿窗户，不然怕冷的同学又要抱怨了。他趿拉着棉拖，走到一处因为楼宇架构而多出的空地，接着倚靠墙面，背稍稍弯曲，单手从兜里摸出了手机。

“雨檬，明天有空吗？”

“有。要……去哪儿玩吗？”

“我们要开会，和你敲一下时间。”

“噢，有空有空。”白雨檬手指悬在键盘上，精心编织着每一个字符，“她们同意了？”

“是的，明天你正式加入了。”

“好呀，明天的会是关于……”

“明天的会是关于找投资的，雨檬，我希望你先不要说明自己能投资的事。”

白雨檬想打“为什么”，可发出去的是“了解”。

她聪明一点儿，话少一点儿，是不是显得迷人一点儿，和林朔更心意相通一点儿呢？

“嗯，什么时候说，我会和你沟通的。”

“好。”

白雨檬盯着屏幕，看林朔会不会再发新的消息，等了五分钟，屏幕黑了。林朔就这么吝啬和自己多讲一句话吗？她心里生出惶惶的情绪。日渐浓烈的酸楚像硫酸般倾覆在心口，她不知道自己会这样下去多久，不知道自己会不会哪天就突然爆发，看似步步为营的她，其实毫无章法。

别墅巨大的落地窗前，白雨檬的人影斜斜地覆盖在原木地板上。月光从五角枫的叶隙里透露出来，和手机的亮光一起映亮她苍白的脸。

“明天。”她给顾凡超发去消息，“明天我要去开会了。”

她焦急地等着顾凡超的回复，就像一个独自上战场的兵渴望得到同盟的支援。

顾凡超从一堆购物网页里挪开眼，看了一眼手机，回复道："你们女生都喜欢什么生日礼物？"

白雨檬沉默着，突然就奓毛了："我在和你说正事，能不能不要让我感受到阮清言的存在？"

顾凡超揉了揉眼睛，握起手机笑了："好吧！"

白雨檬冷静下来："林朔刚才让我不要提投资的事，为什么啊？"

顾凡超认真思考了一会儿回："不知道。"

"不知道？你不知道？"白雨檬胡乱发着脾气。

顾凡超又想了想："阮清言从小要强，如果你一门心思要实现理想，正好有个讨厌的同龄人甩一笔钱出来，说：'我成全你，去实现理想吧！'你会接受吗？当然，以上是我猜的，猜了阮清言小一辈子，不知道这次猜对了没。"

白雨檬盯着字狠狠地看，目光落到"讨厌"二字上。

她真是喜欢人不得，还惹得一身厌。

顾凡超劝道："你对林朔的喜欢不要太明显了，上次复出赛遇到，你撒娇让林朔开车，我现在都记得她的脸有多臭。"

白雨檬拼命回忆："臭了吗？"

"唉，你不了解她。"顾凡超继续说，"反正为了进入团队后好相处，你不要太对林朔献殷勤了。"

白雨檬听到了端倪："顾大军师，你有计划？"

顾凡超似笑非笑，走去冰箱前，拉开一罐酒，把白雨檬不知道的事说了。

上次阮守信来首城，顾凡超恰好在外地有比赛，就算那时他没被阮清言"冷战"，也对阮清言不告诉自己父亲来首城这件事不意外。难道阮清言把顾凡超叫去后，让他一起和父亲阻止她在首城创业吗？所以，当父母告诉他阮叔叔来首城了，问他有没有问候的时候，顾凡超说，问候了。

他也真的给阮叔叔打去电话，问候虽迟了点儿，但丝毫不影响结果。阮守信在电话里大夸了顾凡超一通，说他复出后球技更精湛，球风更沉稳了，有机会定要到现场看他比赛。顾凡超也拍阮守信的马屁，说叔叔的公司蒸蒸日上，越来越牛，阮清言不回去上班，真是身在福中不知福。

话题自然地落到创业上，阮守信说出一年之约，让顾凡超不要替清言操太多心，到时间清言自然会信守承诺回渝州的。顾凡超暗中窃喜，说自己在渝州购置了房产，连父母都没说，如果清言想自己住，有个小天地，他可以把房子给她。

阮守信在电话里沉默片刻，意味深长地说："好啊……好。"

顾凡超叔叔长、叔叔短地又拉扯了一通，最后问候了温芳，满足地挂断了电话。

挂掉电话的那一刻，让白雨檬加入创业团队的想法，就在顾凡超的心里萌生了。

"原来还有这回事。一年之约……"白雨檬听顾凡超讲完，不禁冷笑，忍不住嘲讽道，"你说我们喜欢的人怎么天真到一块儿去了？"

"嘘。"

半夜，凶猛的冬风摇动窗扇，将阮清言吵醒。

她睁开睡眼，刚好看到林朔把白雨檬拉进群聊的消息。

第二天下午第一节大课结束以后，咖啡馆很是冷清，之前还会有两三桌人，此刻可能由于这个尴尬的时间点，只剩下一桌人。离开会还有些时间，只剩白雨檬一个人没来。

罗玉洁在抓紧时间研读剧本，表情格外严肃，很少见她这样子。阮清言从课本里抬眼，在一边托着下巴，看着罗玉洁笑。也许是被看得不好意思了，对自己的这份认真感到羞怯，罗玉洁做出吊儿郎当的样子，开口道："对了，首城新开了个游乐场，周末有空没，一起去看看？"

林朔从手机里抬起头，目光带有笑意："我有空。"

他说完，目光回到手机中，却又似有似无地看向阮清言。

阮清言翻动着课本："我没空。"

罗玉洁暗喜，没空也好，她可以利用周末一个人背着台词把剧本演一遍。

咖啡馆里在放巴赫的曲子，阮清言神色平静，心却跟着越发激烈的小提琴旋律拉扯着，这一点连她也没意识到。她眼睛紧紧地盯着书，可身上又长出一只眼睛，盯着咖啡馆门口白雨檬会来的方向。

第一次开会，白雨檬竟然迟到了。

阮清言心里有抱怨、责怪，又泛出一点点窃喜，空无一人的门前很安静，安静得好像静止了，静止得好像那是一幅画，永远不会有人从画里走出来。

直到白雨檬踩着女人味十足的细高跟鞋推门而入，画面摇晃，这才打碎了阮清言的幻想。

“不好意思呀，迟到了两分钟。”

白雨檬化着精致的全妆，撩一下长发，自然地往林朔那儿一坐，举手投足之间的香气萦绕进了每个人的鼻孔。她的香气不是纯粹的香水味，像一个隐秘又美好的世界散发出的气息，淡淡的，又足够有存在感。

兴许是所有人的鼻腔都在对这份“存在感”做出反应，场面一度十分静谧。

阮清言从白雨檬温柔优雅的脸上移开视线，正色道：“齐了就开会吧！”

白雨檬如答应林朔的那样，完全扮出一副后加入进来的参与者模样，没透露半点儿要投资的意思，姿态很软，没一丝一毫的主导和强势之意。聊到怎么尽快找到投资，氛围焦灼的时候，她也跟着焦灼。大家纷纷想办法、提建议的时候，她也跟着出谋划策，带着点儿学生的青涩，俨然一个出色的演员。林朔不得不看她一眼，嘴角隐露笑意。

这一抹隐隐约约的笑意，不巧被阮清言敛进眼里。中间休息的时候，她帮大家续完杯，耷拉着眼皮啜咖啡的时候，无关紧要地冒出一句：“昨天睡得都挺晚的吧，半夜还看见群里有动静，多喝点儿咖啡续命，呵呵。”

这话旁人听也就是无关紧要的闲聊话，可听进林朔耳朵里，他感到不自在，想要解释什么：“是啊，雨檬新加入，对原先的情况不太了解，昨晚和雨檬聊了很久项目的事。”

白雨檬接过话：“大家放心吧，林朔向我介绍得很彻底，我能跟上大家的思路。而且我对这个项目也很看好，创意很棒，也很能挖掘潜在的需求，在我看来，这是最好不过的项目了。清言，林朔说这是你想出来的。”说完，白雨檬赞赏地一笑。

阮清言礼节性地回应两下，又看了一眼表。

休息时间有十分钟。

罗玉洁的眼神在三人之间扫来扫去，天生强大的八卦触角悄无声息地伸展开来，触角伸到阮清言紧绷的眉梢上。她刚想说些什么，就听到白雨檬关切地问：“玉洁，剧本读得怎么样了？下周要开始排练了吧？”

罗玉洁一听，脸色白了一层，僵硬地点头：“我，不会给戏剧社丢脸的！”

最后他们商量出一套找投资的办法，林朔和学校创业前辈们比较熟，可以多向他们取取经，看能不能通过他们接触到投资人。罗玉洁联系融资中介，同时在各大创业项目论坛上发帖，持续曝光，吸引关注度。阮清言实地去到各个创业交流机构和平台。白雨檬会向认识的一些投资人毛遂自荐创业项目。

会开到尾声，大家记下自己的任务后，神色各异。

林朔有点儿担心阮清言，她一个人揽下工作量最重的任务，也不知能否吃得消。于是他补了一句：“分工大致是这样，工作大家都可以做，见机行事。”

会后，大家开始收拾东西，准备离开去吃晚饭。

白雨檬想起顾凡超说的不要对林朔献殷勤的事，心里反倒逆反起来，嘴角一勾：“林朔，听说新开了家游乐场，周末要不去打个卡？”

这话一出，大家收东西的手一顿，为等林朔的回应放慢了速度。

林朔显然不知道白雨檬会这么问自己。和白雨檬相处下来，不能否认，他感受到了白雨檬对自己的好感，可这份好感也是维系在朋友的维度之上，她没进一步，他也没有理由小家子气地拒人于千里之外。

可现在她当着大家的面，只约他一个人去玩。

林朔的心感受到一丝不安和焦灼。

可是开会前，他已经把话放出去了：周末有空。

如果他现在推托说没空，岂不是打脸？况且，在阮清言那里，他鬼使神差地捏造了一个事实：他悄悄地喜欢着白雨檬。

“好啊！”林朔答。

白雨檬没料到林朔这么爽快，兴奋得眸子都亮了，不过她旋即神色如常。阮清言收好东西和罗玉洁一起离开了咖啡馆，只剩下被幸福冲昏头的白雨檬和愣神的林朔。

白雨檬：“那我……到时候给你打电话？”

林朔回神，笑着“嗯”了一声。

外面新生的夜色，混沌又透着凉意。怎么就这样了呢？怎么又天黑了？还没过足金色璀璨的秋，苍白的隆冬又至，一切总是推着人往前走，也不问一句肯不肯。

阮清言生日的前一晚，冷得彻骨，她怕软蛋冷，把它抱进被窝里睡。她想温暖软蛋，软蛋小小的身子也温暖着她，老房子的暖气将将就就。偶尔袭来的一丝寒冷，冷冽赤裸，仿佛是她生活里一道触目惊心的裂缝，在提醒她一切应该更好。

这晚她睡得早，可能是心理压力大的缘故，她很容易疲倦。温完书一阵困意便袭来，她缩进被窝里，紧紧攥着被子睡去。分针指近零点的时候，她迷迷糊糊地听到手机“嗡嗡”地响。

“开窗门。”顾凡超说。

阮清言睡得晕乎乎的，条件反射地去开窗，窗门被推开的一瞬间，一个闪烁的小亮点摇摇摆摆地冲上夜空，然后“砰”的一声，绽放尽所有的流光。

顾大球星竟然不怕扰民地在放烟花。

阮清言瞬间清醒了，可下意识的动作也只是望着一朵一朵相继绽放的烟花发呆。

白色的、玫瑰色的、由金转粉的……忽然她的心情暗淡下来，炽烈的烟花不应该出现在此时此地的夜空上，顾凡超难道不明白吗？

阮清言举着手机，听到顾凡超说：“清言，生日快乐！”

听着他的声音，阮清言一时竟不知如何应对。这是她第一次不知如何应对顾凡超，心中如打翻了什么无法收拾的东西，令她一下慌了神。

顾凡超站在院子里，站在点燃的烟花边，傻笑着朝她挥手。

阮清言本能地往阴影里躲，希望迷蒙的夜色能将她不知所措的神情隐藏起来。明明她应该感动和开心的不是吗？她这是什么鬼反应？她怕伤了顾凡超的心。

恣意放肆的烟花声中，突然传来一句高亢的骂声：“哪个缺德的在放炮仗？再放我报警了啊！”

顾凡超不怕也不理，站在下面，似一棵扎根的树，仰头凝望着阳台上的阮清言，只是望着她，望着她，仿佛在望一轮不动声色、不近人情的月亮。

“回去吧！”阮清言喊，“待会儿会被警察抓起来哟！”

顾凡超俯身抱起放完的烟花盒子，边仰头望边往后退，仿佛在被谁无形地往外推，他又高声喊：“清言，生日快乐啊——”

阮清言回：“傻子，我收到啦，谢谢——”

关紧窗门的那一刻，阮清言一下蹲到地上，耳边回响着自己方才的喊声，克制之中，分明有抹哭意。

她被自己惊着了，这哭意是从哪里冒出来的？她下意识地摸摸自己的身体，还是找不到这哭意是从哪儿冒出来的。

她靠着床，失神地愣了半宿。受到烟花惊吓的软蛋反而来安慰她，窝进她怀里，舔舐她微微发抖的手。

在十五岁的时候，初中毕业的那个夏天，夕阳斜长的阳光里，她听到背着书包的顾凡超说过，如果他未来喜欢上什么人，一定要放烟花给她看，让烟花炸得震天响，比春雷还响。

“为什么放烟花？”阮清言不解地问。

顾凡超挠挠头道：“就是想让全世界的人都知道嘛！而且，清言你看，烟花绽放前，只是一颗小小的亮点，却能冲破夜空，不受阻挡，最后绽放得多美啊……我要是喜欢谁啊，那也会像烟花一样绚烂又不受阻挡的！”

抱着废烟花盒子的顾凡超，深一脚浅一脚地走在回家的路上，夜色茫茫中，像个喝醉的人。他不知道阮清言还记不记得年少时他说过的话，或许那时候的她，第二天转头便忘了。

就像这夜的烟花炸得再响，或许清晨她起床便忘了。

第二天醒来，阮清言脑子里冒出来的第一件事是去到位于首城南边的新兴工业园区。那里的创业长廊，集聚着很多的众创空间，同时也有很多创业者和投资者的交流平台。她清晨六点就起床了，先坐学校门口的236路公交车，坐21站，再转一趟公运城内专线抵达创业长廊。走走停停的公交车，行进在庞大的城市图景中，走得那么慢，一顿一顿，如同一种啜泣。

阮清言置身这种啜泣中，神色淡漠平静，内心忧虑重重。

上午九点半，她抱着计划书出现在创业长廊的门口，左望右望，踏进了一家投资开放交流的实地平台。阮清言在最中心的位置坐了下来，点了杯拿铁，竖着耳朵听着周围人的谈话。有创业者在抱怨投资人的，也有投资人在吐槽项目不靠谱的，还有正在初步洽谈的……

阮清言观察着所有人，发现一位身穿白色衬衣的职业中年男士有些面熟，努力在脑海里搜寻关于他的蛛丝马迹，终于知道他是谁了，他是上个月出现在“创业经”微信公众号中的明星投资人！

阮清言抚平着来时路上被风吹翘页角的计划书，再喝了一口咖啡，定了定神。做好一系列心理建设和准备之后，她得体地欠着身，来到这位投资人的面前。

阮清言：“您好，李经理。”

李经理从苹果笔记本电脑中抬起眼皮，习以为常又漫不经心地看着身前的人。

见有了反应，阮清言心口一紧，继续说：“不好意思，打扰您几分钟，我是汉博大学金融系大三的学生，叫阮清言，现在我和校友们一起组建了一个创业……”

“您有事吗？”李经理面无表情地问。

阮清言一愣，赶紧抛弃掉自我介绍，直奔重点：“我们手上有个项目，是关于宠物社交的，相信您会感兴趣！”

李经理用手调整了一下笔记本，似有似无地“嗯”了一声。

阮清言得救似的，立马坐到李经理对面，将计划书双手递上。李经理抬起的手有些迟疑，他本打算让这本计划书像其他计划书一样堆进“稍感兴趣”的待看计划书堆里的，可他看了阮清言两秒，也许是她的神色过于虔诚和殷切。李经理接过计划书，薄薄的唇笑了一下。

他不容打扰地翻看着。

阮清言本想在一旁介绍，可现在都不敢说话，生怕他让自己闭嘴，赶自己走。

李经理专注又冷淡的眼神扫完第一页，似有似无地哼笑了一声。阮清言以为他会问自己项目相关的内容，却听到他疑惑又嘲讽地问：“干吗都来创业？你们……大学生，好好念书不好吗？”

阮清言的心断崖式下沉，她本来很期待这位眼光独到的明星投资人的反应，而现在是个什么展开？她被身份歧视了？

李经理厌倦地将她的计划书扔到一边：“你们这些大学生想一出是一出，创业激情过两天就没了，坑了多少投资人的钱，知道吗？”

阮清言感觉莫名其妙，自己是来推荐项目的，不是来受教训的。她寻思自己怎么在短短十分钟之内，就荣幸地代表全体创业大学生，在这儿接受这位高高在上的明星投资人的指责了？

她的心突突地跳，也不打算再维护表面和平，她微笑着直言道：“李经理，您的时间很宝贵，我的时间也很宝贵，如果您就是为了针对我大学生的身份在这儿发表高见，我觉得没有必要。如果您接下来对项目本身发表见解，我愿意洗耳恭听。”

李经理精致的眉峰一挑，他不耐烦地道：“好，今天算你走运，离开会还有十分钟，我得空给你说说项目本身。”

阮清言坐回身子，挺直地靠在椅背上，双手交握，严肃的神情下，又恢复了刚开始时的热情。

李经理斜着身子，埋头翻阅她的计划书，一会儿快，一会儿慢，最后五官突然狰狞，拍桌叫嚣道：“垃圾，你们的项目就是一堆垃圾！”

所有的人都愣住了，一齐朝阮清言看来。

阮清言感觉周围都在颤动，人在颤动，桌子在颤动，杯子在颤动，空气在颤动……像地震来临前，就快接近崩塌的那种颤动。

这种可怕的颤动持续了几秒，她的世界又恢复了平静。她站了起来，伸手拿回计划书。

李经理意识到了自己的失态，瞬间的歇斯底里后，立马恢复常色，尴尬地笑了笑。可额角暴突的青筋在提醒着刚才发生了什么，他慌忙去找文件包里的药，混着咖啡一并喝了下去。阮清言目瞪口呆地看着这一切，一时并没有走。

吃完药，李经理理了理衬衫袖子，抱歉地说："不好意思，最近工作压力有点儿大……"

"没事。"阮清言答，顿了顿，见李经理也没有再留她的意思，便起身离开。

走出没两步，她就听到李经理在身后喊她。她惊喜地转身，却看到李经理精明的目光下，透着闪躲和虚弱之色："同学……我没'创业经'上写得那么好，别迷信什么明星投资人。"

阮清言愣怔地点了点头。

接下来，她又去到别的交流空间，看到像投资人模样的人，便凑上去介绍自己的项目。中午她挤到便利店，随便吃了盒盒饭，其间听到旁边的人聊了不少创业圈里的八卦逸事。盒饭口味清淡，吃完后，她五味杂陈地走出便利店，又马不停蹄地去寻找投资人。

在口干舌燥的介绍里，在强撑起的笑容里，一天又过去了，阮清言手里集齐了厚厚一沓名片，其中有对项目感兴趣的，但更多的是态度暧昧不明的，也有走走过场应付她的，各种各样的人都有。

她走出创业园区，西边远处有轮血红的落日，手里的计划书已然被折磨得缺损了一块。

她自嘲地笑笑，它多像自己啊，先前崭新整洁，窃窃自得，自认与众不同，现在也不过是众人摸过，反响平平，无人问津。

创业之路，比她预想的还要泥泞一些。

她很累了，拖着软绵绵的身子来到车站等车。她看了一眼手机，顾凡超从昨天到现在都没联系过她，朋友们也没有。家里人向来也不怎么过生日的，今年怕也是把她忘了。只有几个初、高中的好友，发来生日祝贺，她单手握着手机，在夕阳下一一谢过。

她坐上车的时候，林朔发来消息："你今天去创业长廊了？"

阮清言："嗯。"

林朔："怎么样？"

阮清言叹了口气："还好。"

林朔："你现在在回来的路上吧，能不能在接受生日惊喜前，和我碰个面？"

阮清言有些好笑："生日惊喜？"

林朔似乎是故意为之："对，顾凡超和你朋友给你准备的生日惊喜。"

阮清言哑然失笑："都被你剧透了，不惊喜了。"

林朔："我马上要和学长坐高铁去外地，见个投资人，想走之前把生日礼物给你。"

林朔的遣词造句很流水账，像在尽一个相识之人的义务，在走一个应该有的程序，大家都会送礼物的。

阮清言约他在校门口的车站见。

她见到他的那一刻，他手里提着一个纯木色的纸袋。他没有寒暄，没有废话，用手掌托出纸袋里的东西：一件用薄纸包好的白色衬衫。

林朔说："以后应该用得着。"

不用等以后，今天阮清言去见投资人就觉得自己穿得太学生气了，心里正有购置职业装束的想法。

她双手托着衬衫接过，打开薄纸看了看。

林朔又说："有些地方还是不如机器做得精细，见谅吧！"

阮清言惊讶极了："用手做的？"

林朔没有回答，抬手看了一眼表："我得走了。"

说完，他拦下一辆出租车，消失在阮清言的视线里。

阮清言捧着衬衫愣在原地，之前林朔编绳子的手艺令人瞠目结舌，要说此刻手中的衬衫是他手工做的，阮清言也相信。下一秒，身上又充满了力气，她抱着衬衫，一路狂奔向家，疲累在这件衬衫面前神奇地一扫而光。

她疯了似的想穿它。

跑到中途，她突然接到罗玉洁的电话：“清言，你坐车回来了吗？”

阮清言心里想着林朔剧透的“生日惊喜”，赶忙说：“没呢，还要一阵！”

她气喘吁吁地抱着衬衫出现在自家楼下，结果看到罗玉洁她们和顾凡超一齐出现在院子里。他们目光撞到一起的瞬间，双方都愣了一下，然后一个礼炮“砰”地被拉开。

“祝你生日快乐——祝你生日快乐——”

大家唱着生日歌，朝阮清言围过来，阮清言站定，努力平复着呼吸，做出惊喜的样子。

冉晓云奇怪：“不是说没坐上车吗？”

阮清言尴尬地哈哈笑，胡乱扯了几句。她感动又难为情地看着朋友们，他们一个个把礼物递进怀里，阮清言吃力地抱着，衬衫被压到了最下面，被她的小拇指艰难地钩着。

“走，我们先去吃大餐，顾凡超都订好了！”罗玉洁招呼着，方兰过来和阮清言一起把礼物送回家里。顾凡超和其他人在楼下等着。

关门的那一刻，阮清言匆匆地看了礼物堆里的衬衫一眼，它好像被弄皱了。

“快走啦，清言！”方兰催道。

阮清言收回眼神，急忙和方兰下楼。

不得不说，这是阮清言拥有过的最隆重和丰盛的生日。当点着二十一岁蜡烛的豪华生日蛋糕被顾凡超推出来的那一刻，她的心震颤着，周围黑黑的，只有烛光亮着，风让烛光晃动，画面恍惚飘忽，像一场梦境。

耳边是朋友们的声音：

“生日快乐啊，清言，快许个愿吧！”

“顾凡超你怎么这么用心啊，清言，我真是好羡慕啊！”

“呜呜呜，我也想有个这样的竹马……”

“我们都会越来越好的！”

“努力！加油！”

…………

他们疯到凌晨两点，直到所有人都累了才结束。

顾凡超开车送阮清言回家，下车的时候，阮清言回头说：“谢谢啊！”

顾凡超不悦地道：“是不是太见外了，清言？”

他感到恼火，如果还不说明心意，所做的一切是不是都被她理所当然地框在朋友的范围里，是不是都没有意义？他看着阮清言，她没有像往常那样和他斗嘴，只是轻轻关了车门，一直往前走，好像怕回头。

回到家，阮清言站在全身镜前，脱掉衣服，洗了手，从礼物堆里把林朔送的衬衫挑出来细细拆开，缓慢地看着：衬衫是纯白色的，柔软细腻，很轻，像薄薄的一片云。

她穿好了，看着镜子里的自己，脸突地烧起来。

衬衫竟然严丝合缝，很合身，从胸到腰，从手腕到肩骨……

平日里，林朔的眼神要怎么在她身上来回打量，滑过她的身体曲线，才能做出这么合她身的衬衫？

阮清言像被灌了口烈酒，呛得赶紧脱下来，一下将衬衫扔到床上。

她跌跌撞撞地来到衣柜前，翻出旧的碎花衬衫换上，也很合身嘛！

她把旧衬衫和新衬衫重叠在一起，嗯，是中号，他是按照标准的中号做的。

第十四章
我们还有一辈子

水蒸发的时候，是静悄悄的，就像眼泪流下来的时候，也是静悄悄的。

去的外地并不远，林朔第二天下午便返程了。

返程的路上天气很好，淡蓝色的天，金黄色的光，一切美得像日本漫画里的场景那样。

林朔望着高铁窗外迅速飘过的风景，嘴角不自觉地上翘，漏出久违的发自内心的笑意——见投资人蛮顺利的。

他在群里发出消息："我回来了，比想象中顺利。和投资人达成初步意向，下一步，他会来首城和我们进一步商洽。"

天大的好消息，群里罗玉洁第一时间出来庆祝："林朔，你太厉害了！！！"后面带着一串感叹号。

阮清言紧跟着竖起大拇指："辛苦了。"

隔了半天，白雨檬出现，说了句"太好了"，便紧接着发出抢到新开的游乐场门票的截图。

"终于抢到票了。"白雨檬说，发了两个雀跃和害羞的表情。

阮清言点开，是情侣套票，两个人的。

她反感这种在工作群发私事的行为，但看在也就这一下，大家都还挺高兴，她忍了。

见林朔没回应，白雨檬"拍了拍"林朔。

林朔回："好，到时候去。"

阮清言又在群里详细了解了有意向的投资人的情况。林朔把自己和投资人见面和沟通的情况在群里做了陈述，说投资人见完他之后去了外地出差，忙完这阵便会联系他，来首城详谈。

阮清言问："你没和他确定具体时间吗？"

林朔沉默了半晌道："投资人时间不确定，所以没有。"

阮清言："好吧！"

失望的情绪，从屏幕里传递了出来。

林朔补充道："放心，看着时间，我会主动和投资人联系的。"

罗玉洁冒出来缓和气氛："赞！"

阮清言想了想，上次见的明星投资人李经理像个梦魇在提醒她什么，她建议大家找投资的工作也别松懈，多点开花，更保险。于是顺着这个话题，阮清言又问大家手头的工作进展得如何，阮清言率先汇报，罗玉洁又接着说，该轮到白雨檬了，她却迟迟没现身。

白雨檬心思全在林朔身上，她根本没去和什么熟悉的天使投资人接触，钱就在她手上，她要投就能投，干吗还见投资人，根本没这个必要。

场面一度陷入尴尬。

林朔“拍了拍”白雨檬。

白雨檬在屏幕后看林朔“拍了拍”了自己，对着手机享受了一番，等了一会儿才现身：“不好意思，刚才在打电话和投资人介绍咱们的项目。很遗憾，对方没有表露出投资的意向，其他人大致也是这个情况，所以我这边没有实质进展。”

阮清言：“辛苦了。”

聊完工作的事，群里立马变得一片死寂，像冬日窗外又黑又枯的树丫。尽管如此，时光荏苒，在冬日漫天的枯寂里，被风摇曳的枯枝梢上，开始隐隐摇摆着一丝春的气息。

白雨檬如愿以偿地和林朔一起去到新开的游乐场，如愿以偿地拍了九宫格照片，更如愿以偿地在九宫格中心的位置贴上了她和林朔的合照。她精心地加完滤镜，修好图，发布朋友圈。这次她什么文字也没发，更给人以无穷遐想的空间。

阮清言，就在遐想空间里沦陷了。

有很多共同的朋友在白雨檬的这条朋友圈下点赞，与上次不一样的是，朋友们祝福了她和林朔。尽管白雨檬解释就是一起出去玩，不是大家想象的那样，但字里行间溢出的暧昧与甜蜜气息，让解释欲盖弥彰。

而林朔从没在白雨檬的朋友圈下出现过。

阮清言看着一连串的点赞，眼神越来越冷，她看见自己的手指在一连串的点赞下，也跟着点下“赞”，像是在排队祝福一对璧人。两人郎才女貌，志趣相投，相互有意，哪点不值得祝福？而学会祝福，不吝啬自己的善意，是她从小接受的家教。祝福别人，好像就能更善待自己一点儿，好像便能放过自己，她不愿意陷在喜欢林朔而不得的旋涡里，太没出息了。理智告诉她，适可而止吧，不要再喜欢林朔了。

她开始变得高兴，为自己感到庆幸，真好啊，阮清言，你真是有先见之明，并没有做出任何丢脸或者覆水难收的事。喜欢林朔是你肚子里生出来的一汪春水，水没有泼出去，在你身体里滴水不漏，那就让它枯在肚子里吧！

水蒸发的时候，是静悄悄的，就像眼泪流下来的时候，也是静悄悄的。

阮清言的世界，万籁俱寂。

转眼，戏剧社最新的话剧进入正式合排阶段。

白雨檬作为戏剧社副社长，担负着统筹排练的工作。此刻，她正握着一卷排练工作安排表，站在舞台上大声道："演员都到齐了吗？"

罗玉洁第一个举手："我到了！"

其他演员陆续答到，罗玉洁的心随着一个一个的答到声，满足又愉快地充盈起来。她像个气球，摇摇晃晃就要飘到天上了。这么多人啊，她是女主角，她第一次当女主角！

所有人都清楚，随着毕业将近，这将是大三学生在汉博戏剧舞台上的谢幕表演。当然，这也很可能是这些热爱表演的学生，在人生舞台上，最后的谢幕表演。以后他们会囿于工作、囿于琐碎、囿于生活的牢笼，再也找不到释放热情的表演舞台了。

所有人都看出了罗玉洁的兴奋和紧张，白雨檬也看出来了，她微笑着给罗玉洁打气："玉洁，放轻松，相信你会演好的！"

罗玉洁点头，攥紧看旧的剧本。

不一会儿，全场安静，合排正式开始。白雨檬远远坐在观众席里，忍不住打了个哈欠。戏就是那部戏，新瓶装旧酒，不过是以卖票做慈善为目的，大家表面上都挺重视，实质不过是为了完成学校的政治任务。

白雨檬演够了女主角，看着舞台上满脸放光的罗玉洁，突然觉得有点儿可怜。戏到中途，她给顾凡超发去微信："在守排练，好无聊。"

隔了五分钟，顾凡超回："白社长，我看上了一个小角色，安排我演呗！"

白雨檬惊讶："哈？你能演什么，代表景华来砸我们汉博的场子？"

顾凡超发来一个狂笑的表情包，又正色道："不不不，我为你们汉博带票房。”

伤愈复出后，顾凡超的足球生涯蒸蒸日上。作为足球明星，自然球迷人数可观，要是知道他来汉博剧院友情客串一个角色，卖票简直是轻而易举的事，不用担心政治任务完不成了。

替换小角色，带来大票房。

白雨檬当下决定：“好啊！你看上了哪个角色？我临时换下来，让你上去演。”

顾凡超：“谢白社长。”

白雨檬感到莫名其妙：“你怎么突然爱好表演了，葫芦里在卖什么药？”

顾凡超没有正面回答：“人嘛，总是会变的。”

转眼来到演出那天，台下乌泱泱地坐满了人。

第一排是领导，白雨檬给林朔、阮清言一行人留了中间第二排的黄金位置。为了给罗玉洁捧场，冉晓云和方兰都来了，阮清言坐在了林朔边上，她以为自己心如止水了，可当林朔不小心碰到她的时候，她的呼吸都是颤抖的。

灯光突然暗下来，演出开始。

布景是一片荒凉的山，山里有所破败的希望小学，罗玉洁念着台词，出现在教室里，她饰演的是一位从城里来到荒山支教的年轻教师。罗玉洁的感情真挚而饱满，表演细腻到位，所有人的目光都被她吸引了去。

阮清言在观众席里，忽然就被感动了。

一台剧仅有两个小时，然而此情此景她所看到的，分明是罗玉洁燃烧的整个青春，此刻的灯光，此刻的音响，此刻观众席里发出的赞叹，以后再也不会有了，谢幕后一切都将成为过去。阮清言想，月亮阴晴圆缺，太阳不动声色，人老了之后，一切不过是场走样的回忆。罗玉洁老了以后，尚有眼前的这场回忆，她呢？她会回忆起什么？

回忆起一场至暗至静的暗恋吗？

那大可不必。

她在黑暗里，悄悄地湿了眼眶。

一幕一幕的转场，一场一场的掌声，像个无形的沙漏，在为这场演出倒计时。戏到后段，顾凡超出场了，台下顿时有明显的骚动。

他饰演戏中罗玉洁的男友，为了劝罗玉洁回城结婚，千里迢迢地赶到心爱的人面前。亲眼见到无边无际的荒山，目睹艰难的生活条件，顾凡超痛心疾首道："兰鹃，和我回去吧！"

"可我想和孩子们待在一起！"

下句话应该是顾凡超说："跟我走吧，我会给你幸福。"

可所有人看着他走到台下，无视第一排的领导，又经过林朔，缓慢而郑重地走到阮清言面前："跟我走吧，我会给你幸福，阮清言。"

有那么几秒，全场寂静，所有观众都在怀疑眼前的一幕是不是真的。

突然有人喊："是表白！天哪，顾凡超在表白！"

全场的目光都聚集到顾凡超和阮清言身上，更嚣张的是，竟有一束追光灯"啪"地打在他们身上，一切像一场预谋。

阮清言有些喘不过气，是被吓得，也是被气得。她看见罗玉洁僵在舞台上血色全无的脸，也看见顾凡超冒汗紧张的脸。

阮清言不知道他什么时候疯的，但她确认他已经疯了。

有领导不满，问旁边的人："这演的是哪一出啊？"

白雨檬赶紧上前打圆场："主任，这台剧票房任务已超额完成，多亏了顾凡超……"

剧实在毫无看头，观众的兴致全聚焦在这场突如其来的表白上。

阮清言缓了过来，站起来："浑蛋。"

顾凡超一脸错愕，不明白地笑了笑。

阮清言声音颤抖地大骂："你浑蛋！"

顾凡超伸出手："那你愿意跟我这个浑蛋走吗？"

阮清言看了看周围的人，感觉自己再也不能让顾凡超在这里捣乱一秒钟了，她拉起顾凡超就往外跑，却留下身后沸腾的欢呼。

她骂他浑蛋，是因为他毁了整出剧吗？当然是的，但也不全是。当她感到慌张，手足无措的时候，便会像只猫，本能地防御性地攻击对方。顾凡超的表白，像夜里突然蹿出来的动物，吓坏她了。

顾凡超让全天下的人都见证了这个表白，一道道目光，就像一道道墙，让阮清言无路可退。这正是顾凡超想要的，他赌阮清言不会在众目睽睽之下决绝地拒绝自己。如果不至于落到绝境，那他便有机可乘。

他亲手制造了与她的流言，让在场所有的人见证。不管阮清言真正的答案是什么，只要她不装作不认识自己，还与自己见面，那这个流言都会随着时间越传越多，最后传成真的。

就算不是真的，也会像一个无形的屏障，抵御外人的靠近，让阮清言彻彻底底成为孤家寡人。

闹剧结束以后，生活归于日常的琐碎和平静，平静下面却涌动着暗流。

因为演出被毁掉了，阮清言向罗玉洁道歉，甚至在戏剧社门口贴了一封致汉博戏剧社的道歉信。令她意外的是，戏剧社轻而易举地原谅了顾凡超的这一举动，罗玉洁也轻而易举地原谅了顾凡超的抢风头行为。

罗玉洁羡慕地说："清言，我羡慕你被人这样喜欢着。"

阮清言不知道罗玉洁是不是真的原谅了顾凡超，但她眼里流露出的光是真的，她的羡慕是真的。

顾凡超看上去莽撞，却是个很聪明的人。那天以后，他没去打扰阮清言，知道她需要自己一个人待着。而他时刻在等着她，在等一个再次出现在她面前，风和日丽的时间。

阮清言像平常一样去上课，运转着手头的事。

只是在有一天，她觉得自己快要喘不过气了。

阮清言约江蕾去兜风。江蕾笑她车都没有，还主动约人兜风。阮清言也不怕被笑，想让风吹吹自己不太清醒的脑袋，把混乱的心绪都吹明了。

一城市的风，足够了吧？

江蕾开车到楼下接她，坐进副驾驶座的那一刻，江蕾问她："你确定是和我去兜风，不是其他人？"

阮清言嘟囔道："确定。"

江蕾换了新车，一辆白色新款奥迪，没日没夜地辛苦工作也算有了回报。车开到河边，河风猛烈，不像南方的江风，徐徐又温柔，阮清言整个人被吹得凌乱，像是一种自暴自弃的行为。

江蕾伸手帮阮清言理头发，阮清言回避了。

阮清言低声问："姐姐，要是生活也像这样，不去管它，会怎样？"

江蕾把着方向盘，看了她一眼："会疯掉，因为你现在看上去像个疯子。"

阮清言掀起乱发，俏皮一笑，眼神清澈又疲倦。江蕾不会和她说太多大道理，陪着她，就能让她渡过一场情绪的浩劫。

阮清言撒娇地歪过身子去抱她："唉，好想还是个孩子啊，没有业要毕，没有业要创，没有人际纠葛，没有情感烦恼，开心就笑，不开心就哭，没有一个成年人的角色要扮演……"

白色奥迪匀速行驶在河边的公路上，车窗前是迷茫的夜色和氤氲于楼宇间的烟火气。

江蕾抿唇笑了笑，腾出一只手让阮清言的头发乱上加乱："想得美。"

据阮清言了解，江蕾多年来一直单身，身边不乏追求者，可是没有中意的，江蕾也不慌不忙，一边把事业搞好，一边过着自由的生活。如果一直没有喜欢的人，阮清言觉得她能继续这么散漫下去，不会为了完成任务般去结婚生子。毫无疑问，江蕾是阮清言现实中看得见、摸得着的偶像，对方就在那儿，活成她想要的样子，发出的光映照在阮清言身上，让她不至于摸黑前进。

短暂的逃离过后，该面对的事她还是得面对，因为一切都像蒙上一层保鲜膜在等着自己。

阮清言在一个中午接到母亲的电话。温芳在电话里小心又热切地说："清言，听说凡超在你们戏剧社客串了个角色……"

阮清言觉得烦恼又好笑，什么客串的角色，母亲明明想问顾凡超表白的事。

"妈，他是客串了一个角色。"阮清言弯身去给软蛋系狗绳，准备遛狗，"妈妈，戏已经演完啦，操心点儿别的吧！院子里的植物们怎么样啦？"

温芳："都很好。"

阮清言"砰"地关掉门，牵着软蛋下楼："我们也很好，有'豪门'球队对顾凡超有意向，他说不定就转会了。我们的创业项目也找到想要合作的投资人了，毕业论文我也有了大致的想法，都很好。"

她在话里提到他，提到她，唯独没提他和她。

温芳自然是明白过来了，有些失落，两家长辈虽没有正式表过态，但都希望他们能走到一起。温芳向来是温柔的，在她心里没有必须如何的事，就像阮清言要留在首城创业，阮守信极力反对，而她不做干涉一样。她的日子过得就像院子里养的植物，安静本分，没有争吵。

温芳沉默半晌道："好，那就好。"

阮清言宽慰她："妈，放心吧，我有分寸。"

结束和母亲的通话，阮清言牵着软蛋，被它不知不觉又引到了她种的那棵桃树下。软蛋把这棵树当成了自己的私有物品或根据地，它是看着这棵树一点儿一点儿长起来的，好像明白这回事。虽然冬天让叶子掉了，暗藏的春意和雪雨继续培养着枝干，尽管桃树生长缓慢，也能看出比之前高了。

软蛋绕着桃树，兴奋地叫了两声。

阮清言怔怔地望着树，明明没去管了，它竟还长得这样好。

她站在树边，回过神，掏出手机："顾凡超，你出来。"

几乎是春光冲破云翳的速度，顾凡超回："出来了。"

顾凡超快要去国外参加特训了，为新一年的国超赛季做准备，阮清言在这个时候叫他，正合他意。

顾凡超为了阮清言方便，约在汉博校内的甜品店见。阮清言把地址改了，改到一个公园，公园就在新开的游乐场旁边。

顾凡超迟到了，气喘吁吁地跑到阮清言面前，不好意思地咧嘴笑着。

顾凡超："这地方我没来过。"

人还是那个人，身高还是那么高，样子还是那个样子，衣服还是那件衣服，连笑起来嘴角的弧度都一样。可是当他再看着她的时候，嘴上说着稀松平常的话，他们心里面却清楚，一切都不一样了。

阮清言看了他一眼，双手揣进羽绒服的兜里，转身便走。

顾凡超追上来："去哪儿？逛公园？"

阮清言深呼吸了一口空气："随便逛逛。"

她自己也没发觉，约到这儿，是想看看新开的游乐场长什么样，可出于某些原因，莫名执拗地不想踏进那个游乐场一步。

前面有游乐场的巨型广告牌，看上去分外吸引人。

顾凡超提议："清言，我们去游乐场玩吧！"

阮清言步子一顿，整个人处于想去又不想去的状态。顾凡超看明白了，一把拉过她："走。"

阮清言被顾凡超拉到售票窗口前，才开业那几天票很难抢，现在是工作日，排队的人不多，轮到顾凡超了，他做出手势："两个人。"

售票员探头看了一眼顾凡超身后的阮清言："要买情侣套票吗？赠送饮料小吃和拍立得一张。"

阮清言从手机里抬头："不要，谢谢，就两张成人票。"

顾凡超的眼神暗淡了些许："听她的。"

检完票，他们进到游乐场里面，新修的游乐场真是不一样，游玩的主题概念、园区设计、绿化植被、垃圾桶等细节都透着新意。

阮清言没想到自己这么感兴趣，边走边逛，看到前方有个爱心雕塑相框，不自觉放慢步子。爱心下面有游乐场的工作人员拿着一台拍立得，专门给购买了情侣套票的情侣留影。

她没记错的话，林朔和白雨檬是情侣套票。

阮清言看着那几对情侣甜蜜地抱在一起，工作人员半蹲下来给他们拍照的样子，眼前仿佛出现那天阳光灿烂，林朔和白雨檬在爱心下拍照的景象。

"怎么了，清言？"顾凡超问。

阮清言收回眼神，淡淡地道："没什么。"

顾凡超指向远处："我们去坐摩天轮吧！"

冬日下午的摩天轮镶嵌在淡蓝色的天空中，箱体像规整的时刻，摩天轮像一轮旋转的巨大表盘。

阮清言望着摩天轮出了神："嗯。"

摩天轮其实是阮清言害怕坐的项目，密闭狭小的箱体被风吹得在高空摇摇晃晃，缓慢地一点儿一点儿地移动，是一种看上去很美很浪漫的缓慢折磨。

顾凡超把她让进移动着近地的箱体中，工作人员赶紧锁上了门。

慢慢地，他们爬升到高空中，心也跟着一点点悬吊起来，摇摇晃晃。

顾凡超抓住栏杆，感叹道："风景真好啊！"

阮清言也抓紧栏杆："顾凡超。"

顾凡超："嗯？"

阮清言："你觉不觉得，我们现在坐的摩天轮像个表盘，而我们正在逆时针转动？"

顾凡超探头探脑地看了看："好像是耶！"

阮清言眼神淡然地望着远方："我想……我们坐着摩天轮，时光也能倒转到戏剧社演出前那天就好了，这样我们还是从前的我们。"

顾凡超沉默片刻，又探头探脑地看了看："不对，不对，是在顺时针转。真的是顺时针在转，清言，你再看看！"

他抓栏杆的手像要把钢铁捏碎，沉默了一会儿，他说："回不去了，清言，我也不想回去。"

顾凡超希望能和阮清言就这么坐在摩天轮里，呼吸着同样的空气，近距离看着彼此，慢悠悠地顺时针在时光里永远转下去。他们已经一起转过了童年、青年，为什么不能转到双鬓斑白、老眼昏花呢？

忽然一阵烈风吹来，摇得箱体剧烈晃动。阮清言受到惊吓，感到一阵胸闷，这样的摩天轮她受不了了："顾凡超，你不要喜欢我了，我们还是像从前那样吧，我……我不影响你，不在你面前出现也行，讲老实话，我都不知道拿你怎么办，唉……你怎么回事啊？！"

语无伦次的阮清言觉得自己丢脸极了，苦笑出来，很难为情，都不敢去看顾凡超。

顾凡超从小就是破罐子破摔的表演高手，拒绝的话亲口从阮清言口中说出后，他反而释然了，无所谓地回道："哦。"

阮清言心急地问："你在听吗？"

摩天轮绕到第二圈，就快结束了。

顾凡超：“真快，要完了。”

阮清言：“喂。”

顾凡超：“下一个我们玩刺激的项目吧！”

摩天轮结束以后，顾凡超径直朝过山车的方向走去。阮清言跟在他的屁股后面，开始吼他：“顾凡超，我很认真地在和你说这件事！”

顾凡超身体一顿，僵硬地转身，用手臂箍住阮清言：“来游乐场就是玩的，这么认真干什么？”

顾凡超带着阮清言往过山车的方向走去。

阮清言呼吸困难，顾凡超的这一系列反应，让她窒息。

但又不得不说，过山车真的很过瘾。因为人少，他们光过山车就玩了好几次，惊人的急转弯、让人吓破胆的陡坡，离心力和失重感把阮清言积压多日的压力一甩而空。离开游乐场的时候，她像离开一个愉快又放松的朦胧梦境，依依不舍，又无计可施，梦总是要醒来的。

天已经黑了，在车站等公交车的时候，顾凡超坚持要送阮清言回家。

阮清言：“算了，我自己回去。”

顾凡超不乐意：“怎么说话不算数，不是说像以前那样吗？以前不都是我送你回家的吗？”

阮清言无言。

顾凡超就这样走在她身边，不时看她，不时看路，沉默着一路将她送到了家门口。

阮清言关门的时候，顾凡超忽然伸手进去，被门夹得结实。

顾凡超：“我要去国外特训了，隔一段时间再回来。”

阮清言恼火地看了一眼顾凡超被夹红的手：“傻子，不痛吗？”

顾凡超仿佛没有痛觉，也没听到阮清言的话。

“隔一段时间再回来，你不用等我，反正我会等你。阮清言，不管怎么样，我都会等你，听清楚了吗？”

阮清言“砰”的一声把门关了。

她越来越觉得顾凡超像变了个人，无计可施的她好像关一个陌生人一样，把他关在了门外。

同时，首城市中心的一家酒店内。

偌大的恒温泳池反射着蓝莹莹的水波，穿着清凉的年轻人悠闲又肆意地在玩水。林朔被朋友们叫来游泳了，他一个人在泳池的角落，目光沉郁地看着眼前的欢乐场景。他仰头看了看头顶炽烈的灯光，感觉世界明亮得不真实，而他就像一道暗淡的影子，半浮在水中。

渐渐地，周围的欢叫声让他有些烦躁，他慢慢地沉进水里，企图用无孔不入的水堵住耳朵，浸泡神经，隔绝外面的世界。

不知过了多久。

“林朔！”有朋友惊慌地喊他。

三四个人冲过来把他从水里捞了出来，场面一度混乱。

有人拍他的脸：“林朔，老子以为你淹死了！”

林朔睁开眼睛，湿漉漉的睫毛像是哭过一场，他笑：“来比谁憋气时间长。”

朋友们松了口气，有人打了他一拳，嘻嘻哈哈之后气氛又轻松起来。林朔和朋友们游了一圈，便趴在泳池边休息，也不知道在想什么。

有个泳衣性感、妆容精致的女生不经意地靠近了他。

女生搭讪：“嘿，想什么呢？”

林朔侧头看了一眼，眼神微微颤动。

女生饶有兴致地靠近问：“不开心啊？”

林朔懒懒地道：“你有点儿像一个人。”

女生讪笑道：“谁啊？前女友啊？”

见林朔没有反应，女生甩了一下湿漉漉的长发，甩得林朔一脸水。

女生娇嗔道：“玩水好无聊，我们要不要出去玩？”

林朔没动。

女生更大胆地靠近他，丰满的胸几乎要贴着他问：“那你靠近点儿看看，我哪里像那个人，眼睛？鼻子？嘴巴？还是……”女生暧昧的眼神在自己暴露的身体上滑动。

林朔目不转睛地看着她的脸，眼里溢出迷茫又欣喜的笑意。

林朔喑哑地笑道：“呵呵，越看越像。”

女生上手勾住他的手臂，踮起脚，朝他的耳朵哈气：“其实……我就是她。”

林朔来了兴致：“好，那我问问你，你和顾凡超什么时候玩完？”

女生吃了一惊。

林朔眼神冷得吓人：“你喜欢他什么？”

或许是为了引林朔吃醋，女生整个人做作地表演起来：“顾凡超多好啊，球踢得好又多金，长得那么帅，喜欢他需要理由吗？”

林朔冷冷地笑了笑，丢下女生一个人朝泳池中心游去。

女生在后面喊：“喂，我还没说完——”

林朔回过头，又是一副愣怔又迷茫的表情。

他发现女生和阮清言一点儿都不像。

他觉得自己发神经，想回去睡觉，和朋友们说了再见，便独自来到更衣室。换衣服的时候微信响了，他胡乱裹着一半毛衣，听见白雨檬发语音说：“好想吃榴梿比萨。”

声音妩媚又动人。

林朔猛地套好毛衣，拿着手机，来到墙边一靠：“是不是发错了？这种话你发给你男朋友可能更有用。”

白雨檬沉默了一会儿道：“我没男朋友，我们去吃比萨好不好？”

林朔：“对不起，我可能让你误会了。”

白雨檬激烈地打出一行字：“误会陪我逛游乐场，误会陪我拍情侣拍立得？”

林朔：“是我的问题，我们应该谈谈。”

白雨檬：“不，是我的问题，如果我不喜欢你，就什么事都没有。”

感情像眼前酒店里蓝色的水池，心里城府再深，也有装不住漫出来的时候。

话到这份儿上，白雨檬不打算再退缩，不打算再变回之前那个遮遮掩掩的白雨檬。不被爱的人，根本无路可走，除了现在的这一条路。

白雨檬又说：“林朔，我知道你喜欢阮清言，可她喜欢你吗？她和顾凡超今天去游乐场了，你知道吗？你什么都不知道。”

林朔：“哦。”

林朔关了手机，真的好累，他收拾完，便回家睡觉了。

可是回到家睡到一半，他又猛地惊醒，慌慌张张地去摸手机，黑暗里强烈的手机光，刺得他眯住眼睛。

他给白雨檬发去消息：“雨檬，下次团队开会，你会来对吗？”

白雨檬秒回：“什么意思？”

林朔：“我是说，公私分明，今天我们的事，不要影响到其他事。”

上次他坐高铁去见的投资人已经回话了，黄了。

白雨檬心里忽然涌起一股血，她觉得自己在失控，在得意地大笑，像个黑夜里吸进所有暗黑之气的气球玩偶，摇摇摆摆，像个张牙舞爪的怪兽，强大无比。林朔的那句话，像一根脆弱的针，一下戳破了她。

她变得口无遮拦：“林朔，我说实话吧！家里根本没有要求我去找项目创业，都是我编的，我就是为了接近你，好进入团队才这么说的。但是呢，我随时可以投一笔足够的钱，是真的。”

林朔：“谢谢你对我说实话。”

白雨檬：“不用谢。”安静片刻后，白雨檬凌厉的嗓音里夹杂着柔柔的哀求，“所以……你还想让我继续留在团队里吗？”

林朔：“这是你的自由。”

白雨檬冷笑道：“林朔，你好虚伪！你什么时候变成这个样子了，是因为喜欢上阮清言吗？喜欢她怎么让你变成这样了呢？你为了她在利用我，以为我不知道吗？”

林朔沉默了。

半夜，窗外树影婆娑如鬼魅。

他的心思也跟这鬼魅般的树影一起飘忽起来。这段时间，林朔不仅做了分工的活，其他的活也做了，他甚至去找了刘伯伯寿宴上的那些叔叔阿姨，不知道为什么，那些人都跟说好似的，表面上说得漂亮，实际上一点儿忙也不帮。

一次偶然的机会，一个叔叔告诉他，阮守信已经和古兰通了气，让首城的这些关系网都别出手参与他们的事。古兰苦心经营的事业自从一夜之间大厦倾倒后，就不支持林朔创业，想要他在首城有份稳定的工作，不用做创业那么劳心费神，战战兢兢，最后还可能竹篮打水一场空，败光身家的事。她想儿子一辈子当个宠物医生，救活无数猫猫狗狗，靠手艺吃饭，单纯踏实，平静地度过一生。显然，林朔对人生的规划，和他母亲的期望完全不一致。

当林朔切身知道他们的处境之后，世界忽然变窄了，变得只有一道又窄又遥远的光，而周围一片昏暗。

第二天，在和顾凡超打完电话后，白雨檬在群里高调宣布了自己愿意投资的消息。

北方的春天比南方来得晚，汉博校园里新的雪下了又化，化了又下。之前堆好的雪人，已经变得不成形，每次经过仿佛都能看到变化，看到时间在雪人身上留下的痕迹。

每天的24小时都一样，可有的时间明明很短，却发挥出惊人的力量。

白雨檬发出消息的那个时间，算一个。

林朔和罗玉洁表示欢迎投资的那个时间，算一个。

阮清言不欢迎的那个时间，算一个。

阮清言的理由不是林朔之前预计的那样，她的清高早被找投资的这段时间磨没了。她的说法是，担心白雨檬身为创业团队的一员，又成为投资人之后，整个团队的话语权和控制权都被白雨檬掌握了去，这样对整个项目的运作都会不利。

她是这么说的，林朔却没有完全相信。

本来打算心平气和地见面的二人，又猝不及防地吵了架。那天，一天中的最后一堂课结束后，罗玉洁就拉着阮清言去见林朔，他们约好三个人关于白雨檬投资的事好好谈谈。夜幕降临时分，北方的风毫无章法，一会儿猛吹，一会儿骤停，搞得阮清言的长发很凌乱，她边被罗玉洁拖着走，边腾出手来理头发："哎，我会走，慢慢走嘛……哎，这风，北方的风真的……"话没说完，一阵猛风又甩过来，像个巴掌甩在阮清言的脸上。

来北方三年多了，阮清言依然不习惯。

罗玉洁把阮清言拖到了学校的一家火锅馆子里，进店上二楼，林朔已经点好锅底在等她们了。见她们来了，林朔把菜单递上前："我请。随便点。"

"随便点！"阮清言挣扎着道，"不要拉拉扯扯、忸忸怩怩的。"

罗玉洁放下阮清言，张罗着入座："好好好，随便坐吧，坐吧！"

阮清言接过菜单，把罗玉洁和自己喜欢的菜都点了个遍。点完之后，她抬眸看林朔，交还菜单："林老板，你看看够不够？也不清楚你喜欢吃什么。"

其实阮清言哪里不清楚，认识林朔几年来一起吃过的饭数都数不清，他吃火锅喜欢吃什么菜，阮清言记在心里，清楚得很。

林朔接过菜单，菜单被他拿走的瞬间，阮清言感受到了他的力道。阮清言不免觉得这顿饭处处在表明一种决心：林朔和罗玉洁一定要说服自己接受白雨檬的投资才行。

果然，当阮清言第一筷子毛肚下锅，罗玉洁就开始了。

罗玉洁苦口婆心地道："清言，我们现在万事俱备，只欠什么？只欠资金呀，没资金工作都开展不了，何谈话语权呢？"

道理阮清言都懂，她把毛肚送进嘴里，说："我是这么想的，咱们继续找投资，实在不行再说吧！"

林朔轻叹了一口气："找到什么时候，有个时间节点吗？现在都耽误多久了？一年一晃就过去，而现在我们的工作毫无实质进展，别提一年之内做得像模像样了。"

阮清言没想到林朔把自己父亲的话记得这么清楚，她觉得就算创业失败，林朔也能留在首城好好发展。首城是他的家，是千万年轻人向往又集聚的大都市，创业失败对他的影响应该没自己大吧！

阮清言迟疑着道："时间节点……这个嘛，不，你们别在意这个，就算到时间没做出个样子，我回老家，你们也可以继续接着干。别管我。"

林朔和罗玉洁纷纷看向阮清言，罗玉洁大惊失色道："别啊，清言，我们说好要一起待在首城，做一辈子朋友，老了去中央公园散步的！"

林朔毫无胃口，放下筷子沉沉地说："时间节点。"

阮清言有些不耐烦："没有。"她喝了口可乐像是醉了，想起什么似的，接着说，“噢，我就说林朔你怎么这么大脾气，不好意思啊，因为我的拖累，耽误你和白雨檬一起创业了。”

罗玉洁又大惊失色，视线在阮清言和林朔，甚至不存在的白雨檬之间转来转去。

林朔冷笑道：“神经病。”

阮清言激动得筷子都落了，她弯身捡起来：“你骂我？”

罗玉洁赶紧夺过筷子：“脏了、脏了，不要了。”

林朔突然胃口又好了，烫着肉片闭目养神。

罗玉洁打圆场道：“我觉得吧，据我对清言的了解，她是有分寸的，她嘴上虽然这么说，但事实上该干吗就干吗。林朔，你看……要不咱们就再找找投资？上次清言也和雨檬说了最好找外界投资的理由，雨檬那么知书达礼的一个人，肯定能理解的，好，就这么办。对了，顾凡超要转会了？”

罗玉洁为了两人不再吵架话题转得飞快，阮清言直接愣了两秒，林朔眼皮一跳。

阮清言的神情变得不自然：“嗯……是，有个‘豪门’球队向他抛出了橄榄枝，不过……他的约还没满，明天就去国外集训，估计赛季休赛期，他就会转会了。”

罗玉洁聊顾凡超并不是真的想打听顾大球星的消息，阮清言傲娇的心藏在哪儿她还能不知道吗？不管局势怎么混乱，她就是想让林朔知道一件事，阮清言并没有接受顾凡超的表白。于是她蓄力片刻，又语出惊人道：“哦，你拒绝他的表白这件事，不会对他有什么影响吧？毕竟青梅竹马的，他会不会想不开？”

阮清言被辣椒油呛到，一秒呛出真话：“你担心他，不如担心我。”

林朔神色微妙，罗玉洁继续问：“什么意思，他毫不气馁，愈战愈勇？”

阮清言没说话，尴尬地笑笑算是默认了。

火锅不知道沸腾了多少遍，火开大，又关小，桌上的菜渐光，外面的夜渐深，不浪费粮食的阮清言终于把锅里的菜捞完了。他们离开火锅店的时候，罗玉洁借口要去超市买水果，只剩阮清言和林朔。

林朔摸摸微鼓的肚子说："我送你吧，消消食。"

其实他想马上冲回家，独自消化阮清言拒绝顾凡超的表白这件事，毕竟这么久以来，他一直以为他们两情相悦，只是情路坎坷而已。

阮清言的心雀跃了一下，又冷寂下去："嗯。"

走在路上，林朔收到罗玉洁的微信："朔哥，刚刚咱们没发挥好。你在送清言回家吗？继续努力。"

林朔暗笑，不用战友提醒，他都知道该怎么办。吃火锅的过程中，他就在酝酿到底说什么，才能像一道必杀技让阮清言立马答应接受白雨檬的投资，尤其是在阮清言说出不要管她，不要在意一年之约的情况下。

而现在他有了答案，嘴角的笑还很阴险。

走到一盏街灯下，林朔神色忧虑地说："清言，你说你顾虑白雨檬作为团队一员，投资的话会拿去话语权和控制权，对团队自由民主发展不利。我刚刚突然想到，你为什么这么在意这个呢？"

阮清言一脸问号，正色道："你都说啦，对团队自由民主发展不利呀！你想啊，要是以后我们想干个什么，做出什么决策，白雨檬要是不答应，不给钱，那不是什么都干不了？等于所有的事都听她的啊！如果是外面的投资人，我们对资金使用的自由度就好很多。"

林朔轻笑，街灯暖黄的灯光像冬日夜晚出现的阳光，洒在他白皙清俊的脸上。他缓缓道："自由、民主。"

阮清言："对。这对团队非常重要，是一个创业团队乃至公司以后能否健康持续发展，不断产出新价值的关键。"

林朔摸了摸下巴，赞许地点头道："极对，那我们团队四个人，白雨檬、我、罗玉洁都同意投资，就你不答应，三比一，你是不是应该少数服从多数？"

一辆改装摩托猛地呼啸而过，呼啸得阮清言当场石化。

阮清言眼神空洞地看着林朔。

林朔作势叹气，微微皱眉道："唉，本来都没必要劝你的，因为三比一，你那一票不重要。但看在交情上，我还是请你吃了火锅。"

阮清言垂头沉默，在夜色下努力琢磨着什么。

林朔乘胜追击道："白雨檬还没投资，你就担心她会干什么了，她给自己参与的项目投资不是情理之中的事吗？而你呢，嘴上说要自由民主，实际上在凭一己之力制止我和罗玉洁获得投资，也不问问我们同不同意。"

阮清言猛地抬头："林朔，你在骂我双标？"

林朔神情冷淡，摊手。

快走到阮清言家小区的时候，阮清言失魂落魄地向一个错误的方向走去，林朔及时把她拉了回来，一语双关道："清言，别走错路啊！"

阮清言面若冰霜，心里火烧得很旺："呵呵，林朔，你为了维护白雨檬，还能说出什么话来？"

焦点怎么一下诡异地偏离了？林朔大感冤枉，莫名其妙地觉得"暗恋白雨檬"的把柄被阮清言抓在手上以后也太好用了。他呼吸一窒，望着阮清言立刻傻了。

阮清言甩开他的手，重重地道："你说得对，林朔，我刚刚一直在反思自己。既然如此，那我也不坏大家的好事了，雨檬可以投资，但我得提醒大家，别被投资带偏了。"

林朔激动的神色在眼里打转，很快平复下来："好，我会和雨檬说，投资前，我们可以正式约法三章，钱放在哪儿，由谁管，投资人不得影响团队决策，一切都按照民主自由的原则，少数服从多数。钱的使用当然也是。"

林朔说话间吐出的一团团白气让阮清言看不真切他的脸，他的声音钻进耳朵，钻进心里，令阮清言微微出神。她的焦点又诡异地偏离了数秒：林朔的声音，真好听啊！

回过神的阮清言赶紧跑上楼，林朔却在下面叫住她。

"还有事？"阮清言假装不耐烦。

林朔仰头，眼里有光："清言，你还记不记得？"

"记不记得什么？"阮清言望着他。

林朔语气里有股执着的力量："大一那年，我们去给足球队王老师的亲戚收拾房子，在那里遇到了做早点店的阿婆，我们被关在外面，在阿婆店里借住了一天，还记得吗？"

冬夜钻进春的气息，小草又在悄悄冒头了。

阮清言在这个冬夜里，想起了大一那年和林朔落难的难忘往事，嘴上在笑，眼眶却一不小心红了。

“嗯，记得……”阮清言抑制着情绪，淡淡地答。

林朔怕她离得远，听不清楚，往前走了几步，阮清言怕自己的红眼眶被看见，连忙退了两步。

林朔大声说：“阿婆一辈子守着创业的初心，为了给赶路的人一口热饭，做了一辈子早点。清言，以后我们不管经历什么，不管这次成功还是失败，我们还有一辈子，还有一辈子的时间和力气去努力，对不对？”

林朔都快把阮清言说哭了，她吸了吸鼻子，赶忙转身，答了声“对”。

这天晚上，阮清言心里想着林朔的话稳稳睡去，而林朔闷在被窝里，脑子不断过着吃火锅的时候，罗玉洁提顾凡超的片刻。

在这个已所剩不多的夜晚，林朔把片段回放了无数遍，不断重复叠加的画面快要把夜晚撑破了。

“你拒绝他的表白这件事……”

“你担心他，不如担心我。”

“他毫不气馁，愈战愈勇？”

阮清言拒绝了顾凡超，这让林朔心头蹦出了表白的冲动，像小草顶破冻土、风刀划碎坚冰。

可他又觉得有表白的必要吗？现在这个阶段适合表白吗？如果阮清言拒绝，会不会远离自己，那到时候整个团队岂不是都散了，变得奇奇怪怪的？如果阮清言答应，想到这儿，林朔不由自主地笑出来。他难以想象阮清言喜欢自己，接受自己表白的画面。他抑制笑意再想一次，如果阮清言答应，白雨檬会做何反应？以他上次和白雨檬对话的情况，白雨檬直接退出团队，撤资走人毫不惊奇。那无疑是一场灾难。

他想了一晚，眼眶都想黑了，心里却没敞亮一点儿。

在太阳初升的那一刻，他决定不表白，打算等他们创业的小船平稳驶进大江大海再说。

正如和阮清言讲的那样，林朔约白雨檬谈了一次，把该说的都说了。白雨檬倒是爽快，连连答应林朔，并单手托脸，饶有兴致地看着他。林朔被看得不好意思，倒引得白雨檬看得更厉害。

白雨檬手敲桌面道："林朔，为什么清言不来和我谈，你是她的代言人吗？"

林朔平淡地说："我不是任何人的代言人。"

白雨檬身子前探："哦，那好吧……可是，你为什么不敢看我的眼睛？"

林朔慢慢看向白雨檬，眉心微皱。

空气静得让人焦躁。

白雨檬笑起来："怕我呀？"

林朔不解："为什么怕你？"

白雨檬做思考状："我想想啊，怕得罪我咯！你放心，对于创业这件事，我不会掺杂任何私人感情的，毕竟真金白银一投进去，可都是要讲回报的，我不会做出半路撤资这种感情用事的行为，太不专业了，而且我也要向我爸交代的啊！"

林朔顿了顿，点了点头。

白雨檬的话让林朔安心不少，而她的下一句话，又令他感到不安。

白雨檬认真地看着他，眼里像有湿漉漉的星星："这些都是我愿意为你做的。"

在冬天过完，春暖花开的时候，白雨檬的第一批资金到了账上。罗玉洁负责管钱，当看见户头上入账这么多位数字的瞬间，尽管阮清言故作镇定，最后还是和罗玉洁跳着叫着抱在一起倒在了地上。

阮清言被资本的力量冲昏了头，不对，是被白雨檬的能量冲昏了头。她又不得不赞叹，白雨檬依然是当初她在舞台下看着站在云端闪闪发光的那个白雨檬。

四月份的时候，他们制订好项目进程表，安排了各项工作：品牌设计、前期宣传、App 需求梳理等，并做好了相应的预算，他们把 App

开发外包给了专业的开发公司，并不断调试追求最完美的那一版。一切都在进入正轨，进入实践，看着项目书上的一项项事项在一点点落实到现实的土壤中，真是让人兴奋不已。

好在快毕业了，课很少，最主要的就是准备毕业论文，他们经常是忙完工作，就继续坐在咖啡馆里准备论文。有时候遇到难题，江蕾也会来帮助指导一些实际工作，分享工作经验。

顾凡超也集训回国了，已经开始紧锣密鼓的赛季活动。但凡有点儿空余时间，他都会出现在阮清言面前，送她各种礼物。起先阮清言还会找借口退回去，后来实在疲了，阮清言把礼物都堆在家里，说帮顾凡超存着，送给他未来的女朋友。

时间如白驹过隙。

有些事情，不需要外界捣乱，事情本身就会变坏。就像一盆花，没有狂风暴雨，慢慢地自己也就枯萎了，每颗种子暗藏着自己的命运，但是要生根发芽后才知道。

一年过去。

白雨檬没想到他们开发的 App 上市后，用户比预期的少。阮清言带着大家想尽办法加大宣传，增加用户，可是依然效果不佳。尽管 App 有一些忠实用户，大家也很喜欢宠物社交的概念，可是总归很小众。用户少，流量小，就没办法如预想的那样接广告盈利，结果便是他们每天都在亏损。

注入完两个阶段的资金，白雨檬出于理性考虑，心里生出停止投资的想法。

受打击最大的是阮清言，她不知道问题出在哪里，曾经生机勃勃的梦想仿佛一夜之间就一命呜呼，不管她怎么挣扎怎么努力都无济于事。

她害怕以后无论做什么，事情都会变成这样。

转眼，大四临近毕业，一切正如阮守信预料的那样发生着。阮清言遵守承诺，打算毕业回老家去父亲的生物科技公司上班，而阮守信也退让一步，在毕业最后的时间里，让女儿继续经营宠物社交软件。

无碍，反正她是要回来的。

第十五章
悄无声息的青春

做不擅长、不喜欢的工作太辛苦了，不去见想见的那个人太辛苦了。

方兰考研失败，准备二战；冉晓云顺利地出国留学；罗玉洁在参加各类校招，打算好好找份工作。还是时间厉害，消灭一切幻想，让未来坚硬成形。

全学校的人都奔赴新的世界，只有林朔还在坚持。他每天都像开始的时候那样工作，而古兰已经动用所有资源，用首城的房产贷款，为儿子接手了一家小型宠物医院，让儿子毕业以后可以安心上班。

这天，外面下起蒙蒙的雨，阮清言和林朔正在商量最新一期互动主题的时候，顾凡超给阮清言打来电话，想要见面。

他开着车出现在窗外，阮清言坐立不安，林朔笑着安慰道："没事，你先去。"

上车以后，顾凡超把车开进雨幕里，开到一个安静的公园里停了下来。

车窗前水流汩汩，顾凡超很生气："清言，能不能不要浪费时间了？你该做点儿别的。"

阮清言侧目："你就是来说这个的？"

顾凡超无奈地笑，挠了挠头，把放弃"豪门"球队的合同，签回渝州踢球的事告诉了阮清言。

阮清言沉默良久，跟死了一样。

顾凡超笑道："其实我一直都想回家踢球，为家乡卖命，多幸福啊！"

阮清言："签了多久？"

顾凡超："十二年。"

网上的传言都是真的。十二年的卖身契直接宣告了顾凡超职业生涯的完结。渝州球队在国超联赛中一直处于保级状态，顾凡超前景大好，为什么要在这样的球队踢球呢？

阮清言忽然哭了出来："顾凡超，你太傻了。"

顾凡超不以为然，目光平静地看着前方："这都是我心甘情愿的，有什么傻不傻的。"

阮清言不想再在车内待一秒，问："没有反悔的余地了？"

顾凡超摇头。

阮清言打开车门，冲进了雨幕中。

在被爱的人的世界里
天气永远风和日丽

想见你，拥抱你

走吧，让她淋湿吧，她会回来的，

和

，就会去林朔家

人学校搬了出来。古

阮清言知道卫生间在

”

旁。

到饭点，她感到肚子饿，

备做饭，却赫然看到一个超

卜、鸡蛋、青菜做的炒饭，

黄瓜和青菜早就蔫了，致癌的

她。

：“你不是说倒了吗，怎么都快吃

空中晃了晃，把剩饭猛地倒进垃圾桶里：

菜放久了会产生亚硝酸盐，会致癌的，你

林朔："你给我做？"

他完全略过了重点。

阮清言气极："想得美，自己学。"

林朔低头看着垃圾桶内的饭，不知道在想什么。

阮清言拿好食材，走去厨房做饭，林朔跟了过来："多做点儿。"

想不到林朔对自己的厨艺这么满意，阮清言切菜的手有些不知道怎么放了。

林朔帮着洗菜，眼神偷瞄着她："其实吧……说老实话，你的手艺不怎么样。"

阮清言："那你别吃。"

林朔轻笑一声，犹豫片刻后道："但我就是喜欢，不吃，把菜装进保鲜盒里看看也挺开心的。"

厨房里的水"哗啦啦"地流淌着，阮清言把水龙头一关，赶林朔出去："有油烟，你先出去吧！"

林朔恍惚一秒，觉得像一个妻子在对丈夫说话，应了声"好"，听话地关上了门。

他愣坐在沙发上，雨停了，外面的黄昏蔓延进来。

他对着厨房说："阮清言，做我女朋友吧！"

厨房里传来菜下油锅的巨大噪声，她没有听到。

在一次校招应聘失败后，罗玉洁郁闷不已，阮清言请她吃路边摊散心。

初夏的风拂过女孩们的头发，悠闲中夹着几分焦躁。

罗玉洁喝了一口淡淡的冰柠檬水，由衷地道："清言，不瞒你说，大学四年认识的人当中，你是我最羡慕的一个。"

阮清言颇感意外："我？"

罗玉洁含笑道："有那么喜欢你的竹马，有份父母安排好的工作，一毕业就回到父母身边，回到家乡，什么都有，还有什么不满足的呢？"

阮清言哑然，觉得她说得不无道理。

以前她总觉得自己去争，去拼搏得到的东西才是珍贵的，现在那些东西依然珍贵，很大部分原因是得不到。想来有点儿讽刺，唾手可得的东西，难道就不珍贵了吗？

阮清言想要转移话题，便说："玉洁，你压力别太大，咱们汉博的牌子不是盖的，你迟早会找到心仪的工作的，只是时间问题嘛！我也可以问问江蕾，他们公司现在发展得很好，好像在招人，回头我帮你问问。"

罗玉洁感激不尽，她觉得阮清言好像对自己有股歉意，觉得耽误了自己。罗玉洁说："清言，我是自愿和你一起创业的，我很珍惜这份经历，希望你是真心想帮我，而不是出于别的什么。"

阮清言点头。

罗玉洁又说："很多年后，不管我身处何方，在干什么，脸上有几条皱纹，回想起咱们二十出头一起拼搏的这段经历也会很幸福的，不用我解释吧？"

阮清言心头一颤："我懂。"

多喝几杯后，北方的风又嚣张起来，阮清言红着脸，眼睛水盈盈的："我说罗玉洁，咱们的伟大事业还没彻底宣告结束呢！宠物社交软件还在市场上可以下载呢，说不定哪天一睁眼，咱们就火了！"

她的醉话，显得格外动情和认真。

罗玉洁一拍桌板道："对啊！到时候我随叫随到，继续咱们的伟大事业！"

"哈哈哈哈——"

深夜，虫鸣微弱。

林朔翻身下床，去冰箱拿东西吃。他把一盘蒙着保鲜膜的豆腐回锅肉端出来，放进微波炉加热。

三分钟后，他坐在桌前，对着这盘菜发呆。忽然，他用筷子在盘里翻找着什么，直到阮清言咬了一口的半块豆腐冒着热气出现在眼前。他笑了笑，用筷子夹起豆腐送进嘴里。

本来她是试试咸淡的，吃了一口便忘了吃第二口，豆腐就这么留在了盘里。

“迷糊鬼。”林朔笑了笑。

窗帘被夜风吹动，有灯光又冒了进来，林朔脸色一沉，放下筷子走到窗边，又看到了那辆白色的车。

他转身出门，很快便来到了车前。

车窗落了下来，白雨檬露出一双多情又冷漠的眼睛，一眨不眨地看着林朔。

“这么巧。”白雨檬说。

林朔：“天天都这么巧吗？”

白雨檬：“遇见熟人，不上车坐坐？”

林朔拉开车门坐进副驾驶座，白雨檬转身对着他，轻声道：“林朔。”

林朔很怕听到她口中的话，抢先道：“不要再来了，该说的我都说了，我实在不知道还要讲什么。”

白雨檬：“车是我的，路也不是你修的，我为什么不能来？”

白雨檬的车几乎每晚会停在林朔家楼下，从哪一天开始的，林朔不知道。

林朔从来没有面对过这种状况，也不知道要怎么结束这种状况，拒绝的话他说过，每次都说，每次都拿把刀在白雨檬心上割，于心不忍。

白雨檬的声音有哭腔：“我打扰到你了吗？”

林朔摇头道：“雨檬，你不要再伤害自己了，有时间就去做自己的事。”

白雨檬出神地望着黑暗处：“可是，我越是故意做别的事，越会想到你。你以为我愿意来这儿？只有来这儿，离你很近，我才不会想你，才会轻松一点儿。”

她苦涩地笑道：“林朔，我觉得，可能……我不是喜欢你，我就是生病了。生了一场没生过的病，我不知道吃什么药，也没人愿意给我治，病好起来总需要时间吧，不要赶我走，你可以什么也不做，陪着我，只是陪着我，等我的病好起来，可以吗？”

林朔愣怔半天，垂下头道：“嗯。”

气温把泥土的气息蒸发出来，混进夜晚，钻进鼻子，夏天的味道再一次出现在生命里，而生命已经和上一个夏天不同了。

在这同一个夏天的夜晚，所有人都在想着什么，而心思没有声音。念念不忘的回响，抵不过虫鸣。

阮清言租的房子还有三个月到期。一天半夜，她被软蛋挠醒，迷迷糊糊的她跟着软蛋来到厨房。她以为软蛋是饿了，蹲下给狗碗里加食的时候，闻到一股天然气的味道，她恍惚片刻，啊，漏气了啊！

她从来没遇到过这样的情况，心慌着赶紧开窗通风，又踩着板凳，把高处的气表总闸关了。为了确定天然气没再漏，她像尊雕塑，盯着气表上的数字看了很久才放心。

软蛋目不转睛地看着主人，狗碗里的狗粮一点儿没动。

阮清言把软蛋抱进怀里，一顿猛亲："小英雄，以后我们就回家了，住自己的房子。"

软蛋黑漆漆的眸子里有疑惑的神色。

阮清言摸着它的脑袋瓜解释："渝州呀！"

阮清言打算第二天和房东联系，睡前她点开微信，发了条朋友圈："如果不是软蛋，我都不晓得天然气漏了……"

发完她就睡了。

翌日清晨她被巨大的噪声震醒，还以为天然气爆了。清醒过来，竟发现是捶门声，她晕晕乎乎地快速穿好睡衣，一脸蒙地打开门：林朔。

他面色惨白地看着她。

"你没事吧？"他喘着粗气问。

阮清言迟钝地看着林朔，是他，是他站在自己门前。

阮清言："你怎么来了？"

林朔晃动着手机："打你电话怎么不接？"

阮清言的手机开了静音，她点开一看，里面几十个未接电话。

她明白了，林朔以为她出事了。

阮清言抱歉又心慌，解释道："哦……我手机静音了，我、我没事。"

林朔怔怔地看着她，眼睛越来越湿。

阮清言的心跳得好快，她试探地道："怎么了？"

林朔猛地转过身："没事就好，找人来修吧，我走了。"

也不知道是怎么了，阮清言一下拦腰抱住林朔，鼻尖抵在他的后背上：“谢谢你，关心我。”

他整个身体一僵，阮清言吓得放开他，连忙解释：“别误会、别误会啊，朋友的拥抱啊！”

林朔没有转身：“嗯。”

离开阮清言家，林朔回想着她的拥抱一路走去学校，半路碰到罗玉洁。他和罗玉洁闲聊几句后，突然说：“刚刚，阮清言抱我了。”

罗玉洁一副震惊状，林朔又说：“玉洁，你……能不能过来抱我？”

罗玉洁感到奇怪却只点点头，走过去抱住林朔。

林朔感受着拥抱，疑惑地说：“女生对异性朋友友情的拥抱是这样的吗？”

罗玉洁赶忙松开怀抱：“嗯……你在说什么？”

林朔没回答，着魔似的走了。

接下来的24小时，那1440分钟，那86400秒，林朔都在对比这两个拥抱，阮清言的拥抱在黑夜里反复地抱着他，她抱过来的一瞬间，她的温度、她的气息、她的身体……他从来没有如此接近过她，有种陌生又奇异的亲密感。

骗子。

你是个骗子吧！

阮清言。

床上的林朔猛地侧身，手压在脸下反复地想。

翌日清晨，阮清言家的门又响了。

她纳闷地爬下床，开门一看，还是林朔。

林朔脸色惨白地看着她，和昨天早上一样的情景，阮清言以为时光倒流了。

她说：“嗯……修好了，我家没漏气了。”

林朔：“我可以进去吗？”

阮清言侧身让他进来，他套上鞋套，坐在沙发上看着她。

阮清言："林朔，什么事啊？"

软蛋一下蹿上沙发，林朔摸着它，目光收敛回来。

阮清言的心不可抑制地咚咚跳。

林朔说："阮清言，我要告诉你一件事。这件事发生很久了，不知道什么时候发生的，但现在，我想把它讲出来。"

"哦。"阮清言也坐下来，离林朔一臂远，"很重要？"

林朔："我喜欢你。"

很长时间，屋子里都没人说话，音响里放着一首20世纪的情歌。

阮清言张了张口，没有话出来，等她能讲出话来的时候，声音有些变调："林朔，你看着我。"

林朔转头看着阮清言，阮清言也看着他。她忽然笑出来："我觉得你在和我开玩笑。"

林朔："我没有开玩笑，清言。"

林朔从未有过此刻的眼神，近乎乞求。

阮清言将林朔身上的软蛋抱进自己怀里，只是疏离地笑了笑。

"林朔，我们不合适。"阮清言将下巴抵在软蛋头上，一字一顿地说。

林朔没有反应，半晌才站起来道："你去睡一会儿吧，这么早就把你吵醒了。"

阮清言看着林朔走到门前，穿着鞋套走了出去。

她抱着软蛋躲到窗帘后，看着林朔穿着鞋套一直走，走出了小区。

之前，阮清言收到白雨檬发来的微信，上面有个地址，是家宠物医院。白雨檬说这家医院很好，林妈妈千辛万苦为林朔接过来了，以后软蛋万一不舒服，可以去这家店看。

林朔以后会是首城一家知名宠物医院的院长，而她呢？

傍晚，阮清言牵着软蛋散步，不知不觉便走到了宠物医院门口，驻足望了一会儿，推门进去。

前台小姐姐热情地问她有何需要，她想起大一的时候在宠物店遇到林朔和白雨檬的画面。

她说："买点儿营养膏。"

小姐姐将她引到宠物用品销售的区域，她心不在焉地听着推荐，眼神打量着这个以后林朔工作的地方。忽然，她看到一位着装素净、神态优雅的女士和一行人从会议室里出来，这位女士她在刘伯伯的寿宴上见过的，是林朔的母亲。阮清言莫名心虚，赶忙背过身，抓起营养膏看。

古兰和医院院长握手告别："那就拜托您了，林朔毕业以后，专业方面还请您多提携。"

院长客气道："我一定会的。"

傍晚，阮清言喂着软蛋营养膏，不禁又想起清晨时分林朔的话，他竟然喜欢自己啊。回想起与他相处的点点滴滴，阮清言心中有种说不出的感觉，像做了一场混合着很多味道的梦，甜的、酸的、涩的、苦的、虚的、实的、说得清的、说不清的……她从未有过这种感觉，这种感觉是林朔带给她的，林朔只是站在那儿，世界就好像不一样了。

喜欢的人也喜欢自己，她觉得自己中了头彩。

可是只狂喜了几分钟，她就想，关于林朔的梦是不是该醒了？

她又想起在白雨檬加入团队的时候，林朔"承认"暗恋白雨檬的事，他早就知道白雨檬会投资吧，为了让团队有继续下去的希望，为了让她留在首城，他竟然这么傻？

阮清言自嘲地笑了笑，自己真会联想。

回到家的阮清言，照例查看一天的App下载数据，令她意外的是，数据竟然略微有所上升，上次和林朔讨论后发布在App上的互动内容，用户参与度也不错。她心里暖暖的、酸酸的。

日子一天比一天热，时间像地上的水，在渐渐蒸发。

这天，林朔从毕业论文导师那回来，终版毕业论文已经改好了。他来到自家楼下，又看见了白雨檬的车。白雨檬一看到他便冲了出来。

白雨檬满脸担忧地问："林朔，这些天你怎么了？"

林朔停下来看着她。

白雨檬："是不是我烦到你了？那我不来了！"

林朔笑着摇摇头，让白雨檬不要担心。现在的林朔颇为憔悴，明显比之前瘦很多，走起路来也没什么精气神。

白雨檬不罢休，拉着林朔的手臂，硬要他讲发生了什么。

林朔无力地抬眸："真的要讲吗？"

"真的要讲。"

林朔整个人好像很累："改论文累的。"

白雨檬不信，却也只能看着林朔一个人拖着步子走进楼里，走得那么轻，那么寂寞。

白雨檬马上给顾凡超打电话，想问他知不知道什么，对方也是一脸蒙，挂完电话马上就去训练了。白雨檬又给罗玉洁发消息——

"林朔最近怎么了？病恹恹的。"

"啊……清言也……"

"他们怎么了？发生了什么？"

"吵架了吧，我是说……林朔向阮清言表白了，他们谈恋爱了，吵架的杀伤力当然比以前厉害了吧，加上毕业的压力……"

"他们谈恋爱了？"

"嗯，你别说出来，他们没想让别人知道。还是单身好啊，情侣哪有不吵架的，不过他们很快会和好的。"

罗玉洁脸不红气不喘地撒着谎，阮清言状态很差是真的，她想让阮清言和林朔在一起，排除掉白雨檬这个障碍也是真的。

白雨檬失魂落魄地在街上走着，疯狂地给顾凡超打电话，把这个消息告诉了他。

电话那头，顾凡超像是没了生气，最后语气生硬地说："你不要告诉我，我不知道。"

知道这件事对顾凡超没有任何意义，他只要像以前一样追逐着阮清言不就好了吗？

这个假消息像一针催化剂，让病入膏肓的局面直接濒临崩塌。

白雨檬把人都叫齐，在咖啡馆开了最后一次会。她提前宣布了撤资，没过几天宠物社交软件便彻底停止运营，从应用市场上下架了。一切真的结束了，然而没一个人埋怨白雨檬，阮清言甚至有些解脱，她不用再浪费白雨檬的钱了。

所有人都知道这个结果会来，只是早一步或晚一步的事。

毕业那天，没有电影里缅怀青春、肆意狂欢的场面。方兰家里有事没有参加毕业典礼，冉晓云已身在万里之外的异国，阮清言跟罗玉洁和同学们吃了场不咸不淡的散伙饭，林朔在走调的KTV包间一角沉默，白雨檬喝得烂醉被顾凡超送回家。

他们体验不到毕业的快乐，也感受不到别人的快乐，更不想假装快乐，面无表情地被时间推着走，一切就这么发生着。

在最热的那一天，怀抱着遗憾、不甘和失败后的轻松，阮清言站在首城机场，等着飞往渝州的航班。大部分行李已经寄回去了，现在的她，只推着一个行李箱，软蛋已经办了托运。

原以为来到一座城市，是多么重大慎重的决定，离开的时候，也不过一张机票、一个行李箱；原以为青春多么盛大招摇，结束的时候，也不过悄无声息。

经过阮清言推荐，罗玉洁顺利地去到江蕾的公司入职，做一份市场宣传的工作。她和方兰一起来送阮清言，这一幕她们在脑海里预想过很多次，真的到了这一刻，却都相顾无言。

冉晓云从国外发来视频通话，凌晨三点，她穿着睡衣一起陪着阮清言候机。顾凡超正在进行一场重要的比赛，是他为老东家效力的最后一场告别赛，球迷们拉出送别的横幅，他在赛场上拼命地争抢，想尽可能地再多进球。他很留恋这个球场。

白雨檬发了场高烧，林朔陪着她。

江蕾依然忙碌。

进安检口的瞬间，罗玉洁和方兰突然抱着阮清言哭，手机抵在衣服上，看不到画面的冉晓云在手机视频连线的另一端一边骂也一边哭了起来。

“再见啦！你们一定要好好的！”阮清言红着眼眶用力地拥抱她们，眼神最后落到远处的人群中，可是那个想见又不想见的人影始终没有出现。

飞机起飞后，阮清言默默地俯瞰整座城市，心里默念：再见了，首城，再见了，这里的一切。

她会把从前的世界都埋藏在厚厚的云层里。

三个月后。

天气阴霾，湿漉漉的铅色云朵低低地悬浮在天边。繁华商圈的露天广场上，有个小女孩牵着妈妈的手从麦当劳里出来，经过星巴克的时候，又看见了那个帽檐低低、眼神幽远的大叔。

小女孩拉住妈妈：“妈妈，你看，又是那个叔叔！”

好多天前的一个周末，小女孩走丢了，是这个叔叔给她买了甜筒，拨打了妈妈的电话。现在这个叔叔又出现在这里，仿佛会在这里永远出现下去，像一尊颜色晦暗的铜像。

林朔尴尬地抬了抬帽檐，温和地看了小女孩一眼。

小女孩迎上来准备说什么，妈妈客气地笑笑，把她拉走了。

林朔眼神沉沉地望着小女孩的背影出神，忽然一个喷嚏，眼泪流了出来，他赶忙拿起纸巾擦擦眼睛，再擦擦鼻水。小女孩听到动静，转身跑了回来：“叔叔，你怎么哭啦？”

林朔愣怔，眯着睫毛湿透的眼睛轻轻摆手：“小朋友，我没有哭，我是鼻炎犯了。”说完，林朔自嘲地哼笑两声。

小女孩似懂非懂地递来一包小熊软糖，天真又认真地说：“叔叔，我流眼泪的时候，就吃糖，吃了就好了，给！”

林朔迟疑着接过糖，又目送小女孩跑远了。

他缓慢地撕开五彩缤纷洋溢着快乐的糖果袋，苍白瘦削的手指伸进去，夹出一颗软软的糖果，盯着看了好一会儿，才放进了嘴里。他边咀嚼，边摸着自己的下巴，从对面玻璃上看见了自己的影子。

“叔叔？”他暗笑，摩挲着下巴的胡茬儿，不禁开始思考时间。

明明才过去三个月，他怎么感觉像过去了三年？他突然坐直身子，惊慌地左看右看，直到看到墙面广告牌上写的时间，才确定只是过去了三个月。

见不到阮清言的日子，渝州潮湿的天气让他得了鼻炎。他经常闷闷地穿梭守候在渝州各个繁华的城市商圈里，坐在视野最好最醒目的位子，等着那个可能一闪而过的人影。他把背坐僵了，眼望穿了，却看不到她一星半点的影子。

阮清言返渝的飞机一落地，林朔就紧跟过来了。他发现自己联系不上她，不知道她上班的地址在哪儿，不知道她的住址。阮清言在他的生命里不打一声招呼，头也不回地消失了。他放下面子去问同在渝州的顾凡超，顾凡超却不给他透露一点儿消息，为难又冷淡地说："林朔，清言不想再见你了，你回去吧！她有她的生活要过，你也一样。"

说完，顾凡超露出防备又敌意的神情，林朔看得一怔。

顾凡超为阮清言做出的牺牲，所有人都知道，如今的顾凡超像一个倾尽所有身家的赌徒，已经赌红了眼睛。天时地利他都占了，就不信单凭阮清言一个人，还能抵过阮家和顾家两家人。

林朔没再去找过顾凡超，孤身一人来到渝州这座几乎陌生的城市，之前的亲戚已不能联系，对方和古兰一起都在想尽办法让他回去，而曾经相熟的朋友仿佛也成了陌生人。他感到孤独，为了能待下去，找了份宠物医院实习医生的工作，租了间低矮晦暗的房子，就这么过着幻想哪天在街上遇到阮清言的日子。

他喜欢清静，却总去热闹的地方；他喜欢干净，却满脸胡须。他变得不像自己，因为心里装着另一个人。

林朔做着凭借专业能找到的工作勉强糊口，下班回去总是接到母亲催返的电话。他觉得自己不孝，心痛又心狠。他拿自己毫无办法，从登上飞往渝州的那架飞机起，他就下定决心要见到阮清言的。

林朔躺在床上想不明白，为什么他查遍渝州所有与生物科技相关的企业，法人代表都不姓阮，也对自己向刘伯伯打听消息无果而感到失望，母亲古兰为了阻止自己去渝州大概已经做了最大的努力。他也想不明白阮清言到底为什么不见自己，上次表白的时候，她……说的是不合适，是在担心他不能来渝州吗？那他已经不顾一切地来了，为什么她还是躲着不见他？

林朔觉得人和人之间真是一物降一物，知道自己决心去渝州后，白雨檬大哭大闹高烧一场，他能给的，只是一场无济于事的陪伴。白雨檬好端端一个骄傲光鲜的人，被搞成这副样子，他难免心有负罪感，有时荒唐地觉得，他躲着不见白雨檬，阮清言躲着不见自己，都是上天冥冥之中安排好的报应。

听说白雨檬全家有移民的打算，说不定白雨檬也不回来了。林朔松了口气，不管愿不愿意，不管主动还是被动，地球总是在向前转动，一切总会有个结局的不是吗？

他和阮清言就这么结束了吗？

林朔又是一宿没睡，天蒙蒙亮的时候，他猛地爬起来，终于想到了办法。

又是一个深夜，常生生物科技公司的财务办公室里。

阮清言揉了揉疲倦的眼睛，盯着一堆报表发呆。阮清言本是金融专业的学生，学了些财务相关的知识，阮守信暂时把她安排在财务部工作。一段时间下来，她已经被财务工作的烦琐和枯燥折磨得差不多了。阮守信想让女儿考会计证，先在工作岗位上实际操练一下总是有帮助的。阮清言只想快点儿把证考了，让父亲把自己转到别的部门去。

处理完报表，关上电脑，阮清言收拾好东西下班回家，经过别的部门的时候，发现灯亮着，门还开着。工作这段时间以来，她和同事们相处得不错，大概知道她是阮总的千金，大家都对她特别客气和友好。里面的人在聊着什么，口气带着些隐秘和戏谑。阮清言刚出声，他们便猛地噤声。

阮清言有些尴尬，觉得有些奇怪："辛苦啦，大家早点儿休息吧！"

"嗯嗯，清言，明天见！"一个叫小优的工作人员笑着回答她。

阮清言走出公司，经过树影的时候，习惯性地站定，仿佛躲在阴影之下她的举动就不会被人们看见，也不会被自己察觉，仿佛就沉睡在梦境里，仿佛她就没做过一般。

她掏出手机，果然，林朔又给她发消息了。

林朔："阮清言，我想见你，你在哪儿？"

阮清言仰头望了望夜空，又按灭手机，机械地往前走去。她没走几步，前面一辆熟悉的车便打开了车门，顾凡超又来接她了："清言，今天也这么晚啊？"

阮清言顿了顿，看了顾凡超一眼，抱臂继续往前走。

“我想自己走走。”

顾凡超缓慢地开着车跟在一边，眼神一直落在她身上，忽明忽暗。

阮清言似乎终于绷不住了，停下来，小心试探地问：“林朔来渝州了？”

顾凡超装傻道：“我不知道啊！”

阮清言吐了一口气，转身继续往前走着：“要是你知道，你就让他回去吧！听说他妈妈在首城都快疯了。”

顾凡超脸色一沉：“清言，既然你都知道，干吗还问我林朔在哪儿？”

阮清言眼神闪躲，轻声道：“随便问问。”

顾凡超道：“那清言，我也想随便问问……”

阮清言走上前拉开车门坐进副驾驶座，侧头看顾凡超：“问吧。”

顾凡超和阮清言对视着，心里冲动想问出的话，瞬间又问不出口了，他在阮清言的眼神里看到了坦荡和笃定。他以为随着时间的流逝，阮清言兴许会慢慢接受自己，兴许会慢慢改变那个答案，可此时此刻看着她，她竟然比之前更坚定了。

在狭小的车厢里，顾凡超突然被一种绝望感击中。他动了动嘴唇，抑制着心口翻涌出的阵阵痛苦，轻松地笑了笑：“嘿嘿，爷不想问了。”

阮清言淡淡地笑了笑，视线转向前方，像是在自言自语：“不问就不问吧，反正你又不是不知道答案。”

说完，阮清言余光偷瞄顾凡超，像个心地善良的罪犯在看自己的受害者。

顾凡超很平静地把着方向盘，脸上难以再看到任何波澜。

不再见林朔的日子，阮清言过得平淡如水。她强迫自己不去想林朔，白天拼命工作，晚上也拼命工作。只有在入睡以后，她与林朔的回忆编织成的棉被，才悄然地被掀开，躲过清醒时候的阮清言，掖紧每个可能让她着凉的缝隙，让她不至于在梦里也感到冰冷。

阮清言从没有肝肠寸断地爱过谁，也没有彻彻底底地拥有过谁，她朦胧又炽烈的情感，像个迷茫又任性的孩子，自以为是，自作主张，自讨苦吃。

她觉得自己坚持下去，坚持不见林朔，林朔就会回首城，一切回到本该行驶的轨道上。可不知道从哪天开始，阮清言最害怕的事就是睁开眼睛，看见新一天的太阳。这代表着她又要开始进入一个新的循环，白天拼命工作，晚上也拼命工作，每天都得拼命才能不去想林朔。

上班的路上，她好几次哭出来，觉得真是太辛苦了，做不擅长、不喜欢的工作太辛苦了，不去见想见的那个人太辛苦了。难过到极致的时候，她止不住地幻想，林朔会突然从街边冲过来拥抱她。那一瞬间，天空云朵浮动，太阳的光芒一帧一帧地旋转，城市的人群定格，只有他抱起她在旋转，宛如童话世界的画面。

生命原来可以如此轻盈啊！

他们不顾一切地从各自的轨道中冲出来拥抱对方，脱下原有的负担，才能如此轻盈啊！可此时此刻的阮清言在自己的轨道中卡住了。

这天，林朔又来到一家宠物美容店，抬头望了望招牌，眼里又燃起希望。几天来，他已经快把所有的宠物医院或店铺走遍了。他拿着软蛋的照片，一个个去询问，软蛋是只棕黄色的京巴，如今养京巴的人很稀少了，加上独特的名字，应该会有人对它有印象吧？他守在各大商圈不见阮清言，可她还有狗呢，他就不信阮清言在这座城市里会不留下一点儿蛛丝马迹。

林朔推门进去，来到前台。

他把手机里软蛋的照片给店员小妹看：“你好，请问见过这只狗吗？它叫软蛋。”

林朔举着手机，像举着希望。

店员小妹看了一眼便叫出来：“啊，我知道呀，软蛋定期来我们店做美容的！”

林朔的呼吸静止了两秒，他缓过神笑了笑：“能麻烦你告诉我软蛋下次来做美容的时间吗？”

店员小妹露出疑惑的神情，林朔掏出在宠物医院工作的证件：“放心，我不是坏人。我就是想见见它。”

这时有客人抱着宠物来光顾，小妹赶忙去迎客，大大咧咧地朝林朔一招手道：“行吧，就明天！”

“就明天”，这三个字落进林朔心里，激起了千层涟漪。明天，他就要见到阮清言了吗？

他开心得嘴角一咧，又慢慢恢复到平常的表情。他盯着手腕上的时间，此时时间的流逝变得愉悦起来，不再让他心慌难受了。

晚上，林朔睡了来渝州以来的第一个好觉。

第二天，恰逢休息日，林朔早早地等候在店外，依然戴着帽檐低低的棒球帽，一双紧张又渴望的眼睛若隐若现。等到十点半左右，他期待的身影终于出现。阮清言牵着软蛋，步伐不紧不慢地走来，犹如在校园里散步一般，只是缺少了些生气。她穿的衣服和上学时候穿的不一样了，整个人看上去更成熟了些，脸色平静冷漠，目光里闪烁着似有似无的茫然。

林朔见到她了。

他看着她，竟然一动不敢动，小心翼翼地呼吸着，生怕被她发现，惊扰到她。他该上前去吗？可是他的腿僵硬得一动不动，手心里全是汗。

“汪！”软蛋突然叫了一声，昂起小脑袋四处张望，湿润的鼻子也发出嗅气味的声音。

林朔吓了一跳，下意识地往暗处躲。阮清言拉了拉狗绳，奇怪地看着软蛋摇得飞快的尾巴，也跟着四处张望着。忽然，她看到了暗处的身影，一下愣住了。

林朔？她在心里喊了出来，探身去看。

对方好像听到了她心里的喊声，一下退得无影无踪。

阮清言快步去找，找了一圈后失落地回到原地。她静了静，突然笑起来，一把抱起软蛋亲：“我快疯了是不是？”

她抱着软蛋走进店里，一切像没有发生过。而远处的林朔看着这一幕，内心震颤。

阮清言不是在躲他吗，刚刚发生的一切是怎么回事？

刚把软蛋交给店员小妹的阮清言也回过神来，愣愣地看着空气……

刚刚她是怎么了，竟然那么急切地寻找一个自己一直躲着的人？她惊诧于自己的反应，后知后觉地捏紧双手，手心也渗出层层细汗。

远处的林朔靠着墙慢慢地蹲了下来，沉沉地笑起来，嘴角带着些得意。等他再次来到店门前的时候，发现阮清言已经离开了。

他愣在原地，突然看到店员小妹拿着一个粉绿色的保温杯冲了出来，显然阮清言已经走远了。店员转身看到林朔，露出遗憾的表情："哎，你不是想见软蛋吗？刚刚都还在呢！"

林朔沉吟着在想怎么回答，手里突然被塞过来一个保温杯。

"小哥哥，你能不能帮我把保温杯还给阮清言啊？你们应该认识吧？"店员小妹又是一副大大咧咧的样子，理所当然地看着林朔。

林朔握紧保温杯，对方又补充道："清言的公司就在前面那条街左转，很好找的，你帮我送送嘛，她今天会加班。"

林朔："公司叫什么名字？"

店员小妹："常生生物啊！"

林朔哑然失笑，一直以来他们提到阮守信的公司的机会本来就少，但凡提到，阮清言都以"我爸的公司"带过，知道她不爱提，林朔也不多问，竟然就这么过来了。

保温杯在林朔手里沉甸甸的，他打开看了一眼，就是普通的热水而已。

他在公司外面等着，一直等到夜深才看见阮清言从公司大门里出来。白天看得太仓促了，只是匆匆一瞥，林朔没把阮清言看得仔细，此刻走在夜色里的阮清言仿佛被黑夜吞噬着边缘，整个人更瘦了些，头微微埋着，眼睛盯着脚尖，看不清表情地一直往前走，生怕走慢了就被黑夜吞噬似的。

"清言！"林朔喊了出来。

过了几秒，阮清言才慢慢定住，慢慢地转过身来。转过身的瞬间，她和林朔对视上了。

隔着一段距离，林朔向她递出手里的保温杯："给你。"

见阮清言没动，林朔走上前，打开保温杯的瓶盖，水还冒着热气。

“你把保温杯忘了……不过水还是热的。”林朔解释着，眼睛也仿佛含着水，热切地看着阮清言。

你把我忘了，不过我还是想着你。林朔其实把水换过了，等到傍晚的时候，水就渐渐变凉，他重新装了热水，应该能骗过阮清言吧？

阮清言笑了笑，克制着颤抖的手接过保温杯。看样子，她应该骗过林朔了吧，他真的以为保温杯是她不小心落在店里的。

“谢谢。”阮清言说。

他们的关系像装在保温杯里的水，还在保温期吗？

见到林朔后，阮清言高兴了一阵，回到家后她又开始头疼，留下保温杯只是想试试一闪而过的那个人到底是不是林朔，脑子一冲动就把保温杯留下了，还特意交代了店员……现在可好，林朔真的找到她了，她一下又不知道该怎么办了。

虽然有了这次小小的失误，但阮清言不想前功尽弃。

林朔同样也不想放弃，他都知道在哪儿能见到阮清言了，怎么会轻易地打道回府呢？

于是两人开始了一场安静的博弈。

第十六章
我不会放弃你

在被爱的人的世界里，天气永远风和日丽。

很多天后的又一个加完班的深夜，阮清言走到公司门口，又看到那个熟悉的人影，尽管不是第一次了，她的心依然止不住地“咯噔”了一下，又装作若无其事地往前走。

他跟上来，单手拎着外套，安静地走在她身边。渝州昼夜温差并不大，而他依然保持着北方的习惯，多带一件保暖的外套。

走到一个明亮的路口，林朔说话了：“累不累？”

阮清言很累，回家以后除了能和父母多待一会儿，每天都是累的。

“累。”阮清言如实答道。

说完之后她就后悔了，干吗要和林朔讲话啊？她要忍着，忍着，每天都忍着，忍着不理他，希望有一天他会坚持不下去，幡然醒悟这一切有多么任性和愚蠢，然后离开她，离开渝州，回到首城。

可是她再怎么忍，也还是做不到一句话都不和林朔说。

她观察着他的一举一动，他穿得多了还是少了、胖了还是瘦了，关注着他眸子里看自己的光是不是明亮如初，有没有一点点熄灭。

现在，林朔把阮清言送到了家门口，准备像往常一样，目送着她消失在自己的视线里。这次，阮清言转身定定地看着他：“林朔，不要再浪费时间了。”

林朔不解：“我没有浪费时间，我在做我最想做的事。”

阮清言苦笑道：“你最想做的事，就是每天累死累活之后，还要多绕一段路？”

林朔脸上闪现淡淡的温柔之色：“走这一段路，是我一天中最快乐的时光。”

阮清言靠近一步，质问他：“你也工作得很不开心吧？你根本就不喜欢自己的专业，干吗还要每天做折磨自己的工作，忍受痛苦？”

林朔不像她，又不是没有选择的余地。

林朔平静地看着她：“还好。”

阮清言感觉气一下生到脖颈，昂着头无语地看了他一会儿，最后甩头便走。林朔追上来说：“那你不也一样吗？每天忍受痛苦折磨，生活不该是这样的。”

阮清言遍体鳞伤的心，像被人揭开一层皮。

“还好。”她学他。

在离他们十米远的一棵树后，顾凡超看着眼前的一幕神色暗沉。

他不知道他们在说什么，但知道阮清言发现他了，却装作没发现的样子，目光一直都在林朔身上。等到林朔离开了，顾凡超想把托人从国外带回来的礼物送给阮清言，却发现她加快步子，一副逃离的样子。

他让她难堪吗？他让她感到难以忍受吗？

顾凡超紧紧攥着要送给阮清言的礼物，没有追上去。他愣在原地，在树影里，感觉整个世界也是黑暗的。他从来没有这么无力过，他还要做些什么呢？他还能做些什么呢？如果他所做的一切只是让阮清言感到痛苦，离他越来越远，这一切又有何意义？

时间就这么细细地流淌着，一转眼，温芳的生日到了。

阮守信请来顾凡超一家小聚庆祝，平时不沾厨房的阮守信穿起围腰，当起一日限定大厨，饭桌上很快便摆满丰盛诱人的各式菜肴。

阮守信看了阮清言一眼，阮清言会意地端起酒杯：“今天我妈生日，谢谢叔叔一家来为妈妈庆生……”

话没说完，顾爸爸把酒杯和阮清言的一碰：“清言，你太客气了，搞得我们很不习惯啊！”

阮守信带头笑起来，顾凡超神色复杂地看了阮清言一眼，闷闷地把酒喝了。接下来，说完该说的，大人们聊着大人们的天，阮清言没什么话，顾凡超也没有，他往她碗里夹了一些她爱吃的菜。

阮清言好像这才发现顾凡超的存在，看了他一会儿，有点儿犹豫，还是低声开口道：“白雨檬最近怎么样？”

顾凡超对于这个话题难掩失望：“挺好的？快出国留学了。”

阮清言愣了愣，脸上看不清是什么表情。

顾凡超低笑了一声：“听到这个消息，你是不是很开心？她放弃林朔了。”

阮清言别过头，佯装夹菜，自己也没意识到嘴角笑了起来。

然而这抹笑还是被顾凡超看到了。

大人们正聊着谁家孩子结婚排场的八卦，忽然话题转移到他们身上，顾妈妈话里有话地道：“清言啊，现在毕业工作了，是不是也该想想成家的事啦？有没有看上的人，阿姨帮你参考参考？”

阮清言尴尬地笑，条件反射地低下头。阮守信喝多了点儿，高声接过话：“嗐，他们年轻人还需要我们这些老古董提醒？”

阮守信意味深长地看了顾凡超一眼，继续说：“凡超送的礼物她都堆满一屋啦，还宝贝地锁起来，不让我们碰！”

阮清言解释：“爸……不是那样的。”

温芳把手放在丈夫的背上，想要提醒他，可丝毫不起作用。阮守信不以为然，音量更高了：“清言，叔叔阿姨从小看着你长大，都这么熟了，害什么羞嘛！你那件白衬衫是不是凡超送的？你天天穿都穿旧啦，让凡超再送你一件！”

阮清言：“不是他送的。”

阮守信：“那是谁送的，那个给小狗剃毛的人？”

饭桌上的气氛早就凝固了。

阮清言：“爸，他是实习宠物医生，剃毛是因为要给狗做手术！”

软蛋从桌子底下爬出来，敏感又迷茫地望着这场争执。

温芳赶紧打圆场，在顾爸、顾妈的配合下顺利把饭又继续吃了下去。顾凡超的嘴没有停过，塞得自己没有讲话的余地，一有余地他就猛夸阮守信厨艺好。

客人都走了之后，阮清言一个人抱着软蛋在院子里发呆。她知道温芳已经和阮守信讲了自己对顾凡超的态度，可是又怎么样呢？

回家以后，她整个人处于一种矛盾的状态，想逃离，不管不顾地牵起林朔跑，又想把林朔赶走，自己一个人待着。

手机“嗡嗡”地响，她点开一看，是浏览器的新闻推送。顾凡超发消息的次数似乎在渐渐减少，阮清言松了口气，心想，等顾凡超找到女朋友要何年何月啊，她应该主动把礼物全部原封不动地还回去，免得再被说什么。

这些礼物全都没拆过，她突然佩服起自己，竟一点儿也不好奇。

她点开微信，组织语言想和顾凡超讲这件事。可字打了又删，删了又打，她都做不到把伤害降到最小。她讨厌这样，讨厌和顾凡超变成现在这个样子，多想回到过去啊，嘻嘻哈哈、口无遮拦的日子多么轻松和开心啊！阮清言甚至到现在都觉得恍惚，觉得顾凡超只是一时意气，把对她的感情错认成爱情了。他不是真的喜欢她吧！她这么想着，心里便会舒服很多。

阮清言想起吃饭的时候顾凡超的样子，叹了口气，终究把手机按灭了，打算下次再说。

转眼又是周一。阮清言照例痛苦地加完班，经过别的办公室的时候稍微留心了一下。自从上次的经历后，她莫名对同事们私下的谈话非常好奇。她反思自己一直兢兢业业的，也没耍大小姐脾气，不至于被说坏话吧？那他们在说什么，阮清言就更好奇了。这次她在门外留心听里面的人讲话，却撞到小优上完厕所回来。她俩互看一眼，很是尴尬。

阮清言："还没走啊，看你们在忙什么呢！"

小优似乎明白阮清言的意图，复杂的神色闪过后，友善地笑了笑："快忙完了。清言，你早点儿回去休息吧，我觉得你比我们还辛苦呢！谁相信你是老板的女儿呀，跟个苦哈哈的实习生似的。"

她还真的没说错，阮守信就是六亲不认地把阮清言当实习生了。

阮清言笑笑，想和小优拉近关系："要不要我去和我爸说说，让你们少加点儿班？加班真是太不人道啦！"

虽然明白是客套话，小优还是感激地笑了笑。阮清言趁机凑到她耳边，小声说："我和你们是一头的，我想吐槽阮总还没处说呢，唉！"

小优怔了怔，有些同情她。

说完再见，阮清言若有所思地走出公司大门，缓慢地迈着步子，习惯性地往林朔会出现的地方看去。可是这次那个地方空空的，阮清言的心跟落空了似的。他是不是下一秒就出现了？阮清言装作看手机，故意在原地徘徊了两步等他，可再次抬头的时候，林朔依然没有出现。

阮清言只好一个人回家了。

第二天，阮清言心里还想着林朔没来等她这件事，他一个人在渝州，不会出什么事了吧？想到这儿，阮清言根本无心工作，给林朔发微信，对方也没回。她决定向主管请假，去看看怎么回事。

请假的时候，主管看了她一眼，直接把电话接通到总经理办公室。

主管没有情绪地说："阮总，清言身体不舒服，要请一天病假。"

阮清言连连点头，哪知电话还是被递了过来，阮守信在电话里说："清言，出门的时候都好好的，怎么了，哪里不舒服？"

阮清言顿了顿道："嗓子疼，疼了几天了，想去看看。"

阮守信"哦"了一声，又说："要你妈陪你去吗？"

阮清言连说不用，阮守信迟疑片刻，最后还是准了假。

走出办公楼的时候，阮清言跟逃离牢笼一样步伐飞快，整个人像要飞起来。在工作日远离办公室让她有种叛逆、解脱的快感，她不敢想象以后都在父亲底下工作是怎样一幅绝望景象。

阮清言径直回了家，温芳出门买菜了，她抱起软蛋便跑。

她不能在工作日一个人去找林朔，太明显了不是？

尽管上次偶然来过，这次专门去找宠物医院的路上，阮清言至少打开了两次导航。渝州的路并没有对自己人友好一点儿，阮清言不禁想，林朔这个只认东南西北的北方人，在这里生存多么艰难啊！

来到宠物店，阮清言装作看病的样子来到前台。

阮清言："你好，我家宝贝好像不舒服。"

前台小姐姐友善地问："哪里不舒服？"

阮清言抱着软蛋，软蛋的表情和主人一样蒙。

阮清言："嗯，似乎……似乎有点儿咳嗽。"

小姐姐正要挂号，阮清言赶忙改口："不是咳嗽，它很好，就是想带它做个体检。看疫苗还需不需要补……"

害怕软蛋遭罪，阮清言立马说了实话。

挂完号，阮清言抱着软蛋往里走，她边走边四处看，依然没发现林朔的身影。做完体检，阮清言终于忍不住了，装作不经意地问林朔怎么没来上班。前台小姐姐说他重感冒请了病假，在家里休息。

要了地址，阮清言牵着软蛋，来到林朔家门口。出于人道主义关怀，她敲响了门。等了很久，林朔都没来开门，阮清言有些急了，而下一秒林朔便开了门，看到了她没来得及掩饰的样子。

林朔把她让了进去，从鞋柜里拿出了一双女式拖鞋摆在她脚边，上面有朵草莓。林朔解释：“新的。”

软蛋看到林朔很兴奋，一下从阮清言怀里挣脱，林朔像抱孩子一样抱起它，埋头亲着。

尽管很惊讶，阮清言还是把鞋换好了。她扫了一眼林朔居住的房子，狭小、阴暗、不透气，环境有点儿差。

阮清言解释：“我带软蛋去医院例行体检，听说你生病了，便来看看。”

林朔放下软蛋：“小毛病，快好了。”说完，他就猛烈地咳嗽。阮清言担忧的神色一露出来，林朔又说：“药都按时吃了，别担心。”

软蛋已经自己去探索眼前的新地盘了，阮清言看看周围，倒还算整洁，但是打开冰箱一看，真的是垃圾食品大展览。她心一沉，转头对林朔说：“你去休息吧，我出门买点儿菜，回来做点儿有营养的东西吃……别、别这么看着我啊，朋友一场，应该的。”

林朔收敛目光，浅浅地笑道：“嗯。”

阮清言去超市买完两大包东西回来，发现林朔根本没休息，而是盘腿坐在客厅里，摆弄着什么东西。

阮清言走过去问：“你在干吗？”

林朔抬头，语气平缓又有些不好意思地说：“我想唱歌，在弄设备。”

阮清言看着林朔虚弱地抱着话筒的样子有些好笑，重感冒的嗓子想唱歌？好吧，她像满足一个生病的小孩子的无理要求般，没说什么，自顾自走去了厨房。

厨房真小啊，她感到压抑。

切菜的时候，客厅里传来李荣浩的《不将就》。

林朔哑着嗓子在唱：“互相折磨到白头，悲伤坚决不放手，开始纠缠之后，才又被人放大了自由，你的暴烈太温柔，感情又痛又享受，如果我说不吻你不罢休，谁能逼我将就……”

阮清言以为菜已经切好了，可定睛一看菜板上的菜完完整整，原封不动。她提着菜刀出去，指着他说：“欸，林朔，很扰民耶！”

林朔无辜地说：“打扰到你了？”

阮清言：“切菜要专心。”

林朔关了 KTV，阮清言转身又回到厨房，等到她下一次出来，桌上已经摆满了看上去不错、吃起来很错的黑暗料理。

林朔认真地吃着，甘之如饴。

阮清言看着客厅里的幕布、投影仪、音响、麦克风，又看看狭小陈旧阴暗的厨房，淡淡地道："林朔，干吗不多花点儿钱在吃住上？据我所知，实习医生月薪不高吧，你还买那么高级的投影仪……你妈知道，应该会被气死。"

林朔筷子一顿，声音哑哑地道："关心我啊？"

阮清言躲开眼神，战术性玩起手机。

房间突然变得特别安静，阮清言听见了自己的心跳声。

林朔放下筷子，望着她道："清言。"

阮清言心里忽然发酸，也忍不住看他。

林朔："我想带你走，不一定回首城，不一定离开渝州，我想带你离开痛苦的处境，去到快乐的生活里。我没什么办法，现在就是每天这样过着日子，早上就盼着晚上送你回家的那段路。不知道这样有没有用，但我会一直坚持下去，如果打扰到你了，一定要告诉我，我不会不罢休，歌词里唱的，都是假的。"

阮清言的眼泪一下就下来了，她快速地拭去眼泪："快吃吧，菜凉了。"

周六晚上将进行国超第二轮比赛，顾凡超主场迎战老东家首城足球队，赛前他给林朔寄去了一张位置绝佳的球票，留言说："兄弟，好久没来看我踢球了吧？"

虽然上次见面两人没那么愉快，林朔收到票，还是抓紧时间把手头的工作做完，准时去捧场。

这是林朔第一次在渝州看顾凡超比赛。他坐在陌生的球场里，感受着陌生的球迷、陌生的氛围，心中不免泛起感慨。顾凡超是为阮清言回渝州的，回到这个穷得叮当响的保级球队的。观众席里的林朔默默地想，如果他是顾凡超，有勇气做出同样的选择吗？

眼前，一个光头球迷把战鼓擂得震天响，青筋暴起，使尽浑身解数带动渝州球迷为球队加油助威。可赛场上是另一番景象，客队屡屡进球，打出精彩配合，缺乏队友配合的顾凡超无计可施，多次狼狈地摔倒在球门前。

林朔看得有些心酸。

要是顾凡超留在首城，现在进球狂欢、风光无限的人是他。

林朔沉着脸，看到经过球场的顾凡超仰起脸向自己挥手，刻意笑得灿烂。林朔也挥手，给他加油。

虽然同样喜欢着阮清言，他们之间却没有过火的冲突。林朔觉得，顾凡超还不错，甚至动念一想，阮清言要真的不接受他，她和顾凡超在一起也是挺好的事。

当然，林朔根本不知道顾凡超让白雨檬加入创业团队，计划让白雨檬半路撤资的事。在碾压一切的客观现实面前，私人的阴谋没有余地。

比赛结束，比分4比0，顾凡超的球队输得彻底。六万名球迷几乎没有发出一丁点儿声音，黯然地离开了球场。他们不骂顾凡超，因为舍不得。

赛后，顾凡超和林朔一起来到大排档吃夜宵。凉风吹来城市的烟火气，吹得他们的头发一动一动的，恍惚间还像十五六岁的少年。

顾凡超说："林朔，我突然很怀念中学的时候，那时候哪有那么多力不从心？努力学习，考试就会进步，哪像现在，以为人长大了，力量也大了，可力不从心的事反而多了。"

林朔望了顾凡超一眼，淡淡地笑了笑，也感同身受。

顾凡超所谓的"力不从心"何止在球场上，林朔感到顾凡超约他，没那么简单。

顾凡超忽然歇斯底里地笑了，用力地把手搭在林朔肩上："林朔，你走吧！真的。"

林朔没有反应。

顾凡超："你也知道我家和阮家的关系，双方父母都希望我们在一起。你这是何必呢？"

林朔把顾凡超的手从肩上拿开，没有情绪起伏地说："我不管你，你也别管我，你可以继续追阮清言，我也继续守着阮清言，咱们井水不犯河水。”

顾凡超愣怔，挫败地看了林朔良久，心中想起很久以前也是在这样一个晚上，他和阮清言吃着夜宵，听着落日飞车的《我是一只鱼》，他问她：“如果喜欢一个人，一直没有在一起，会放弃吗？”阮清言答“会”，因为在她的逻辑里，没在一起的两人根本不是真心喜欢，那就放弃。

当初以为阮清言回渝州，林朔留首城，他们便散了，如今林朔独自一人来到渝州，放下家业不顾，晚上像个门神一样守在阮清言的公司楼下，令顾凡超又恨又好笑。

她很动心吧，顾凡超想。

两人胡乱扯了些别的，桌上的菜所剩无几，眼看就该各回各家了，顾凡超知道没用，还是听到自己说：“林朔，离开阮清言，什么条件我都满足你。你不是想创业吗？我虽然没有签‘豪门’球队，但赚的钱也不少，如果你想……”

林朔站起身，结了账，一句话没说就走了。

顾凡超久久待在原地，头越埋越低，一会儿沉沉地笑，一会儿像在低低地哭，最后有人看着他平静地离开了，带着招牌式的大男孩微笑。

周一上班这天，公司气氛有些吊诡，阮清言盯着电脑，有些坐立不安。主管看了她一眼，她只好把注意力放到面前烦人的报表上。

隔了十来分钟，阮清言听到别的办公室有些嘈杂，便拿起杯子佯装出去接水，顺道路过别的部门一探究竟。刚走到门口，她便看见小优在收拾东西，几个人围着她低低地说着什么。

小优离职了？

阮清言快步走上去着急地问：“小优，怎么了啊？好好的怎么突然要走？”

小优有些疲倦，想和阮清言说什么，却欲言又止，最终道：“没什么，是我自己职业规划的问题。清言，你别担心啦！”

阮清言一路将小优送出公司大楼，上班以来，她心里总有些隐隐的不安，直到今天这种不安感集中爆发出来，令她难以忍受。她抓着小优的手问："告诉我，到底怎么回事，你离职的真正原因是什么？小优，你受了委屈就告诉我，我帮你出头！"

小优有点儿被吓到，又很感动。她望着阮清言，小心地把她拉到一边："清言，关于公司……你真的一点儿都不知道？"

阮清言怔住，摇头。

小优："公司生产的疫苗不合格。"

说完，小优便快速离开，钻进了出租车里。阮清言在原地站了很久，直到主管打电话来，才转身回去。

接下来的一天，阮清言都如行尸走肉。疫苗不合格，公司竟然能将不合格的疫苗顺利上市并占据大部分市场？这才是最恐怖的地方。

疫苗关系无数人的生命健康安全，父亲竟然在这上面动手脚，阮清言感到震惊、愤怒、失望、不解。她想：是不是小优搞错了？证据呢？证据在哪儿？

这天之后，阮清言在父母面前竭力维持着平时的模样，可一些细节还是让人感觉她像变了个人。她更加不会看阮守信的眼睛，父亲一和她说话，她比平时更为紧张，浑身的细胞都沸腾着，犹如进行一场战斗。

她在暗中收集证据，本以为很难，其实比想象中简单。她以自己的身份加了公司里生产线上的工作人员的微信，再以了解公司生产流程和产品的借口进到了生产线参观，偷拍了生产流程，拿走了产品。为了检验产品是否合格，她通过林朔动用了宠物医院的副院长在医疗系统的关系。结果出来之后，她感觉公司的那栋楼很可笑、很可怕，像个太阳下堂皇的梦魇。

林朔小心翼翼地观察着她，整个世界好像只剩下她一个人。他没去问她怎么办，只是安静地守着她，像往常一样。

阮清言照样每天上班，在原有的煎熬上每天又多了无以复加的煎熬。终于在一天加班之后，她敲开父亲书房的门，摊了牌。

昏暗的灯光下，烟雾缭绕，阮守信摘下眼镜，开口有股腐败死亡的气息："清言，你做好自己的工作就行了，不要操心爸爸。"

阮清言含着泪乞求道："为什么要这么做？停下吧，爸。"

阮守信揉揉干瘦起皱的眉心，无力地冷笑了一下，转而厉声道："不关你的事，去睡觉！"

阮清言久久站立在父亲的书房里，绝望地凝视着父亲继续工作的背影，她知道，她改变不了阮守信，一切都是徒劳的。

她去找温芳，温芳摆弄着院子里的花草，一副清醒又迷糊的表情。

温芳柔和地笑了笑："清言，听你爸的，你要相信你爸，一定是搞错了。"

最熟悉的家人竟然陌生得可怕，阮清言感到无法言喻的无力和愤怒，死寂的外表下，她像座快失控的火山。

她不去上班了，带着行李和狗跑到林朔家，先前所有的伪装、表现出的冷漠与抗拒功亏一篑。林朔把床让给了她，自己睡沙发。她不是没钱去住酒店，就是想和林朔待在一起，林朔让她感到温暖和安全，没有疲惫、荒谬和压迫。走到这一步，阮清言心里意外地平静，仿佛一切都是注定的。

最后，她来到林朔身边，是注定的。

林朔立马辞掉工作，天天陪她，银行卡里的老本还够撑一段时间，表面上是他接济阮清言，其实也是阮清言在救他。他终于可以甩掉不喜欢的工作了，从此以后，太阳明媚，空气里仿佛有音乐，蔓延着轻松和愉悦气息。

家人找过她，顾凡超也找过她。可他们面对赤手空拳、不管不顾的两个人，终归毫无办法。

阮清言感觉她又回到了从前，回到万籁俱寂的华岭大峡谷，她和林朔像蹦极那样，绑在一起，等待他们的是纵身一跃。

不上班的日子，他们过得每天不知道是周几，心中隐隐知道这样的日子会结束，但又不焦虑地去准备什么，因为只要在一起，他们便神奇地拥有足够的底气。在这段时间里，阮清言喘息着，暗暗在做一些影响以后人生的决定。

这天，他们又吃饱喝足地在小小的客厅里玩，阮清言饶有兴致地摆弄着林朔那些没正经用的玩意儿。她研究着无线麦克风，"喂"了一声。

阮清言：“林朔先生，我想采访一下你，你买这些玩意儿……是喜欢唱歌？有个明星梦？”

投影仪正在播放一首歌的MV，音响放出的人声又甜又低沉。

林朔笑嘻嘻地摇头，将麦克风递到阮清言嘴边，示意她唱一首试试。

阮清言才不唱，要他回答问题。林朔沉吟片刻道：“可能想逃避吧，好玩的东西可以让我转移注意力。”

阮清言明白林朔在说什么，浅笑着看了他一眼，有些羞赧地跑去点了首平时听的甜歌，打算唱给他听。前奏一出来，房间好像飘满彩色轻盈的泡泡。阮清言握话筒的手不免紧张，林朔后仰着撑在地板上，眼睛没去看她，心却全在她身上。

心跳跟着前奏跳动，她刚要开口，楼下传来顾凡超的声音，喊得声嘶力竭：“阮清言——你下来——快下来啊——”

他俩对视一眼，阮清言放下话筒，跑到窗前看了一眼，便匆匆下楼。

阮清言来到顾凡超面前：“干吗？”

顾凡超像变了个人，高兴得眉飞色舞：“你说的话算不算数？”

阮清言疑惑地问：“什么话？”

顾凡超蹙起浓眉道：“礼物帮我存着啊，等我找到女朋友，全部还给我！”

阮清言愣怔，笑道：“当然算。”

顾凡超松了口气，催促道：“你把锁礼物那个小房间的钥匙给我，我要把礼物给别人了。”

阮清言看着顾凡超，又喜又惊，脸色复杂，有些不敢相信。

“这儿呢！”

他们闻声一起抬头，林朔从窗口把小钥匙扔了下来。

顾凡超宝贝地捡起钥匙，向林朔挥手：“谢了啊，兄弟！”

说完，顾凡超又看了阮清言一眼，转身便跑。

阮清言笑得一头雾水：“顾凡超——她是谁啊，怎么认识的？”

顾凡超边跑边回头喊：“一个体育记者——采访认识的——是我的粉丝——比我小一岁——笑起来有酒窝——水瓶座——”

跑到车前，顾凡超突然顿住，转身远远地看着阮清言，声音陡然变得低沉："她今天生日，准备惊喜快来不及啦，下次跟你们细说。"

阮清言："好，快去吧！"

顾凡超点头，"砰"地关上车门，车窗闭合的瞬间，他的脸色一下垮了，如此聪明的阮清言竟如此轻易地相信了他的谎言。他忽然觉得轻松，谎言再粗糙、演技再拙劣，也骗得过一个捧场的傻子。

顾凡超轰着油门走了，阮清言转头去望林朔。

林朔在窗前晃动麦克风，勾动手指。阮清言抿唇一笑："我可是魔鬼歌姬啊，林朔，你别后悔！"

阮清言蹦蹦跶跶地唱了一宿，林朔摇头晃脑地听了一宿。两人的时光融进音乐里，随着晚风吹进城市迷蒙的上空……

第二天临近中午，林朔发现阮清言迟迟没起床，他不好意思叫她，蹲在软蛋面前说："去，去叫你姐姐起床。"

他把软蛋推到卧室门前，又用狗爪去刨门，刨了半天里面依然没有反应。林朔感觉有些异样，屏着呼吸转动门把，看见床是空的。他就着阮清言翻开的被子慢慢躺了下来。下一秒，客厅的门响了，阮清言回来了，她看见林朔一下从她的床上坐起，脸又白又红地瞅着她。

林朔："回……回来了？"

阮清言"嗯"了一声，整个人虚脱般呆呆地躺到沙发上。林朔抱着软蛋走过来，安静地坐到她身边。他看着她，似乎有话要说。

阮清言明白他的眼神，声音哑哑地道："结束了。"

她起了个大早，把收集的证据递交到了相关部门，听说新领导走马上任，将会有大动作。证据交出去的瞬间像甩出去一颗定时炸弹，阮清言整个人一下就空了，可是下一秒又感到无法呼吸，感到自责，感到难过，感到自己冷血残酷、不近人情。

她的父亲要完蛋了吧，她母亲该怎么办？整个家要坍塌了吧！

想到这些，她浑身便开始发抖，这副样子令林朔的心钝钝地疼。他坐过来温柔结实地抱住她，下巴抵在她脑袋上："不要怕，该发生的总会发生，你没有做错什么。"

阮清言反抱住林朔，深埋进他怀里，贪婪依恋地靠近他的气息，好像那是救命的止疼药，是天寒地冻里，世界上唯一的一点儿暖。

她颤抖着哭音道：“我对不起我爸……他……他其实为我付出了很多，明知道凭我自己是考不上汉博的，还……还装作什么都不知道，恭喜我，鼓励我，支持我一个人去旅游……呜呜……”

阮清言知道阮守信为这个家付出了太多，有钱以后，他没有变坏，没有朝三暮四，依然几十年如一日地爱着温芳，每日每夜伏案工作。很多时候，阮清言甚至都不理解，不理解他在焦心忙碌些什么。

但无论如何，她都知道，阮守信所做的一切都是为了让她和温芳过上更好的日子。所以她才难受。

阮清言恍惚道：“我不对，我该再劝劝他的，为了不坐牢，为了我和我妈，他一定会召回所有不合格的产品，一定会收手的！”

林朔将她抱得更紧，想替她抵御一切寒冷和悲痛，安慰的话化成了哽咽的声音。

不久以后，东窗事发，常生生物科技有限公司被封禁，官方全面召回不合格产品，阮守信接受调查。让人意想不到的是，公司背后的利益纠葛复杂，阮守信不过是一枚被人利用的棋子，涉及的相关部门，多位高官落马。阮清言这才知道，父亲被“引导”“合作”，公司的经营不是凭他的意志，他只是个傀儡罢了。

通过新闻的陆续报道，首城的刘伯伯也被曝光出来，最早便是他介绍阮守信和那些高官“合作”的。阮守信最初很主动，以为这是改变命运的机会，渐渐却发现自己陷入命运的泥沼，进退两难。他不听阮清言的劝，不是不想停，是已经身不由己了。

阮守信迷失，走上了歧途，可追求的目标却自始至终没变过，他要家人富足自由，不受生活所累，哪怕用自己的自由换也行。后来阮守信进了监狱，阮清言多次去探望，阮守信却不见她，让她崩溃大哭。

阮守信不是不想见女儿，更不是恨她，而是觉得自己没脸见她。他起的高楼，他那些威风凛凛的“本事”都是假的，真是让女儿看笑话了。

温芳就是这么安慰阮清言的，阮守信的那些心思，她还不知道吗？可阮清言总是听不进去，反而不停地乞求温芳：“妈，你原谅我吧！”

“妈，你怪我对不对？你一定在恨我！”

都是因为她，温芳失去了阮守信。

温芳依然不愠不怒，摆弄着院子里的花草，轻声道：“清言，从小到大，你犯错我从没怪过你，要怎么原谅呢？”她一直是偷偷塞给女儿糖，为女儿遮雨挡风，护送女儿去上学的那个人啊！

阮清言抱着温芳，又情不自抑地哭起来。

温芳抹干她的泪水：“好了，不能改变的就让它过去吧，想想明天。”

温芳好像很累，说完这些话就没有更多的话了。她找了份工作，一个人过得忙碌又清静，像把全世界都排除在外，任何一种陪伴，对她来说都是一种打扰。阮清言心里五味杂陈，不过也好，温芳一个人也能好好生活下去。

阮家落难，顾家帮衬不少，顾妈妈经常来陪温芳喝茶，当问及阮清言未来的打算时，温芳显得一点儿也不着急。顾妈妈想给阮清言找份稳定的工作，温芳却说：“她有她的打算。”

从阮清言最后一次离开公司大楼起，她的世界便停滞了，悬浮在空中，和林朔绑在一起。她不知所措，直到林朔发出回首城的邀请。林朔邀请她一起回去，一起完成那些未完成的事。

当林朔说出这些话的时候，有恐惧从阮清言心里泛出来，她怀疑自己，怀疑未来。

林朔一眼看穿她，问：“你怕再次失败是不是？”

阮清言心头发紧，感到难受，却说不出来。

林朔靠近她道：“你想去哪儿？是留在这儿，或者去首城，我都陪你。”

阮清言的心跳得飞快，她知道这次的决定非比寻常，她知道和林朔的关系要有个拐点了。在拐点来临之前，所有紧张害怕的情绪都不可避免。

她没有立马答应林朔，但答案已经在心里。

顾凡超来找她，说得最多的还是那些安慰的话。他的记者女朋友总是忙，每次都阴错阳差见不到面，顾凡超说之前借了阮叔叔一笔钱，现在要还给阮清言。阮清言不是很信，知道顾凡超是怕她过不好，怕她离开家到外面过不好。

阮清言心里清楚，不能再拖延下去了，要么在家好好找份工作，和母亲一起生活；要么和林朔一起走，继续那些飘在空中的梦想。

她不会让林朔陪自己留在渝州的。

他的梦在首城，她知道。

在一个阳光微露的清晨，阮清言做完告别，拉着行李箱出现在林朔的楼下，挥手喊道："走啊，林朔，我们该出发啦！"

她的举动实在是有些突然，不过林朔一直都在等她。

林朔很快从窗户里冒出头，他穿着白T恤，剪了新头发，短短的，黑黑的，正睡得一脸迷糊呢，睁大眼看着清晨新鲜的世界，像在做梦。

他没有思考地回道："好……好！"

阮清言扬着手机里华岭大峡谷的票："去首城之前，我们先去旅行吧！陪我再蹦一次极！"

淡金色的阳光里，鸟语花香，林朔撑在窗台前眯起眼睛轻轻笑着。

两人到机场的时候，顾凡超追了过来，阮清言和林朔已经过了安检，进到候机室。顾凡超追不上阮清言了，拿出手机给她发消息："别牵挂家里，阿姨我会照顾好的。你要三餐吃饱，早睡早起。"

飞机上，阮清言看着消息酸了鼻子。

顾凡超一个人留在渝州了，看着渐渐远去的飞机，心中念叨：阮清言，这辈子我放过你了，下辈子记得回家啊！

两人到了华岭大峡谷，山色没变，云雾没变，自然旖旎而永恒，仿佛这就是五年前的那天。

走在去玻璃桥的路上，阮清言不再像五年前那样感到害怕了。她身边走着林朔，眼看蹦极台越来越近，她竟然无比轻松愉悦，仿佛踩着山下的世界与纷扰走在云端。

两人到了蹦极台，工作人员看上去老了几岁，已然不记得他们。

林朔忽然想起什么："清言，是不是还有陪跳费没给我？"

阮清言无语："是你自己不要的。"

阮清言作势掏出鳄鱼钱包，却被林朔反手扣住手心。

阮清言不好意思，想说什么，林朔却转身牵着她的手往前走去。明知道前面是悬崖，是万丈深渊，可她心里一点儿也不怕。她觉得，和他一起跳下去，悬崖便是起点，深渊便是倒转的天堂，坠落便是往上飞……一切都不可理喻地美妙极了。

一觉醒来，阮清言睡在老小区的床上，软蛋在床底顽皮地咬着什么，窗外是首城熟悉的天光，空气里弥漫着干燥、太阳味道的气息。

手机振动，林朔说他到了。

阮清言收拾利落下楼迎向林朔，他们和江蕾、罗玉洁有约，今天是他们重聚的日子。

阮清言摇着林朔的手，走在小区的小路上。路过一个拐口的时候，阮清言忽然脚步一顿，林朔赶紧转身，询问她怎么了。阮清言抬手指向小径幽邃的末端："我在那儿种了棵树。"

"什么树？"

"桃树。"

林朔被她牵着来到树前，没有浇水，没有呵护，野生的树在大自然里长得茂盛葱郁、枝繁叶茂，就像彼此相爱的两个人，在世事洪流里颠沛流离，没有刻意，最后依然盘根错节地牵手走在一起。

现在是桃树结果的季节，阮清言仔细看了一眼树，露出遗憾的表情："啊……还没结果啊，我当时看书，说这样种的话，有一半的概率是会结果的，看来等不到啦！"

林朔慢慢握紧阮清言的手，侧身道："没关系，树不结，我们结。"

阮清言甜甜地笑了笑，拖着林朔继续走，他们要迟到了。走到半路，趁林朔不注意，她悄悄回头，仿佛一眼望见青春岁月。在岁月幽暗的褶皱里，情意漫长的无数个瞬间，她心里念着他的名字，悄悄将这棵树化作他，种在北方朔风经过的方向，不声张、不招摇，祈求不遭狂风暴雨。

最后，她终于知道，在被爱的人的世界里，天气永远风和日丽。